COLLECTION FOLIO

Dédié
Aux amours et aux amitiés
Mortes ou vives,
A cette jeunesse
Qu'ensemble nous vécûmes
Et qui méritait bien quelques fleurs,
A ces fabuleux vingt ans.

A VOUS

Baby Alleton
Jimmy et Jacky Arnal
Roger Baynard
Philippe Boiry de Lorme
Alix Brusetti
Pépito Company
Bébert et Denis Delatouche
Gaby Dematteis
Micheline Donsalat
André Escaro
Claude Fallet
André Hardellet
Pierre Joëts
Cous Larible
Janine et Lionel Michel
Raymonde Michot
Jaja, Janine et « Bijou » Perolin
Barbara et André Vers
Henri Zelnik
Sans oublier :
Claude Luter et ses Lorientais
Le Racing Club de Paris

et

« LA PETITE TOMATE »

IN MEMORIAM

R. F.

« Le triporteur est une des plus belles applications du cyclisme pratique. Il permet à tout homme de force moyenne de transporter, très facilement et sans fatigue, une charge utile de 80 à 100 kilos à une vitesse moyenne de 10 à 15 kilomètres à l'heure. »

Catalogue
de la Manufacture d'Armes
et Cycles de Saint-Étienne.

1

Dans son arrière-boutique, la fleuriste cultivait les arrière-pensées.

Et le soleil d'avril étalait tous les diamants de la couronne sur la verrière du marché couvert.

Le poussin favori de la garde-barrière mourut de peur à la vue du train de 15 h 27.

Dans son arrière-boutique, folle d'amour, la fleuriste effeuillait toutes les marguerites.

Et le soleil d'avril semait du blanc d'argent sur les gouttières.

Il m'aime...

Le facteur rouspétait sur la route. Il détestait livrer les faire-part de décès. On le prenait pour Azraël, l'ange de la mort, on oubliait de lui payer chopine.

Un peu...

Le boucher sommeillait au creux d'une escalope, bercé par le zinzin des mouches bleues.

Beaucoup, passionnément...

Place de l'église, une fillette parlait d'épouser son papa.

A la folie, pas du tout...

Dans son arrière-boutique, la fleuriste humectait de larmes fébriles, de larmes d'amour, les bégonias rex en pots.

En aval de la Vistouille, le garde champêtre, accroupi, contemplait bêtement une coccinelle endormie.

Vauxbrelles-en-Bourgogne (Côte-d'Or) pointait au ciel son clocher du xve.

Sur le monument aux morts, immédiatement après la mention « Morts pour la France », une main désabusée avait écrit à la craie : « Pour solde de tout compte. »

A la folie, pas du tout, pas du tout, pas du tout...

Une flambée blanche de culottes Petit Bateau illuminait le lavoir.

Dans son arrière-boutique...

Visitez Vauxbrelles-en-Bourgogne. — Ses champs de camomille. — Son monastère. — Son usine de boutons de porte. — Ses pâturages.

... la fleuriste se labourait le cœur des épines d'une rose.

Le maire eut sa tentation quotidienne : transformer le tapis vert du bureau municipal en drap de billard russe. Il clôtura ses yeux d'un barbelé de honte.

Crucifiée par quatre punaises au flanc d'un marronnier du chemin de la Moutarde, une affiche hissait son drapeau blanc dans la verdure.

Étude de Me VADOUX,
huissier à Vauxbrelles-en-Bourgogne,
succr de Me PERSILLON, 8, rue P.-Déroulède. Tél. 104

Vente à Vauxbrelles
4, Allée des Aubépines
24 avril à 16 h 30

DÉSIGNATION

Mobilier de café — 6 salles à manger
Chambre à coucher Louis XIII — Sommiers
Couvre-pieds — Armoires portes pleines — Commodes
Appareils de chauffage et d'éclairage
Vélomoteur Peugeot — Triporteur
Service de verres dépareillés — Ramasse-miettes
Bascule — Herse — Mannequin — Tapis
Et quantité d'autres objets

AU COMPTANT FRAIS EN SUS

Un homme en blouse bleue entra dans une quincaillerie.

2

Les grelots de la porte d'entrée de la quincaillerie Peyralout tintèrent et frissonnèrent comme tintent et frissonnent, alpestres, les clochettes des vaches suisses, le soir venu.

L'homme, intimidé par l'éclat des brocs émaillés et les rutilances des poêles à frire pendues au plafond tels des jambons, ôta sa casquette et mit ses deux pieds dans le même sabot.

Le melon sous sa cloche, la mouche sous son verre, Mme Peyralout sous sa caisse vitrée, Mme Peyralout posa *Le Petit Écho de la mode* sur ses genoux et brama :

— Antoine !

L'homme à la blouse bleue fixait une cafetière électrique.

Mme Peyralout reprit haleine, proféra trois « Antoine ! », se ravisa, et beugla un décisif « Hubert ! »

Hubert Peyralout émergea du sous-sol, surchargé de soufflets à poudre antidoryphorique.

— Sers monsieur, intima son épouse en bondissant sur le courrier du cœur.

Le quincaillier essoufflé déposa ses soufflets.

— Ce sera ?

— Un cadenas et des pitons pour y faire tenir. Forcément, on m'a encore volé un lapin cette nuit. Alors, forcément si on me vole un lapin toutes les nuits, forcément que j'en aurai bientôt plus...

Antoine, dans la remise et juché sur l'échelle, lisait avec amour le *Miroir des Sports* parfumé d'un rayon de soleil. Une toile d'araignée ternissait la blondeur de ses cheveux frisés, mais il n'en avait cure, passionné par la photo en pied du grand Dabek Sariéloubal.

L'homme à la blouse bleue sortit dans un nuage de grelots. Hubert Peyralout rugit :

— Alors, on me dérange, moi ! On ne peut pas appeler Antoine ! non !

J'ai dix-neuf ans, je mesure 1,66 m, pèse 53 kilos. Toute ma vie je me suis accroché à un amour néfaste...

— Hein ? Antoine ? Je l'ai appelé quatre fois, il n'a pas répondu !

Peyralout grinça des molaires et s'ébranla en direction de la remise.

... à un amour néfaste et pourtant merveilleux...

Il poussa la porte d'un coup de pied sensationnel.

Une échelle l'écrasa en tombant, suivie aussitôt par Antoine, enfin, cinq secondes plus tard, par le *Miroir des Sports*.

Antoine, atterri sur les reins paternels, se releva d'un bond. L'échelle n'y mit pas le même empressement. Il fallut la tirer et la soulever. Hubert Peyralout lui-même se remit sur ses pieds. Ce fut pour hurler, gémir, jurer, tempêter, couvrir d'injures assez basses un fils dénaturé au point de guetter l'arrivée de son père avec une échelle, ce fut pour gifler à la volée l'auteur de ce forfait.

Antoine passa fort bien l'épreuve de la double claque.

8

Entouré donc de ses intimes Lafrezique, Pierrot, Suce-la-Glace, Mosquito et L'Enclume, Antoine présidait la séance extraordinaire de l'Amicale des Amis de la Belote et du 4.21 réunis, auréolé d'une fraîche couronne de lauriers.

Il se leva sous les acclamations du quintette et parla :

— Chers amis, n'oublions pas malgré les succès couvrant aujourd'hui nos emblèmes que de plus nobles tâches nous attendent...

(L'Enclume applaudit. Les autres l'imitent après un temps de réflexion.)

« ... Le Racing Club de Pommard... »

(Tous se lèvent et saluent.)

— ... Le R. C. Pommard, dont nous sommes le noyau de supporters vauxbrellois, avec Petit-Mec et Jojo ici absents, le R. C. Pommard, donc, aura cette année, le 8 mai prochain, à Colombes, l'honneur de disputer la finale de la Coupe de France avec le C. M. Haut-Médoc. Je ne vous apprends rien. (Acquiescements suffisants.)

— Il serait i-nad-mis-si-ble que l'Amicale des Amis de la Belote et du 4.21 réunis ne déléguât point ne fût-ce qu'un seul de ses membres à Paris pour cet

— Et tu n'as pas un mot de regret ! Qu'est-ce que tu as donc dans la peau ! Dis-le, mais dis-le que tu regrettes de m'avoir balancé cette échelle sur la tête !

— Eh, c'est de ta faute, elle était derrière la porte et tu as poussé comme un âne ! Euh... Comme un bœuf, quoi !

Mais Peyralout n'écoutait plus. Son œil s'était posé, cruel, tel celui de la buse sur un poussin, sur le *Miroir des Sports* aplati en pleine poussière. Antoine plongea. Sa main se retrouva sous la charentaise droite de celui qui lui avait donné le jour. Antoine cria sa douleur. Ce fut bien pis quand le *Miroir des Sports* vola en lambeaux et confetti.

— Ah ! ah ! ricana le profanateur, on bouquine ! On bouquine pendant que ses parents travaillent ! Eh bien, voilà ce qu'on en fait des bouquins !

Un ultime coup de botte dispersa aux quatre coins de la remise les débris chiffonnés du magazine-martyr, et M. Peyralout sortit.

Antoine essuya une larme. Le visage fripé et coupé à hauteur des yeux de Dabek Sariéloubal le regardait plaintivement, dans le poussier, entre un vieux morceau de coton et une rustine usagée.

Antoine ôta furieusement sa blouse, en fit une boule et l'expédia en l'air d'un violent shoot du gauche. Elle se pendit à une poutre.

Le jeune garçon grinça par hérédité des molaires et soliloqua.

— Merde alors, il y a des jours où l'on voudrait être né dans un chou. A-t-on jamais vu un chou déchirer le *Miroir des Sports* ?

Il quitta la remise, prêt à dévorer le monde s'il le trouvait sur sa route.

3

Si M. Peyralout détestait la lecture, sauf toutefois celle du dictionnaire Larousse parce que tous les mots y étaient rangés dans des casiers comme des vis à tête et des clous de 13, sa haine du sport était de loin la plus vivace.

Elle remontait, croyait-on, à un après-midi de mars 1924, où, passant à proximité d'un champ qu'il croyait paisible, il avait réceptionné sur l'occiput la totalité d'un ballon de rugby, ce qui l'avait tenu au lit une semaine en compagnie de migraines atroces.

Depuis, il militait contre tout ce qui ressortissait au saut à la perche, à la course cycliste, au ping-pong ou à la pelote basque. Son rêve tonitrué était de rendre, par exemple, le terrain de football de Vauxbrelles aux moutons et aux ruminants.

Alors qu'Antoine, dix-neuf ans, son fils, n'aspirait plus qu'à la joie dominicale d'endosser le maillot vert bande blanche de l'équipe réserve du Cercle Athlétique Vauxbrellois dans laquelle il tenait avec plus ou moins de brio la place d'ailier droit.

Son père l'enfermait-il, ces jours-là, dans sa chambre qu'il s'en évadait de n'importe quelle façon, fût-ce par la gouttière. Une fois au stade, il respirait. Pas plus qu'un hérétique n'eût consenti à visiter l'église du XVᵉ, pas davantage M. Peyralout n'eût voulu fouler l'herbe viciée du terrain de jeux municipal.

L'incompatibilité d'humeur entre le père et le fils régnait en souveraine et se traduisait par, d'une part, des gifles, d'autre part des jurons et des blasphèmes étouffés. La table commune était l'enfer où se déversaient reproches et colères contenus tant bien que mal au sein de la boutique-purgatoire.

Mᵐᵉ Peyralaut, elle, était la caissière type, champignonnante sur sa couche de factures et de ces revues qui vivent de l'amour au même titre que les souteneurs de Pigalle.

Elle passait loin de cette guerre intestine avec l'indifférence qu'éprouve l'hirondelle pour le problème des salaires.

Imbibée de courriers du cœur, elle s'identifiait avec la fille-mère abandonnée, la pucelle dévorée de points noirs, la femme de trente ans amoureuse du garçon laitier et l'éternelle-sentimentale-déçue-par-la-vie.

Telle était la famille Peyralout que dévastait en plus un grandiose projet matrimonial né dans l'esprit du père.

Le quincaillier avait en effet conçu ce qu'Antoine, la victime, appelait « un croisement de races des patentes ».

Il voulait, en plein accord avec son ancien camarade de régiment Eugène Godafroid, fleuriste à l'enseigne de la Rose d'Or, marier d'ici un an ou deux son fils avec la jeune Marceline, fille unique de ce dernier.

La Rose d'Or était prospère et la quincaillerie solide.

Par-dessus les mimosas, les viroles, les glaïeuls, les chignoles, les boulons, les scies à métaux, les lis, les œillets et les plantes grasses, on allait édifier l'union future des deux commerces, pour le plus grand bien de l'industrie légère et de la lourde.

Il n'y avait que ce crétin d'Antoine pour ne pas saisir la beauté d'une telle entreprise.

— Le pauvre petit n'est pas sentimental... pleurnichait la mère.

Le père, lui, avait forgé un proverbe : « Quand on tape dans un ballon, on est pas loin de taper dans la caisse. »

Les choses en étaient là.

4

Antoine apparut sur le trottoir de gauche (en allant à l'église) de la rue Belle-à-Voir.

Loin de la quincaillerie natale, il ralentit enfin sa marche précipitée.

On eût dit que l'avait soudain attendri le velouté d'un ciel parsemé de milliers de parachutes blanchâtres qu'une brise avait soufflés aux champs de pissenlits de la contrée.

Il eut un sourire aimable où passa la joie d'être à l'air libre ce que le poisson est à l'eau pure.

Dabek Sariéloubal serait vengé !

Excepté un pêcheur à la ligne prenant la direction de la Vistouille, une automobile américaine étalant ses six mètres de carrosserie devant l'Hostellerie de France, un balai autour duquel s'étaient agglomérées quatre commères, la rue Belle-à-Voir était vide, exposant ses réverbères Napoléon III désaffectés et ses pavés qu'écartaient parfois, timides, des corolles de boutons d'or chassés de leurs appartements champêtres par l'herbe à lapins et les ombellifères.

Pourtant, au croisement de la route de l'Opéra, quelques gosses jouaient à la balle. Ils reconnurent Antoine et lui lancèrent la boule avec déférence.

L'ailier droit du C. A. Vauxbrellois la reprit de volée, comme l'eût fait Maïk Poniatowski. Elle monta plus haut que les fils télégraphiques, échoua dans le jardin du notaire.

Sentant son prestige ébranlé, Antoine n'insista pas et poursuivit sa route. Déchirer le *Miroir des Sports*!

Il pensa encore : « La mouche est la plus belle conquête du papier collant » et se baissa.

Il fit dix mètres à quatre pattes.

Brusquement, il se mit à ramper.

Il allait enfin dépasser la porte fatidique lorsqu'elle s'ouvrit sous son nez. Un seau d'eau sale lui trempa tout de go les deux pieds.

— Antoine !

Il se leva, s'ébroua, résigné.

Devant lui, stupéfaite et surgie de son arrière-boutique, se dressait la fleuriste. Sa fiancée. Marceline.

Privée de fesses, gonflée de seins déjà pessimistes, Marceline Godafroid avait, malgré ses dix-huit ans, le teint d'un dos de vieux missel et des cheveux d'avoine.

Pour l'heure, elle roulait des yeux énamourés. Antoine étrangla un soupir. C'était, devant lui, précise, la menace de l'union sacrée du tournevis et de la rose...

— Bonjour, Marceline.

— Antoine... répéta, rêveuse, cette jeune personne en louchant au soleil. Antoine sourit, gêné. C'était pourtant vrai, qu'elle louchait... Cette constatation lui porta un coup terrible au moral.

La fleuriste reprit :

— Que faisais-tu par terre ?

— Je voulais regarder par le soupirail. Je pensais que tu étais peut-être à la cave.

— Quelle idée, Amour-Blond... Entre...

Une fois dans la boutique il se sentit tout malheureux. Chaussettes mouillées jusques à l'os, Marceline, horizon de colloque sentimental, barrage de plantes vertes, vraiment il n'aurait pas dû emprunter la rue Belle-à-Voir.

Marceline referma la porte et sauta au cou du jeune homme comme un pavé dans la frimousse d'un garde mobile.

Antoine songea aux fleurs tropicales et mangeuses d'homme. Ce baiser à la Jeanne Hachette l'étouffait. Ses yeux rencontrèrent l'immense tristesse des violettes prisonnières et des crucifix de céramique luisants de sueurs d'humidité. Il pensa encore à l'ignominie dont se couvraient ces parents indignes au cœur tatoué du *doit* et de *l'avoir...*

On voulait briser sa vie pour relier deux Grands Livres ensemble...

Qu'eût fait Dabek Sariéloubal ?

Pouah, ces gencives sur ses gencives à lui ! Il se dessouda enfin des lèvres de la fleuriste. Un coup d'œil suffit pour le convaincre qu'il en avait récupéré tout le rouge « Baiser ».

La verdure morte, enterrée dans ces vasques glacées, l'eau courant le long des vitres comme des larmes sur une joue, les couronnes mortuaires dédiées à notre tante affectionnée, les fleurs ligotées par paquets de trente-quatre plus trois brins de mousse et le regard divergent de Marceline surveillant simultanément la rue et l'arrière-boutique, tout cela le calamitait, le catastrophait...

Mais la passion était en marche. Acculé à la caisse, il essuyait feu roulant et salve de baisers.

— Tu m'aimes, Antoine ? Tu m'aimes ?

— Je ne serais pas là si...

— Comme tu es beau, Amour-Blond !

— Oui, oui, me pousse pas !

Par acquit de conscience, il la regarda dans les yeux. Elle louchait plus de l'œil gauche. Elle avait une dent en or. Il maudit de plus belle Hubert Peyralout, qui, le sale bougre, le contraignait à passer trois soirs de la semaine chez ses « futurs beaux-parents » alors qu'il y a de par le monde tant de billards, de jeux de cartes et de 4.21.

Il réalisa qu'il n'avait guère la possibilité morale de perdre ainsi son temps en calembredaines pareilles. L'apéritif avait encore augmenté et son ardoise au Thermomètre alias Café des Sports prenait les dimensions d'une toiture. Il s'appliqua à bredouiller :

— Marceline, mon poussin bleu, j'ai besoin de toi. Tout doit rester pur entre nous.

Inquiète, elle le fixa en lorgnant, cette fois nul doute n'était possible, l'horloge ornée de buis bénit qui commençait à marquer 4 heures.

— Antoine... Qu'est-ce qu'il y a ?

— Non, Marceline, j'ai honte à te l'avouer...

— Dis-moi, Amour-Blond, tu me fais peur.

— J'ai une dette de jeu. Trois mille francs.

Elle baissa la tête. Une dette de jeu, comme c'était romantique...

Mais trois mille francs, eh, trois mille francs, c'était un bon morceau de voile de mariée.

Il leva les yeux au plafond. Fichtre, qu'est-ce qu'elle pouvait être radin ! Il le savait bien, qu'elle avait au bas mot trente billets d'économies à la Caisse d'épargne ! Il appuya sur l'accélérateur :

— Il ne me reste plus qu'à me noyer dans la Vistouille...

— Antoine ! Ne fais pas ça !

Blême et ne songeant guère qu'on n'eût pas noyé un vélo dans le ruisseau en question, elle l'enlaça, déesse de la *furia francese.* Il perdit l'équilibre, se rattrapa des deux mains à un aloès épineux et poussa des cris à fendre l'âme des violons.

Marceline fondit sur la caisse et en revint porteuse de trois billets.

Le garçon les empocha sans rancune.

— Je te les rendrai bientôt...

— Oui, Amour-Blond, je...

Mme Savignac, l'adipeuse, la sirupeuse, la chaste, la gluante Mme Savignac entra, portant en bandoulière dans un sac orné de dentelles le plus triste et tuberculeux roquet du canton.

— Je viens, cacarda-t-elle [1], acheter une plante ornementale qui ne fasse point tousser cet amour de Chéri-Bobby.

Abusant de cette providentielle diversion, Antoine s'approcha d'un air dégagé de la porte, pour prendre le frais.

D'un bond, il fut sur le trottoir. Une seconde plus tard, il courait comme un fou dans la rue Belle-à-Voir.

1. *Cacarder :* appellation technique du cri de l'oie.

5

Il y a, malgré tout, des tas de petites choses drôles, plaisantes ou agréables à l'œil, dans la vie.

Il y a la dent de peigne dans le croissant. Un homme poussant une voiture d'enfant. Le général trempé jusqu'aux étoiles dans une affaire de vol de couvertures. Une moto se refusant au démarrage devant trois cents personnes hilares. La tête intellectuelle d'un sergent de carrière. L'attitude du poulet devant une automobile. Le guignol du Luxembourg. Un agent de police et un sifflet bouché, la face d'un contrôleur de la S.N.C.F. à l'écoute de *On the sunny side of the street* par Louis Armstrong.

Mais il n'est rien de plus adorable que la course à la liberté d'un jeune garçon réfractaire à l'amour obligatoire du papier-peint-pour-notre-petite-chambre-à-coucher.

Le garçon vole, bondit, cabriole, galope, fend l'air, saute-moutonne avec les poubelles, pulvérise quelques records locaux des cent et deux cents mètres, arrache une poignée de lilas mauves à une grille, renverse le cuistot en contre-plaqué d'un restaurant touristique, sourit, éclair, au rose du sourire de la fille du charcutier, crache au passage sur une borne kilométrique et s'arrête, hors d'haleine, les joues pourpres de joie, sur une bouche d'égout, pièce de cent sous luisante sous le maillot bleu ciel et blanc du ciel.

Face à l'affiche clouée sur ce marronnier du chemin de la Moutarde.

Il n'en fallut pas plus pour changer l'existence d'Antoine.

Cet après-midi-là, Dabek Sariéloubal s'entraînait sur le terrain de Pommard (vins rouges renommés).

6

— Adjugé !

Le marteau du commissaire-priseur s'abattit d'un coup sec.

L'assistance leva la tête et se mit à sourire, y compris le gosse de douze ans qui avait fixé l'amorce à l'instrument.

L'officier public devint rouge comme une cerise, une groseille, une fraise, une tomate, un bout de mou, une légion d'honneur.

D'un geste bref, il intima à ses deux accesseurs d'éloigner de sa vue les trois chaises Louis XV couvertes de ridicule.

Antoine entra le cœur battant dans cette grange aménagée en salle des ventes. Les toiles d'araignées pendaient un peu partout, sous forme de guirlandes ou de translucides lampions.

Il y avait là, assises sur les bancs de jardin, une trentaine de personnes dont plusieurs, intéressées par la même salle à manger ou le même ramasse-miettes, s'observaient du coin de l'œil.

Les héritiers de l'oncle dont on éparpillait ainsi les biens effectuaient des additions ravies et des divisions aigres.

Le commissaire-priseur, son désarroi passé, s'attaqua à une baignoire métallique aux rustines de zinc tournées vers lui, histoire de les masquer.

Il se pavoisa d'un sourire engageant.

— Et voici une baignoire ! Une baignoire remarquable ! Monoplace ! Blindée ! Solide ! Contenance approximative, cent litres ! La baignoire de l'âge futur ! Mise à prix : deux mille. Deux mille ! Cent... Deux... Trois... Cinq... Deux mille cinq...

La lutte autour de la baignoire prenait des (toutes) proportions (gardées) de bataille navale. Deux êtres épris d'hydrothérapie se jetaient des chiffres en plein cérumen.

— Six... braillait l'un, possesseur d'yeux éminemment batraciens.

— Sept... barrissait l'autre.

— Huit !... tonitrua le premier, se privant ainsi d'une semaine de tabac et de plaisirs adultérins.

A trois mille, le second hissa le drapeau blanc sous l'aspect d'un mouchoir dont il se servit pour étancher ses larmes. Son désespoir était si assourdissant que l'on dut le prier d'aller pleurer aux limites de la ville, sous le regard hautain du commissaire-priseur qui n'aimait pas les pauvres et s'était illustré à Verdun.

Où il avait pris, dans les années vingt, pas mal de photos du champ de bataille.

La baignoire sortit du champ.

Ce qui suivit déclencha un triple saut périlleux au cœur du cœur d'Antoine et fit s'esclaffer l'assistance.

C'était un triporteur. Mais un triporteur décédé. Les funérailles avaient dû être célébrées voilà deux ou trois ans. En somme, un squelette de triporteur.

Les deux roues avant, après quelles vicissitudes, s'étaient vues contraintes de subir l'amputation du pneu et l'ablation de la chambre à air. La tige de selle portait le deuil d'icelle.

Un obus ou apparenté avait traversé la caisse de part en part, y laissant toutefois, magnanime, son intacte couche de rouille et de champignons.

Le couvercle se cramponnait à ce vestige gallo-romain, grâce à l'aide un peu lasse de deux tronçons de fil de fer.

Enfin, sans s'attarder aux mille et une nuits du détail, la roue arrière, elle, était, au choix oblongue ou ovoïde.

Les deux aides s'époussetèrent et prirent l'air de circonstance des messieurs de la famille.

Un facétieux ricana :

— Mazette ! V'là une Cadillac toute trouvée pour ma belle-mère !

Un autre, abusant du fait qu'il avait connu l'officier public à l'école, l'interpella :

— Oh donc, Labussière, te v'là mis r'vendeur du char de l'État ?

Tout un chacun s'étrangla d'aise. Ce triporteur, virginal qu'éclairait sans bonté un lustre à cinq ampoules, avait toutefois reçu du ciel, en compensation de sa disgrâce physique, le don d'égayer les foules.

M. Édouard Labussière, commissaire-priseur, après avoir passé par l'ahurissement béat, la vive vexation et la fureur interne, lorsqu'il fut intimement persuadé qu'il ne s'agissait hélas pas d'une blague, se mit à tourner autour de l'objet, comme s'il cherchait à se convaincre de ses intentions pacifiques.

Rassuré, il jeta un regard sur la liste et y lut : AUGUSTINE, TRIPORTEUR. Mise à prix : cinq cents francs.

Il ravala sa salive avec un subtil bruit d'évier.

Augustine ? Ça avait donc un nom, en plus ? Pourquoi ? Pourquoi un triporteur se prénommait-il Augustine ? Pas plus que Sosthène ou René, d'ailleurs. Alors, pourquoi Augustine ? Et comment donner un sexe, même féminin, à un triporteur ?

A présent, dans la salle, les gens murmuraient. Il leur avait fallu un bon quart d'heure pour s'acclimater à cette apparition saugrenue, mais c'était chose faite.

M. Labussière s'éventa avec la liste, songea en un éclair à sa femme et à ses deux enfants, lesquels, pauvres chérubins, ne comptaient que sur le travail de leur père pour voir venir à eux les biberons, et se tourna face au public, accablé, tendant le flanc aux lazzis et la joue droite aux épigrammes.

Ses yeux fixés sur ces figures où se lisait, en lettres d'examen de la vue, l'ironie surimpressionnée d'impatience, il bredouilla :

— Et voici un triporteur. Un triporteur... Son nom est Augustine.

Une canonnade de rires le colla contre la table. Il mordilla sa belle pochette grenat et susurra :

— Mise à prix : cinq cents francs.

L'annonce de cette somme fit passer un voltage violent dans l'esprit enfiévré des assistants d'un seul coup transformés en bobines de Ruhmkorff. On s'indigna, s'empourpra, s'excita. Des cris haineux se brisèrent en vagues d'assaut sur la poitrine frissonnante du malheureux :

— Paie-nous le coup et on va le foutre dans la Vistouille !

— Cent sous parce que c'est vous !

— Assez ri !

— J'en voudrais pas pour mettre mes patates !

— Passez à autre chose !

— Oui, les sommiers !

— C'est ça, les sommiers !

— Les sommiers ! Les sommiers !

Le commissaire se grignota les lèvres et décida de faire chorus avec ces exaltés pour sauver l'honneur. Il eut un rire jaune d'œuf et prit une voix soi-disant dégagée :

— Allons, mes amis, allons, allons ! Chaque chose en son temps et chaque chose à sa place. Vous me direz que la place de cet objet n'est pas ici mais bien dans une décharge publique, je vous l'accorde ! Mais n'y a-t-il pas un chiffonnier parmi vous ? Je lui demanderai donc cent francs. Cent francs ! Qu'est-ce que l'on a pour cent francs ? Pas même un couvercle de boîte à ordures, n'est-ce pas ? Un petit effort ?

On eût entendu voler l'aviation française.

Anxieux puis hagard, Labussière considérait les visages immobiles et glacés, ces visages qu'on eût dit fermés pour cause de décès.

— Cent un !

Il défaillit de plaisir en entendant ce cri inattendu.

Jamais nul mot d'amour, nulle citation à l'ordre de l'armée, nulle confidence susurrée sous la lune n'avaient charmé ses oreilles davantage que ce « cent un » triomphal.

Il suivit le mouvement rotatoire des têtes, découvrit son sauveur en la personne d'Antoine assis à l'extrémité d'un banc, sous l'angélique auréole d'une toile d'araignée.

— Cent un, monsieur ?

— Cent un, confirma Antoine dévisagé par tous ces regards humectés de blâme ou voilés de stupeur.

Le commissaire-priseur respira : ce n'était ni une plaisanterie douteuse ni un rêve... Le triporteur maudit avait trouvé son maître : un jeune idiot que la providence des officiers publics, avertie de l'opprobre sans rémission que courait l'un des siens, avait amené là pour la circonstance.

Labussière reprit toute sa légendaire autorité, rejeta en arrière d'un coup de front léonin sa chevelure argentée puis, n'hésitant pas, récita :

— Cent un, qui dit mieux ? Cent un, pas de regrets ? Cent un, bien vu ? Une fois, deux fois, trois fois... Adjugé !

Le petit marteau s'abattit sur le coffre du triporteur, soulevant une nuée de poussière agrémentée de mites.

Les traits du commissaire se craquelèrent sous la poussée d'un sourire vainqueur quoique épuisé.

Après l'absorption d'un petit verre d'alcool de menthe, Labussière qui avait de la religion remercia le Seigneur.

Quelques assistants, familiers de la quincaillerie Peyralout, se demandaient ce qu'avait en tête le père pour ainsi confier à son fils l'achat d'une ruine métallurgique certes mais ruine avant tout. Voulait-il l'aménager en clapier ou en caisse à outils ?

Antoine, indifférent à ces réflexions formulées à son égard, se leva. Cet acte précipita sur le sol un monsieur assis à l'autre bout du banc et privé d'un contrepoids indispensable.

Labussière, à présent, vantait les qualités de deux sommiers jumeaux en des termes lyriques où pointaient par endroits des intentions grivoises.

Antoine, ayant redressé l'écroulé fulminant du banc, leva un œil bouillonnant de joie intérieure vers les tréteaux où paradait un Labussière tout rebondissant sur les matelas pour en prouver l'élasticité à nulle autre pareille.

Les deux aides emportaient la nommée Augustine.

Malgré leurs attentions de garde-malade, elle perdit encore deux écrous, un bouchon de valve et trois rayons.

7

Lorsque Antoine se retrouva sur le trottoir herbu de l'allée des Aubépines avec pour compagnon un triporteur de rêve, il lui donna une tape amicale et se frotta les mains.

Certes, ce n'était pas un tilbury, mais pour cent vingt-trois francs tous frais compris que pouvait-on avoir de plus ? Et les problèmes financiers du jeune quincaillier étaient autrement ardus que ceux des robinets coulant ensemble pendant trois heures dix-sept à débit varié. Le papa Peyralout devait posséder un aspic bien serré dans son portefeuille. Les trois mille francs de Marceline, déjà ébréchés, étaient destinés au Thermomètre. Enfin, Antoine avait son plan.

Il enfourcha le véhicule, se posa sur les pédales comme l'abeille sur les pétales, ne s'assit pas sur l'absence de selle et démarra.

Le Républicain bourguignon en parla dans son édition du lendemain matin.

La marche d'Augustine tenait de celles de l'écrevisse, du crapaud, de l'invalide du travail, du poivrot licencié, du canard amoureux et des premiers pas de bébé.

Elle oscillait tantôt d'avant en arrière, puis chavirait sur la gauche, donnait un coup de reins, tressautait sur la droite, reculait de cinq centimètres, progressait de dix-huit, virait de bord, voulait à toutes forces se ruer sur le trottoir, se ravisait, préférait menacer une voiture d'enfants...

Antoine était là-dessus comme le cow-boy sur le mustang le plus sauvage de l'Ouest. Étreignant le guidon, debout, il résistait aux ruades, se méfiait des accalmies, tenait d'une main la sonnette désireuse d'aller visiter les caniveaux vauxbrellois, bondissait à chaque cahot, évitant de justesse une tige de selle agréable au toucher.

Deux roues avant roulant sur la jante, les piaulements d'une chaîne rouillée à un point tel qu'un fantôme ne l'eût pas désavouée et pour finir les borborygmes et râles d'un coffre défoncé orchestraient cette promenade d'essai.

C'était le fracas des boueux matutinaux joint à des réminiscences de bombardements aériens, des envolées de grosses caisses + le son des piles de cageots s'écroulant dans les Halles + celui, joyeux, des cloches de baptême et des charivaris en pays basque.

La nouvelle se répandit à une allure qui vexa les traînées de poudre. Vauxbrelles-en-Bourgogne s'amassa sur ses trottoirs comme à un passage de Tour de France. On interdit aux enfants de traverser la route. Les cafés se vidèrent. Un conseiller municipal jouait les hérauts d'armes :

— C'est un triporteur conçu pour le 14 juillet. Nous allons ce jour-là attirer toute la région dans notre ville grâce à cette attraction unique au monde. Son pilote, le mot n'est pas trop fort, a été sélectionné parmi les dix jeunes les plus risque-tout de la cité. Ah, son passage au carrefour de la Pierre-qui-Danse est annoncé !

Antoine ne comptait pas circuler inaperçu. Il ne pensait malgré tout pas révolutionner le pays de si belle façon. Il passait entre deux haies de spectateurs muets de stupéfaction.

Il fit ainsi le kilomètre séparant l'allée des Aubépines de la grande descente menant à la place de la gare.

Antoine était sportif. Il serra les dents, à défaut de freins inexistants, et plongea, les yeux fermés, dans la descente.

La population hurla devant cet acte d'héroïsme et se colla aux murs. Augustine, sur les pavés, eut un comportement sauvage. Bonds, entrechats, jetés battus, tout y passa. Les gens situés devant la poste assurèrent même l'avoir vu accomplir un saut périlleux, ce que démentit *Le Républicain bourguignon.*

En pleine course à la mort, à quarante ou quarante-cinq à l'heure, Antoine dut se pencher dans le vent pour resserrer le papillon de la roue droite, celle-ci louchant vers le désastre.

Antoine, grisé, poussa l'inconscience jusqu'à se remettre à pédaler. Les maisons filaient en un vague brouillard...

Un chien sans cervelle fut projeté jusqu'au balcon de la mairie où il resta pendu par le collier.

... et voici l'arrivée du jeune coureur Antoine Peyralout de l'équipe des Cadets de France. Peyralout, échappé dans le Tourmalet, termine en un sprint formidable l'étape qu'il a animée de bout en bout et enlève dans le temps prodigieux de 6 h 48′ 39″ 3/5. Avec Peyralout, la France peut compter sur son succès final...

Antoine, déchaîné, se demanda pourtant comment il

allait stopper devant le Thermomètre, but de sa chevauchée. Là-bas, le store, la terrasse, les copains gesticulants se rapprochaient, s'amplifiaient, grossissaient...

La roue arrière se désolidarisa de ses deux collègues.

Elle alla se jeter, épuisée, dans les bras d'un tilleul.

Le triporteur n'hésita pas, s'assit sur son séant, glissa pendant vingt mètres, en une époustouflante gerbe d'étincelles.

Il s'immobilisa devant le Thermomètre et chut posément sur le flanc.

Les copains présents, Mosquito, L'Enclume, Pierrot et Lafrezique, bondirent sur l'arrivant, le portèrent en triomphe, l'assirent de force sur une table, lui portèrent aux lèvres un pastis enthousiaste.

Toute la ville accourut devant le Thermomètre pour y applaudir le champion du triporteur, l'homme qui avait descendu à tombeau grand ouvert la rue de la Gare et avait dans sa courageuse folie détaché sa roue arrière pour corser le spectacle.

On voulait le voir, le toucher, l'embrasser. On lui demandait de faire encore mieux le 14 juillet afin que crèvent de jalousie les populations de Saint-Dré et de La Tour-qui-Mousse.

Enfin, au bout d'une heure et demie, Antoine las de cette gloire encombrante qui lui vaudrait une paire de gifles le soir même à la table familiale, Antoine s'isola dans la salle de réunions avec ses copains auxquels s'était joint entre-temps Suce-la-Glace.

Le patron offrait à tout consommateur le droit de voir de près Augustine qu'il avait portée sur le billard, dans l'arrière-boutique.

événement attendu depuis vingt-six ans, âge auquel nous étions encore tributaires du bon vouloir de nos parents.

(Mouvements divers. Mosquito déclare à voix haute qu'il doit aider son père à la moisson, celui-ci l'ayant hélas enfanté depuis déjà une vingtaine d'années. Suce-la-Glace affirme qu'il a tout juste de quoi s'offrir le cinéma vendredi soir et que sa petite amie restera à la porte faute de combustible. Le reste à l'avenant. Antoine lève la main et poursuit :)

« Le R. C. Pommard, gardien de but Dabek Sariéloubal... »

(Tous se dressent et enchaînent :)

— Arrières droit et gauche Valério Katchadourian, Omer Noisetier...

— Demis : Mohamed Ben Basculant', Jean Latuile, Jean-Marie Latuile...

— Ailiers droit et gauche : Maïk Poniatowski, Hugo Nollis...

— Intérieurs : Alfred Latuile, Félicien Van Slembroucke...

— Avant centre : Adrien Delatouche !

(Acclamations, vivats, toast. Antoine s'essuie les lèvres et reprend :)

« Le R. C. Pommard aura pourtant, chers amis, un Vauxbrellois parmi ses supporters au jour le plus grave de son histoire ! »

(Il se rassied et conclut :)

« Ce Vauxbrellois vient de vous parler. »

Lafrezique se cura le nez avec l'habileté créée par une longue pratique et lâcha un « c'est pas con », lourd de signification.

Pierrot intervint :

— Faut des ronds pour aller à Paris. Tu n'es pas

sans ignorer que le dernier tournoi de belote nous a laissés déficitaires. Il n'y a pas un bouton de braguette en caisse et le patron du bistrot attend des jours meilleurs pour nous brandir sa note. En tant que trésorier, c'est tout ce que j'avais à dire.

Antoine hocha la tête :

— Mes enfants, ce n'est pas ça du tout. C'est demain samedi. Les parents de L'Enclume font les marchés toute la journée. Je réquisitionne l'appartement. Nous y portons le triporteur, et nous allons le mettre en état de tenir la route, Suce-la-Glace, l'Enclume et moi...

— Mais...

— Silence ! Nous y mettrons une selle, des pneus, des freins, on dévoilera les roues, enfin on fera tout ce qu'il faut pour qu'il puisse rouler. Pour qu'il puisse rouler jusqu'à Paris. Compris ?

(Roulis de « O.K. »)

— Pierrot et Lafrezique, eux, pourvoiront au ravitaillement. A savoir sortir de l'épicerie Lafrezique un sac de haricots secs. Lafrezique ?

Lafrezique, interpellé, déclara que la chose était possible à la condition expresse que Pierrot porterait le sac, probablement très lourd.

Ce point de droit établi, Antoine exposa les détails de son projet.

Il partirait donc demain soir, rallierait Paris en trois jours, étant donné son mode de locomotion, coucherait dans le coffre et mangerait des haricots. Cela ne dépenserait pas un centime et il arriverait là-bas bien avant le match, pour louer sa place et contacter les supporters parisiens.

— C'est une drôle d'aventure... soupira Suce-la-Glace.

— Quand on a descendu la rue de la Gare, comme il l'a fait, on peut tout se permettre, admira Mosquito.

— Combien doit-on, ici ? demanda Antoine.

— L'ardoise commune ou les drapeaux particuliers ?

— Tout.

— Euh, fit Pierrot en consultant un vieil as de carreau qui lui tenait lieu de carnet, ça fait 2 356.

— Tant que ça ? s'indigna Lafrezique.

— T'as qu'à compter, pelure !

— Mes enfants, trancha Antoine, voilà deux sacs et demi. Je paye la note et l'apéro de ce soir.

Ils le regardèrent tous avec déférence. Pierrot intervint :

— Il va plus te rester un rond pour ton voyage...

— Qu'importe, déclara le fils Peyralout avec l'abnégation propre aux conducteurs d'hommes, je me nourrirai de racines et de fruits sauvages.

— T'auras mes haricots... murmura Lafrezique insensible à la poésie.

Tout le monde haussa les épaules et passa dans la salle.

On y commentait encore l'exploit du jeune quincaillier. L'entrée de celui-ci fut très applaudie. Trois gamins lui demandèrent un autographe.

Lui, resté très simple, réclama au patron la piste, les onze jetons et les trois dés du 4.21.

Pierrot, pratique, tapait M. Burlot, marchand de cycles, d'une selle et de deux chambres à air en lui faisant miroiter une formidable réclame.

— Six soixante et un, grommela le héros.

— Trois trente-deux, soupira Mosquito.

9

La nuit était enfin venue, douce au cœur comme est douce au palais la fraîcheur du pernod, tendre la saveur des lèvres de la fille du charcutier, grisante l'aspiration des fumées de tabac blond.

Un raid d'étoiles bombardait le ciel de ses flammes traînantes.

Antoine, dans sa chambre, regarda la pendule. Allaient-ils venir ?

La veille, lorsqu'il était rentré, à onze heures du soir, il avait, bien sûr, encaissé deux gifles. Puis maître Peyralout l'avait enfermé dans sa chambre, à triple tour.

Le matin, Antoine eut la surprise de le voir revenir, flamboyant, hoquetant, brandissant *Le Républicain bourguignon*. Le temps d'esquiver une claque et d'en recevoir la moitié d'une, il comprit que son exploit avait fait les choux gras de la presse locale et que son père n'en était pas satisfait. Il comprit encore, entre deux « Nom de Dieu », qu'on allait le séquestrer ici jusqu'à son mariage, que l'on allait hâter pour lui apprendre à vivre.

A midi, on lui glissa sous la porte trois diaphanes tartines de fromage. L'expédition projetée allait-elle avorter ? Les copains, ne le voyant pas venir, allaient-ils malgré tout, réparer Augustine et veiller aux préparatifs ?

Comme le père Peyralout avait emporté chaussures, pantalon, bretelles et chemise, il ne pouvait s'agir de s'évader par la fenêtre.

Tout au plus pouvait-il l'ouvrir. Ce qu'il fit.

Par bonheur, face à la quincaillerie, la petite sœur de Mosquito jouait à la marelle. Il la siffla, lui promit un monceau de boules de gomme et lui jeta pour conclure une lettre destinée à son frère.

Et puis, la nuit était venue, douce au cœur comme est doux au palais... Allaient-ils venir ? Avaient-ils réparé Augustine ? Possédaient-ils le sac de haricots ?

Dix heures sonnèrent au clocher du XVe.

Au mur pendait la classique verrue de *L'Angélus* de Millet. Antoine s'approcha du tableau, le décrocha. Apparut, ainsi dissimulée, la photographie de l'équipe professionnelle du R. C. Pommard.

Antoine se recueillit une longue minute.

Dabek, Dabek Sariéloubal, « Le Grand Faucheux Noir » lui souriait, à côté du blond géant Poniatowski. Ses idoles... Une larme lui vint aux yeux à la pensée qu'il les verrait de ses yeux effectuer leur tour d'honneur, la coupe à bout de bras comme un enfant royal...

Une poignée de sable flagella les carreaux. Il se rua à la fenêtre.

— C'est toi, Antoine ?

Il reconnut toute la troupe. Ils étaient là tous les sept, y compris Jojo et Petit-Mec.

— Oui, c'est moi. Vous pouvez y aller. Ils sont en train de faire une manille avec le fleuriste, je les ai entendus se tirer.

— Tu pouvais pas forcer la porte ?

— Penses-tu, un bolide de Delatouche la ferait pas bouger.

— Ça va, on vient.

Il les entendit crocheter le rideau de fer. C'était Suce-la-Glace avec son rossignol. Mosquito et Petit-Mec devaient faire le guet à chaque bout de la rue...

Ils montèrent le rideau d'un mètre et passèrent dessous en rampant. Une étoile filante lui permit de constater qu'ils portaient tous le loup noir des gentlemen cambrioleurs.

Enfin, ils parvinrent au palier où ils se concertèrent un instant. Suce-la-Glace, jaloux de ses talents de serrurier, prêchait l'emploi des fausses clés. Un autre, partisan avoué de la violence, entendait défoncer la porte. Antoine cria, sadique :

— C'est ça ! Enfoncez-la donc ! Ça fera bricoler le vieux Peyralout, il adore ça !

L'esprit de vandalisme l'emporta sur l'âme technique de Suce-la-Glace. Ils se ruèrent tous, l'épaule en avant.

A la troisième poussée, la porte s'écroula en broyant deux moustiques. Les septs garçons roulèrent dans la chambre.

Antoine, très digne, se curait les ongles par pose, assis sur son lit.

— Bonjour, les gars, dit-il qu'est-ce qui vous amène ?

Pierrot haussa les épaules.

— Joue pas avec nos cuisses. Augustine est prête. On peut la monter sans danger. Le sac de haricots est dans le coffre, avec trois boîtes de sardines qu'on t'a achetées en se cotisant. Petit-Mec t'a dégoté une carte routière. Lafrezique a fait broder sur un torchon

« Allez Pommard ». On l'a tous signé. Comme ça, on sera tous à Colombes avec toi. Ready ?

Antoine eut le sourire calme du héros sur le point de se régaler en première ligne et alla se vêtir dans la pièce voisine.

Il revint en survêtement, le chef orné d'une petite casquette américaine.

— Je vous remercie tous. Et Mosquito le premier d'avoir sonné l'alarme. On peut foutre le camp.

Il quitta la chambre avec un détachement des choses du confort qui fit grosse impression auprès des camarades, sans jeter un regard sur un lit qu'il ne foulerait plus de sitôt.

La pendule à coucou sise dans l'alcôve paternelle se déclencha sous l'effet d'un coup de pouce machinal du père Temps.

— C'est le jugement dernier ! s'affola Suce-la-Glace en se jetant sur le tapis avec le désir fou de s'y identifier.

On le releva en trois bourrades successives. Antoine, satanique, alla vider un cornet de poil à gratter dans les draps de lit de son tyran de père.

— Bidonnant ! gloussait Lafrezique.

— Tu devrais rester là rien que pour voir la tête de ton vieux quand il va rentrer, s'égaya L'Enclume.

— La franche stupidité sort de ta bouche comme sortaient les perles de celle de Peau d'Ane, coupa Antoine, allez, on se tire.

Ils se glissèrent sous le rideau. Mosquito le heurta en se relevant un centième de seconde trop tôt et s'abîma sur le trottoir.

— Un deux trois quatre... compta Pierrot, s'improvisant arbitre.

— Vos gueules ! intervint Suce-la-Glace qui, non

content de rabaisser le store métallique, le cadenassait, histoire d'amuser ce cher papa Peyralout l'espace d'un matin.

L'Enclume, las de gifler Mosquito dans le noble but de ramener à lui ses esprits défaillants, le jeta sur son dos la tête en bas, ce qui provoqua un rutilant éclaboussement de pièces de un franc et de cinquante centimes.

— C'est pour le balayeur, grommela Antoine fort inquiet de ces multiples contretemps.

Mais l'oreille de Mosquito avait décrit une circonvolution nerveuse au bruit de la monnaie chutant sur le trottoir et son propriétaire poussa des beuglements.

— On est foutus, décréta Antoine accablé pendant que Mosquito ramassait son avoir d'une main, se massant l'occiput de l'autre.

— Où est le tri ? ajouta-t-il en scrutant l'horizon.

— Au siège du club, répondit Pierrot en bourrant de coups de genoux sournois les reins d'un Mosquito plaintif.

On put enfin s'éloigner, en évitant la rue Belle-à-Voir et les grandes artères.

Le siège de l'Amicale des Amis de la Belote et du 4.21 réunis, dont le Thermomètre n'était que la succursale, se camouflait dans la cave d'une villa détruite par l'unique bombe tombée sur Vauxbrelles-en-Bourgogne en six années de guerre.

Des membres actifs l'avaient meublé de deux tréteaux dérobés au marché, avaient jeté sur ceux-ci une porte vétuste, obtenant de la sorte une vraie table de conseil des ministres.

Un fauteuil en fort bon état trouvé là sous deux cents kilos de briques et de parpaings, deux bancs de square, un pouf et une lampe à pétrole complétaient l'ameublement du local.

Augustine était juchée sur la table.

Les murs étaicnt couverts de pages de magazines sportifs chantant le los du R. C. Pommard. Elles voisinaient avec quelques gouaches graveleuses nées de la libido et du pinceau de Petit-Mec, l'artiste du groupe.

Une cuvette emplie de mégots (le club ayant le monopole du contenu des cendriers du Thermomètre) était déposée sur le pouf avec quelques cahiers de « job ».

— Ah, ça fait du bien d'être chez soi ! soupira Lafrezique en se répandant sur les lattes d'un banc signé « Allez Frères ».

Antoine alla examiner le triporteur. La blessure du coffre disparaissait sous un entrelacs de sparadrap rose. Un glorieux frein tambour luisait sur le moyeu de la roue arrière. Pneus ballons à l'avant, selle raccommodée avec de la ficelle et sans doute jadis destinée à une croupe de gendarme hydropique, avertisseur-trompe d'auto, Augustine était parée. L'élégance n'avait certes pas été le premier souci des mécanos bénévoles mais, affirmait L'Enclume et c'était plausible, « ça tiendrait peut-être les trois cents kilomètres, à condition de ne pas jouer au con en route... »

Antoine élimina d'emblée l'éventualité contenue dans la seconde moitié de cette phrase et recensa le ravitaillement : vingt-cinq kilos de flageolets, les trois boîtes de sardines, don de l'Amicale des Amis de la Belote et du 4.21 réunis, une bonbonne de vin d'Algérie prêtée par le patron du Thermomètre sous caution de la montre de Lafrezique, enfin, un pain d'épice volé par les soins diligents de Jojo aux Galeries Bourguignonnes.

Antoine vanta en termes émus la solidarité, la générosité, le magnifique désintéressement qu'apportaient en ce jour les membres de la société à l'aventure entreprise pour sa gloire.

Applaudissements nourris. Pierrot remarqua qu'ils étaient surtout nourris d'air du temps, et réclama à boire.

Quatorze yeux angoissés se braquèrent sur Mosquito qui remplissait les périlleuses fonctions de sommelier : avait-il prévu et surtout trouvé quelque chose ?

Il roula une cigarette dans un silence à découper au couteau et lâcha avec une bouffée :

— Grâce à mon emballage, tant décrié à l'époque par quelques jaloux que je préfère ne point citer, de la jeune Catherine, fille du pharmacien de l'avenue Carnot, je me suis procuré, à l'aide d'une fallacieuse et totalement hypothétique promesse de mariage, un litre d'alcool à 90 °.

L'auditoire haleta. Mosquito fit un rond de fumée du format roue de camionnette Dyna-Panhard et poursuivit :

— Embrassant cette naïve enfant dans le sous-sol, je faisais main basse sur ses appas les plus capitonnés, d'abord et ensuite sur quelques sachets d'anis. Résultat brut : deux litres de pastis à 45 °.

L'admiration sauta du pur respect aux plus assourdissants vivats. On offrit la présidence du club (donnée la veille à Antoine et la semaine passée à Lafrezique parce qu'il lui restait des cigarettes) au génial pourvoyeur des boissons fortes. On l'étouffa de baisers virils et, battu par sept voix à une, la sienne, Jojo partit chercher de l'eau.

La cuvette à mégots passa de main en main. Pierrot essuya quelques verres avec son mouchoir, Suce-la-Glace remonta un vétuste phonographe d'enfants, y plaça avec les délicatesses d'usage le *Saint-Louis Boogie* de Count Basie que tous accompagnèrent en ces termes : « Skeep, skam, skip-bo-dee-dah-dee-dat, doop-dum-dee. » Enfin, Jojo revint avec le broc et le pastis coula, comme seuls savent couler les fleuves de l'Amérique du Sud et le pastis.

Antoine monta sur un banc, son verre à la main, et brailla :

— Pour Dabek Sariéloubal ?

— Cul sec ! gronda le chœur des conjurés.

Les verres souffrirent de cette fâcheuse sécheresse qui est leur maladie chronique. On les soigna. En une seconde, ils furent sur pied.

Antoine reprit la fameuse litanie qui les avait si souvent contraints à demander le chemin de leur propre maison aux passants nocturnes :

— Pour Valério Katchadourian ?

— Cul sec !

Les voix allèrent s'affaiblissant. Jojo ne dépassa pas la célébration du demi-centre. Telle une carte postale filant au sein d'une boîte à lettres, il glissa sous un banc, l'arrière-train sacrifié aux trépignements enthousiastes de Petit-Mec.

DIX MINUTES PLUS TARD

On décida de conserver le toast à l'avant centre (l'ailier gauche ayant été glorifié trois fois par inadvertance) pour le lancement du triporteur sur la route nationale.

Antoine, soutenu par Pierrot, lui-même étayé sur

l'épaule de Lafrezique cramponné à Suce-la-Glace, salua d'un garde-à-vous approximatif les icônes sportives, voua à l'écrasement final l'équipe abhorrée du C. M. Haut-Médoc et eut un hoquet qu'il affirma être de dégoût.

On descendit Augustine de la table, on repêcha Jojo sous le banc et, l'un consolidant l'autre sous les trente-six chandelles des étoiles, les huit énergiques supporters du R. C. Pommard envahirent la place de la gare aux accents éthérés des *Filles de Camaret.*

Augustine suivait, halée par une corde.

10

Après une demi-heure de marche incohérente, le groupe atteignit la sortie de la ville.

A cet endroit, la route nationale interrompue lors de la traversée de l'agglomération reprend sa course par une plongée brutale aboutissant à la plaine. Cette descente ou côte atteint par endroits un pourcentage de 8 à 10 pour cent, ce qui est toujours pittoresque à gravir à vélocipède et rigolo à dévaler suivi d'une charrette à bras où sommeille la totalité de votre charbon pour l'hiver.

Les huit garçons stoppèrent au sommet de ce col. Trois d'entre eux s'étalèrent illico sur l'herbe et s'endormirent.

— Qui dort boit, décréta Pierrot en s'enfilant une rasade de pastis pur. Petit-Mec, assis sur le bitume, grattait avec beaucoup d'inintelligence les rayons de la roue arrière d'Augustine en psalmodiant sur cet accompagnement de guitare improvisée des paroles de sa composition.

Les ronflements porcins de Jojo, Suce-la-Glace et Mosquito montaient chahuter la mélodie d'un rossignol de lune.

— Ouais, balbutiait Antoine entre deux haut-le-corps alcoolisés, ouais, sûr qu'on va gagner la coupe... Et s'il y en a qui ne sont pas contents, c'est du kif... Et à bas le vieux Peyralout ! Et à bas l'ignoble père Peyralout que la poudre antidoryphorique aveugle, étouffe et fasse éternuer jusqu'à ce qu'il en crache ses viscères dans son bol de café !

— Va en faire une trombine, la Marceline ! ricana L'Enclume.

— S'ra pas plus moche, l'enfant de Marie-Salope ! Et à bas le père Peyralout, nom de Dieu de bordel de nom de dieu ! ! !

Antoine enfourcha le triporteur, grimpa sur la selle et brama aux platanes que son père était l'infâme des infâmes, la statue mobile de la cruauté, la bêtise réincarnée tournevis, le yaourt fait cervelet.

Il lampa une atroce gorgée de pastis et s'écria, trouvant d'emblée les inflexions lyriques de Lord Byron soi-même :

— Étoiles, lune, chauve-souris, grands paons de la nuit vauxbrelloise, adieu, adieu ! Je pars au vent ! Je me dissoudrai dans tes flancs, nature, comme fondent au soleil les bonnes résolutions, le beurre et la chandelle !...

— ... Et la glace ! compléta Mosquito en s'emparant de la jambe droite de Jojo pour s'en confectionner un oreiller.

— ... Je pars ! Je pars aux vents coulis, alizés et routiers comme la rose effeuillée, les tracts, les idées noires, les papillons, les bons de la Semeuse ! Recuit par les soleils, passé au bain-marie des pluies, souffrant les mille morts de la faim, du froid et de l'affreuse soif au visage de buvette fermée, luttant contre les crabes de la fatigue, mais vivant, vivant sous le printemps au clair sourire de dynamitero, comme vivent sous le ciel les draps qui sèchent en claquant comme des gifles sur les joues du père Peyralout, comme vivent sous le ciel... Les oiseaux ! Tous les oiseaux, ah ah ! Allez Racing !

Pierrot essuya une larme d'émotion devant tant de courage, puis mit debout tout le monde à coups de pied.

— Nous allons vider cette bouteille, gémit-il, et puis nous donnerons le départ à notre vaillant ami Antoine Peyralout. Que celui ou ceux ayant des objections à formuler lèvent le bras.

Les interpellés, plus ternes qu'un éclairage de morgue ne bronchèrent pas. Ils se contentèrent de former autour du triporteur un cercle oscillant d'ivresse et de sommeil.

La bouteille passa de main en gosier et vice versa.

— On devrait la casser sur le triporteur, suggéra L'Enclume, ça se fait tout le temps quand on lance un bateau.

— C'est pas un bateau, bâilla Lafrezique, toujours hostile aux licences poétiques.

— Et puis, gronda Pierrot, j'aimerais mieux vous enterrer tous que de casser une bouteille pleine.

Mosquito eut un accès d'hilarité.

— Rassure-toi, bredouilla-t-il, je viens de la vider.

— Cassons-la tout de même, insista L'Enclume, il n'y a que le geste qui compte.

— Parfaitement. C'est bien plus beau lorsque c'est inutile.

Cette citation « cyranesque » proférée par Suce-la-Glace eut le don de convaincre la troupe. L'ultime objection du matérialiste Lafrezique — « Le litre est consigné vingt balles ! » braillait cet animal — fut balayée par le panache des tenants d'une politique de grandeur.

En conséquence, Pierrot empoigna la bouteille par le goulot et proféra :

— Augustine, le plus noble destin t'attend. C'est sur ta route que vont se tresser les lauriers du valeureux Antoine et par rebondissement ceux des Amis de la Belote et du 4.21 réunis... Garde à vous !

On releva Jojo qui tombait avec la facilité du Christ au Golgotha, on tenta de maintenir une position verticale sapée à la base.

Pierrot tonna :

— Augustine, salut !

Et fracassa la bouteille sur un angle du coffre.

Antoine, endormi sur le guidon, tressauta, hurla un « En avant ! » qui fit tomber quelques feuilles des arbres et appuya sur les pédales. Le lourd véhicule s'ébranla sous les acclamations pâteuses du public, roula une dizaine de mètres en crochets et, d'un seul bond, plongea dans la descente, happé par les ténèbres.

On entendit encore la voix d'Antoine qui braillait « Allez Racing ! » et puis plus rien. Lafrezique ôta sa casquette.

— Il en a, hocha-t-il.

— T'as raison, opinèrent les autres, le regard perdu dans le trou d'ombre où s'étaient évanouis leur copain et son cheval d'acier...

Leur minute de silence sentimental achevée, les sept rebroussèrent chemin, foulant aux pieds la règle intitulée « la ligne droite est le plus court chemin d'un endroit à un autre ».

S'il fallait déjà tutoyer l'héroïsme pour être à même de conduire Augustine, il fallait coucher avec l'inconscience pour, ivre, dégringoler sur elle cet abrupt tronçon de route nationale, sans éclairage, par une nuit dont l'épaisseur rivalisait avec celle régnant sous la boîte crânienne d'une mouche ou d'un brigadier de gendarmerie.

Lancé tel un caillou dans un puits, frigorifié par le déplacement d'air, la casquette enfoncée jusqu'aux sourcils, Antoine eut la claire vision de son décès prochain. Augustine vibrait comme un quatuor de harpes, grinçait des écrous, emportée aux abîmes par la loi spéciale de pesanteur attachée à un sac de haricots de vingt-cinq kilos.

Une quatre-chevaux montait la côte, tous phares allumés. Le sang d'Antoine prit la consistance d'une glace à la vanille. C'était la fin. Le triporteur roulait, plongeait plutôt sur ce nuage d'étoiles électriques. C'était l'enfer en feu marchant à sa rencontre. Antoine, affolé, braqua à gauche. Augustine rua des trois roues, déjanta d'une, sauta à soixante kilomètres-heure dans un fossé.

Antoine roula, roula, traversa une plaine d'orties, une autre de chardons, se retrouva assis au cœur pâmé d'odeurs d'un lit de pâquerettes.

— Allez Racing ! souffla-t-il avant de s'endormir, terrassé par cette commotion et quatorze pastis.

Lorsqu'ils se séparèrent, Pierrot et Suce-la-Glace soupirèrent :

— Il doit déjà être loin.

— Il va rouler toute la nuit...

— Salutations, Suce-la-Glace.

— Salamalecs, Pierrot.

Augustine, debout sous les nuées noires du ciel, perdait ses haricots par la fente du coffre...

11

Trois oiseaux matinaux entamèrent une passionnante partie de xylophone au sommet d'un peuplier.

La mandarine du soleil s'épluchait en flocons roses et boules irisées.

C'était l'éveil des sauterelles, le renouveau de la chlorophylle des feuilles, le coucher des lucioles…

C'était l'heure où bourdonnent les logis de France du réveil musculaire radiodiffusé, l'heure où les cellulites blêmes se combattent par l'extension de la jambe gauche, l'heure où les femmes se tapent en cadence les fesses sur les tapis avant de se venger de ceux-ci avant dix heures…

Un campagnol s'approcha d'Antoine et lui mordit le doigt.

Un limaçon survint peu après et lui souilla le visage.

Le jeune garçon ouvrit un œil et chassa la bestiole. Tiens, il avait rêvé être dans un champ… Il referma l'œil en question, attendit le cri du père Peyralout : « Lève-toi, fainéant, je vais te faire jouer à la balle ! » mais rien ne vint. Il tira les couvertures sur ses pieds…

De l'herbe. De l'herbe ?

Il s'assit. Trois oiseaux matinaux xylophonaient au

sommet d'un peuplier. La mandarine du soleil... Ah OUI...

Il se sentait la tête lourde. Quant aux reins, ils rechignaient, matérialistes, sur cette couche de pâquerettes. Il se leva et s'approcha d'Augustine, le cœur serré. Il la remit sur pied et l'ausculta.

C'était du solide d'avant-guerre de 14. A part cette roue déjantée et la bosse de l'aventure fleurissant sur un côté du coffre, elle n'avait pas souffert...

Antoine maudit ses créateurs à la vue des flageolets répandus dans le ray-grass et les ramassa un par un. Au dernier, il était midi.

Il répara ensuite la roue, tira le véhicule sur la route, affermit sa casquette d'une tape hargneuse, sauta en selle et démarra.

Tablant sur une moyenne horaire de dix kilomètres à l'heure, il calcula que sa randonnée lui nécessiterait au bas mot trente heures effectives de pédalage, abstraction faite du temps des repas et de celui consacré à Morphée, équipier fidèle du Marchand de Sable.

Antoine, au lent cours des hectomètres, reprenait son sourire et sa confiance dans la victoire finale.

A dix-neuf ans, Schopenhauer vous laisse de marbre et vous le confondez volontiers avec un coureur automobile allemand. En outre, lorsque vous avez la chance de réagir au printemps sur la route sans maugréer qu'il s'agit là du temps rêvé pour les averses, le rhume des foins, les coups de soleil, les moustiques, la malaria et le scorbut floral, c'est qu'il vous reste un cœur, des yeux pour voir, un zeste d'ange...

La traversée du premier bourg alerta le garde champêtre, la pompe à incendie et les enfants des écoles.

Antoine passa le nez en l'air, apostolique, indifférent

aux sarcasmes de ces populations rurales à peine frottées de civilisation.

Il s'arrêta ensuite pour déjeuner.

Remplir une casserole à un ruisseau troublé par les grenouilles, ramasser du bois et creuser un foyer lui prit un temps considérable.

Mais la cuisson d'une poignée de flageolets fut une tâche quasi insurmontable. Antoine dut se contenter d'un menu à réjouir le Spartiate le plus féroce : haricots fermes au poste, absence de sel, de pain et de couvert. La première boîte de sardines tomba au champ d'honneur après une vive résistance au couteau de l'aventurier. Magnanime, le vin se laissa boire.

Sur le coup de cinq heures de l'après-midi, Antoine reprit la route. Il n'était encore distant de Vauxbrelles que d'une vingtaine de kilomètres.

Mais le drapeau du R. C. Pommard flottait aux vieux vents libertaires...

Antoine prit l'habitude de contourner les villages, les encombrements qu'il créait le retardant par trop.

Contourner un village consiste à emprunter les pires sentiers de chèvre, à se trouver nez à nez, la signalisation étant hors de question, avec une mare où s'ébattent des canards hilares, à rentrer dans une cour de ferme, en s'imaginant rejoindre ainsi la route nationale, à résister à l'assaut d'un chien de garde désireux de mériter un grade de chien-loup, enfin à traverser un champ de blé où bourdonnent et sifflent frelons, serpents et fourches de paysans incompréhensifs...

Sur la route, c'était un hymne de grillons, de papillons folâtres et de mouches d'argent, un concert allègre de coquelicots, de violettes et de bourgeons bonasses d'où naissaient comme des cœurs de laitue...

Antoine évitait l'escargot rêveur, la sauterelle boiteuse, la chenille féline. On n'écrase pas le printemps, l'hiver vient assez tôt, pensait-il en aspirant la poudre de riz dont s'était chargé l'air d'avril, l'air de la vie.

Lorsqu'une côte l'obligeait à descendre de machine, il chantait en poussant la placide Augustine :

Une étoile m'a dit
Deux étoiles m'ont dit
Connais-tu l' pays du rêve ?
Le pays d'amour
Où sous le ciel bleu
Tout est joyeux...

Attendrissant, Antoine, sa liberté réveille-matin lui sonnait aux oreilles, l'assourdissait, le ravissait de ses mille picon-grenadine...

Il filait dans les descentes, dépoitraillé, hurlant pour chasser les poulets, heureux, ivre de joie malgré les haricots, malgré les ahans d'Augustine, malgré toutes ses misères de chevalier roulant...

Les fauvettes lui chantaient « Allez Racing », un corbeau croassa « A bas le père Peyralout », une très amoureuse piéride du chou l'embrassa sur les lèvres.

Le soir venait, mauve à reflets roses.

Antoine doubla une charrette de foin. Il lut la terreur dans l'œil globuleux des bovins préposés à l'attelage et appuya derechef sur les pédales pour fuir le courroux du cocher à chapeau de paille.

Il se hasarda dans un village afin de s'y rendre maître d'une baguette de pain et d'un paquet de sel.

La boulangère attendit la venue à l'air libre de son porte-monnaie avant de le servir, tandis que les enfants du cru s'égaillaient en tous sens, convaincus qu'il s'agissait là du fameux loup-garou ou, au mieux, du non moins effrayant croque-mitaine.

Il restait au garçon la respectable somme de cent quatre-vingt-dix-sept francs.

Les haricots du soir, plus pitoyables que ceux du midi, cuirent plus volontiers.

Rassasié, Antoine décida d'accomplir une dizaine de kilomètres digestifs avant l'obscurité.

Le triporteur, rodé, ne faisait à présent guère plus de bruit qu'une batteuse en activité.

12

La nuit bourdonnait de fantômes et de surnaturelles étoiles plongeaient du ciel aux mares où s'exhalaient, solennels, les cent mille trombones des grenouilles.

Antoine, épuisé, les yeux à demi clos, pédalait entre deux haies d'ombres mouvantes. « Encore un kilomètre, et je m'arrête », grommelait-il à chaque borne. Mais, entraîné par sa jeune liberté, serrant les dents, il poursuivait, mécanique, sa route.

Les grands totems des poteaux télégraphiques chatouillés par le vent poussaient des cris patibulaires. Quant aux sorcières juchées sur le dos des buissons, elles frottaient leurs chicots l'un sur l'autre en un bruit de château hanté. « Hou hou », pleuraient les âmes mortes. « Rrrou rrrou », rrroucoulaient sous la lune les farfadets hilares du printemps.

Antoine, impressionné, roulait toujours dans la nuit irréelle.

— Si je me couche dans un fossé, j'aurai dix fois plus peur. Allons, ne soyons pas pusillanime, marchons, marchons, qu'un cent à l'heure abreuve nos pneus ballons !

Le triporteur hoquetait de frayeur, pâle comme du gras de jambon coincé par le sandwich des ténèbres.

En robe du soir blanche au volant de sa Buick de diamant, Holiday Thompson, Américaine blonde née des légendes de l'Ouest ancien tout grinçant de guitares, rêvait au « charming prince ».

Cette nymphe transatlantique, chantonnait, éthérée de « Bourbon » et de fleurs :

... And the other night
He had a fight
With a girl named Mandy Brown...

La Buick chassait devant elle, au grand galop, les lapins et les papillons de nuit.

Antoine bâilla à en avaler la silhouette menaçante d'une meule posée au milieu d'un champ. « Je suis pompé, j'ai des visions, je ferais mieux de roupiller », telles furent les perles qu'il enfila une à une sur le fil raccourci de sa pensée.

Un tesson de bouteille posté là depuis le matin se précipita avec allégresse à la rencontre du pneu avant gauche. Un juvénile braillement de fureur recroquevilla sur leurs tiges toutes les aubépines du secteur.

Holiday Thompson adorait prendre les virages sur deux ou trois roues en criant de comanches « Youpi ! » propres à rendre cardiaques les chiens de garde.

Antoine, désespéré, mit pied à terre et alluma la bougie que le minutieux Lafrezique avait jointe aux bagages, ornée d'une étiquette « Pépins nocturnes ».

Incontinent, un troupeau de lucioles vint caracoler aux alentours de cette lueur sympathique.

Antoine répara, s'enduisant avec une rare conscience de dissolution. Enfin, épuisé, il chut dans l'herbe, une rustine puissamment collée sur le front.

Au cœur des nuits flottantes de rideaux bleus, la Buick rencontra Augustine.

Holiday Thompson descendit et se mit à danser, très blonde en robe du soir blanche, un boogie-woogie sur la route.

— Mince de Wlakyrie, songea le propriétaire du triporteur. Et il s'approcha d'elle en rougissant.

Elle était lunaire, à ses yeux, cette femme en pantalon, cet ange doré surgi comme une fleur de l'un des « clous » du Salon de l'Auto. C'était sans doute la première femme qu'il voyait... Plus éloignée de la fille du charcutier, de Marie-Fraise et de Claudette-la-Pesée que n'en était la Nouvelle-Zélande...

Holiday, elle, dévisageait ce petit provincial aux bouclettes de paille, au teint de sein nourricier, aux regards de fontaine, ce petit french boy se dandinant sur un pied...

Sans dire un mot, elle le prit par la main. Était-ce du « Soir de Paris », du « Jette-toi dans mes Bras », du « Coucou fais-moi Peur » ou du « Tes Lèvres Crêpe de Chine », le parfum qui se dégageait d'elle ? Antoine n'en savait rien, mais cela n'avait qu'un rapport lointain avec l'eau de Cologne que Mme Peyralout se vaporisait sous les bras. Et puis l'Américaine sortit de sa poche revolver une flasque de whisky. Ils la vidèrent pour se donner une contenance.

Leur mutisme avait quelque chose d'embarrassant. Assis côte à côte sur le marchepied de la voiture, ils entendaient près d'eux grouiller les mille-pattes et les astéroïdes des ténèbres.

— On n'est pas mal, ici, affirma Antoine, à la longue.

— No compris, sourit sa voisine.

— Les femmes, ça ne comprend jamais rien, soupira-t-il.

— *I'll never forget this night !*

Sur cette catégorique prise de position, elle lui mit un bras autour du cou et lui montra la photo de son mari présentement occupé à passer des nuits blanches sur les lits à « roulettes » du casino de Monte-Carlo, celle de son fils champion de base-ball, et celle d'Ingrid Bergman, une amie de la famille.

Émű, ravi, tout « froufroutant », le jeune garçon ronronnait sur la tendre épaule made in US. Tout débordant d'amour, il se mourait dans les cheveux odorant la félicité, la merveille et l'*auto-opium,* tant il est reconnu que les plus efficaces drogues sont celles manufacturées à l'usine du cœur.

Soudain, quelques gouttes de pluie s'aplatirent sur la carrosserie.

Affolée, Holiday se coula à l'intérieur de la voiture. Antoine, décent, resta dehors.

L'averse se mua en orage, puis en trombe.

Le garçon demeurait dehors, trempé, malgré les signes désespérés de l'Américaine. Il voulait prouver que l'on pouvait être natif de Vauxbrelles-en-Bourgogne et se conduire en gentleman. Et un gentleman n'entre pas tout boueux dans la Buick d'une dame seule.

La portière claqua et Holiday sauta à terre en épuisant toute une collection de jurons slang. Elle vous attrapa cette buse de petit Français par les cheveux, banda des muscles de mère de joueur de base-ball et projeta Antoine sur la banquette. Elle le suivit et referma la porte sur eux.

La radio susurrait en coulisse la *Valse brillante* de Chopin.

Antoine se mit à claquer des dents sur un rythme de batterie New Orleans. Holiday l'entortilla dans une couverture et lui chanta trois blues.

Après quoi, elle reprit sa couverture et le viola.

....

Son corps sentait le tub, la baignoire de marbre, le dentifrice, la Californie, le « Soir de Paris », le « Prends-moi Toute », le dollar-or, l'amour au mois d'avril, le whisky, la menthe, Air France et tous les soleils de Palm-Beach.

Ah ! ce petit Français qui ressemble à une grenouille et embaume toute la pluie du ciel...

Antoine perdu dans la blondeur.

Antoine fier d'aimer sur cette banquette de velours la pote d'Ingrid Bergman.

Antoine qui ne comprend pas un seul mot d'amour.

Et Augustine qui, dehors, recommence à rouiller...

....

Trois oiseaux matinaux, xylophone, peuplier...

L'aube aux yeux de rosée souleva d'un doigt de dentelle les paupières du jeune Peyralout écroulé sur les pâquerettes.

— Holiday... gloussa Antoine, cherchant d'une main moite autour de lui la poitrine des États-Unis d'Amérique.

Sa main ne rencontra qu'une limace hébétée par les premiers rayons du soleil.

Il se dressa sur un coude, la gorge serrée.

Elle était partie, déjà, partie comme elle était venue, dans le brouillard. Plus rien. Seule la route, la route longue à en perdre la vue...

Et, tout tremblant d'amertume, il se demanda si elles avaient vraiment vécu, elle, si blonde, elle et sa Buick n° 5963...

La tête transformée en ruche par une réflexion opiniâtre, il se posa la question, sans la résoudre, jusqu'au moment où le passage d'un facteur cycliste vêtu d'un bleu joyeux de ligne bleue des Vosges l'incita à reprendre, à l'endroit où cette nuit suspecte l'avait déposée, son odyssée.

13

Le coffre d'un triporteur est entouré par une barre, sans doute décorative, protectrice à la rigueur.

A la barre d'Augustine pendaient : le drapeau cher à Dabek Sariéloubal, une brosse à dents, une poêle à frire, un bidon de soldat, une paire de chaussettes mise à sécher, trois cravates de rechange, l'une à pois, une autre à rayures et la troisième à carreaux.

La chaleur stimulait les grillons et les fleurs, ces grandes couturières de la campagne.

Antoine, la casquette enfoncée, roulait donc, un arrière-goût des étranges amours de la veille à la gorge, lorsqu'une infernale pétarade de moteurs le fit regagner sa droite.

Deux motos l'encadrèrent et freinèrent, avec la soudaineté de Guignol entouré de gendarmes. Ceux-ci étaient des policiers de la route.

— Ça va ? demanda l'un d'eux.

— Pas mal, balbutia Antoine, peu accoutumé à se voir demander des nouvelles de sa santé par des représentants de la loi, fût-ce par le garde champêtre de Vauxbrelles.

— Tu vas loin, comme ça ? questionna le second.

— A Paris, répondit le garçon, du même ton qu'il

eût employé pour avouer deux crimes, l'un crapuleux et l'autre passionnel.

Les deux flics hochèrent la tête, après s'être approuvés du regard.

— Ça y est, pensa le garçon, le père Peyralout a bolidé à la gendarmerie pour que l'on me repique et me fasse réintégrer la quincaillerie natale. Il ne me reste plus qu'une chose à faire, « m'engagez-vous rengagez-vous dans les troupes coloniales », ce que ces deux citoyens ne vont pas tarder à me proposer.

Quoique de la sécurité du territoire, ils étaient loin d'être aussi imaginatifs. Le premier, qui ressemblait par sa structure à une fontaine Wallace, déclara :

— Mon petit gars, tu ne peux pas aller à Paris par cette route-là.

— Et pourquoi donc, puisqu'elle y mène ?

La fontaine Wallace, que cette réponse impertinente avait froissé dans son âme de sensitive, fronça des sourcils de bûcheron calabrais et grogna :

— Tu n'as pas remarqué que c'est plein de touristes, sur cette route ?

— Non, nia Antoine, partisan du principe « n'avouez jamais ».

— Eh bien, il y en a. T'as bien vu leurs voitures ?

— Oui, acquiesça Antoine, vaguement rassuré par l'absence du père Peyralout dans le texte.

— Alors, tu t'imagines que ça fait bien, pour la France, que ces touristes te voient, toi et ta casserole à roues sur notre plus belle route ?

Antoine respira tout à fait. Lorsque les flics se mêlent d'esthétisme, ils deviennent inoffensifs. Le second motard renchérit :

— En un mot, tu déshonores la nationale 7.

— Parfaitement. Mon collègue Bourrachot a trouvé le mot juste : tu la déshonores.

— Réfléchis un peu, mon petit gars. Voilà des touristes qui viennent de Nîmes, où que c'est plein de maisons carrées, de Lyon, de partout, quoi ! Ils ont mangé du jambon du Morvan à la lie de Bourgogne, du coq au chambertin ou de la meurette d'anguille. Je te parle comme ça parce que mon frère est cuisinier. Donc, ils viennent de manger ça, de boire les plus bons vins, de voir les plus belles filles du monde, ils repartent enthousiasmés, prêts à revenir l'année prochaine avec leur grand-mère et leurs cousins et ils tombent sur quoi ? Sur toi ! Sur toi et ta poubelle qui roule ! Alors, ils pensent : « Pauvres Français, ils en sont encore au stade de la reconstruction. Voilà à quelles extrémités les ont poussés deux guerres... » C'est pas vrai que ça la fout mal ?

— Oui, p't'être... grommela Antoine, vexé.

— D'ailleurs, il y a des précédents : sur les Champs-Élysées, à Paris, on laisse pas se balader les vidangeuses...

— Eh bien, conclut la fontaine Wallace, soudain lyrique, la nationale 7, c'est les Champs-Élysées de la France !

Sur ce, les deux policiers consultèrent côte à côte une carte de la région pendant qu'Antoine, sur sa selle, digérait à grand-peine la comparaison scatologique dont venait de souffrir sa monture.

Enfin, les deux flics revinrent près de lui, la carte dépliée comme l'éventail d'une brune Malabaraise.

— Tu vois, c'est pas compliqué, proféra le nommé Bourrachot, tu prends à gauche, tout de suite après un bois, pardon, après un moulin à vent. Ensuite, tu arrives à un pays qui s'appelle... Merde, on peut pas lire... Enfin, tu verras bien. Tu suis ?

— Oui, répondit Antoine en revivant le match de championnat R. C. Pommard-F. C. Nuits-Saint-Georges auquel il avait assisté l'an dernier.

— Bon. Après ce pays, tu tournes à droite, tu traverses un pont, tu passes devant une gare, tu files jusqu'à ce que tu trouves une caserne sur la gauche...

... Et Dabek Sariéloubal, « Le Grand Faucheux Noir », détourna en corner une balle à crever les filets, sous les applaudissements frénétiques des supporters du grand club bourguignon...

— Passé la caserne, tu trouves une route départementale qui te mènera à une autre que tu pourras prendre pour aller à Paris...

... Peu après, Adrien Delatouche descendait tout le terrain la balle aux pieds et tirait au but adverse sous un angle impossible. C'était la victoire... Le Racing enlevait le championnat avec un point d'avance...

— Tu as compris ?

Antoine dévisagea les deux motards. Qu'est-ce qu'ils foutaient sur un terrain de jeu ? La fontaine Wallace s'énerva :

— Si tu n'as pas compris, c'est pareil. En tout cas, qu'on ne te retrouve pas sur cette route. Allez, Bourrachot !

Les deux flics grimpèrent sur leur B.M.W., saluèrent cet étrange particulier et disparurent à la quête du procès-verbal quotidien.

Antoine se frotta la nuque d'une paume ennuyée. Voilà que ces empêcheurs de voler en rond lui ôtaient la route, lui coupaient le bitume national sous les pieds. S'il suivait leurs directives, il était certain de se retrouver sur le versant nord du Jura ou sur le littoral méditerranéen, c'était évident... S'il ne les suivait pas, ce serait pour les suivre (les flics) au poste.

Midi sonnait un peu partout sur la plaine. Antoine décida de déjeuner espérant trouver entre les cotylédons d'un flageolet la solution de ce problème.

A présent, il cuisait les haricots par casserole d'un kilo. Il en avait ainsi pour toute la journée, petit déjeuner compris.

Cette nouvelle vie l'enchantait. Chaque tour de roue enfonçait le visage abhorré du père Peyralout dans de sombres nuages de limaille de fer et de vert-de-gris, mais rapprochait d'autant les hautes murailles blanches du stade de Colombes... Et puis, il y avait le souffle frais des forêts traversées, il y avait les crépuscules de sang saupoudrant de minium les vignes, les repas pris au bord d'une mare pavée de lentilles d'eau, sous l'œil romantique des grenouilles, les bains de pieds dans les petits ruisseaux frissoulant sous les feuilles, la lecture du journal de sports acheté au hasard d'un village, lecture faite à l'ombre d'un chêne napoléonien, les nuages des mouches de saphir sur la route, la route elle-même, enfin, tantôt familière, tantôt impressionnante, infinie...

Et cela compensait les moustiques, les côtes montées à pied, les moqueries des habitants préhistoriques...

La fumée de la casserole attisait les rêves de l'ancien quincaillier.

Plus tard, lorsqu'il serait grand, il revendrait le fonds de son père, achèterait un bistrot, pas trop loin de la place de la gare. Il aurait pour commencer la clientèle du club, puis celle de toutes les équipes de football. Il lancerait des dés ou battrait des cartes toute la journée avec les amis. Sa femme — quelle femme ? Cela restait obscur en sa pensée — servirait et laverait les verres. Il serait son maître, comme il l'était, là, devant cette casserole qui fumait...

Il mangea, bercé par la chanson d'une scie électrique, là-bas, dans les bois.

C'est alors qu'il aperçut, venant à lui, un canard. Un misérable canard d'une quinzaine de jours au duvet blond et à l'œil de bouton-pression, lamentable, émettant de maigres bruits de trompe d'automobile. C'était un orphelin, un égaré ou un Poil de Carotte, joli comme un Douanier Rousseau, sympathique dans sa détresse infantile.

Antoine n'osa bouger de crainte de l'affoler.

Le palmipède s'arrêta sous les ombrages d'Augustine, son regard de soie noire levé vers l'homme.

— Viens, dit Antoine, je ne te mangerai pas...

— Coin-coin, déclara l'autre.

— Approche, approche, on aime la liberté, hein ? Viens, je suis Peyralout. Pas Hubert, son fils, n'aie pas peur...

Le caneton, rasséréné sans doute, fit deux pas en avant. Antoine lui jeta une mie de pain. Elle ne toucha pas terre, l'affamé l'ayant gobée au vol. Alors Antoine le bombarda de miettes. L'autre plongeait sur elles, bec et col ras du sol, pointant la tête au ciel pour avaler, la repliant comme un roseau pour ramasser avec la pelle de sa mandibule inférieure une raclure de croissant...

Antoine tendit la main et saisit la bestiole. Celle-ci semblait sourire et dodelinait du chef.

— Je t'adopte. Tu viendras à Paris et tu t'appelleras Corner.

Familier, le caneton se coucha dans la main. Antoine déboutonna sa chemise et le glissa entre l'étoffe et la peau. Il devint tout chaud, eût ronronné s'il n'eût été canard et s'endormit.

Antoine resta là, statufié pour ne point l'éveiller. Un cœur tout chaud, comme un bras de femme, un pain sortant du four, un café-crème, un cœur battait contre le sien... Un compagnon...

Au bout d'une heure, il fallut reprendre la route. Il installa Corner dans le coffre, sur une chemise.

Il soulevait parfois le couvercle pour voir si son protégé supportait les voyages. Le petit bougre se baladait dans ses appartements avec la plus grande dignité, dormait, chantait, jouait avec les haricots...

Pour obéir aux flics, Antoine tourna donc à gauche après le moulin à vent...

14

Augustine dévalait les chemins vicinaux, enjambait les ponts de bois, affolait les pintades, Antoine sur son dos et Corner en son ventre.

Un frêle soleil de matin faisait brûler son cierge pour le repos des âmes de la sauterelle commune et des fleurs jaunes des fossés, celles dont on ne sait jamais le nom.

Antoine, torse nu, pédalait, attentif à tous les parfums et à tous les bruits des fraîches forêts traversées à l'heure où la goutte d'eau tombant sur une feuille éveille des tonnerres au cœur des fourmilières.

Il prit le caneton et le posa sur son épaule, comme un faucon.

Corner, insensible au vertige, protégeait son maître des mouches, le sourire au bec car le sourire des canards est à la fois le plus flagrant et le plus attendrissant du monde de l'enfance.

Antoine, ces deux pieds palmés sur sa peau, soliloquait en appuyant à intervalles réguliers sur la trompe de caoutchouc, ce qui mettait Corner en joie :

— Oui, petit, le mariage nous guette, comme vous guettent la broche et les navets. Imagine-toi dans une assiette avec de la sauce ? Représente-toi tes os allant un à un, rongés, garnir un bord de plat ? Moi, c'était Marceline et le lit de Marceline, le souper à huit heures pile, le coucher quand sonnent dix heures... Ç'aurait été l'interdiction d'aller au Thermomètre, celle de serrer la main aux potes et celles de jouer au 4.21, d'aller au stade et de chanter dans les rues après minuit. Alors que là, petit, c'est la vie, la liberté, pas celle qu'on défend sur les journaux et chacun pour son compte, celle qu'a la fleur de pousser sans pot et sans baguettes pour la faire tenir droite. Tu comprends ? Tu comprends pourquoi un homme peut être heureux en ne mangeant que des haricots secs ? Vive le soleil ?

Corner salua le dernier coup de trompe par des gloussements de béatitude. Un frelon tentait de passer entre deux des rayons de la roue arrière et trouvait l'entreprise difficile.

Un chien aboya.

Puis un autre, à la mort, ce qui était exagéré.

Tous, enfin, terrorisant les poules obsédées par le spectre de la buse.

Le rasoir de l'adjoint dérapa de frayeur sur un grain de beauté, ne fut stoppé que par l'obstacle naturel d'une narine mal placée. De cette collision jaillirent le sang et, pour finir, l'alcool à 90.

Les chiens aboyant donc, les chats se sentirent visés, se mirent sur la défensive et soufflèrent de rage, sous les portes des granges et des greniers. Un bébé apprenant à marcher en resta coi, atterré, flageolant sur des jambes qui en demeurèrent arquées.

Un héros parla de sortir avec une fourche. Debout comme sur une barricade dans la cuvette où il prenait un bain de pieds, il déclara qu'il urgeait de combattre les armes à la main.

Le charcutier, qui jouait au billard, en fendit le tapis

sur une longueur de 0,77 m ainsi que le prouva, par la suite et mètre à l'appui, le cafetier.

Augustine, cause de ces quelques perturbations survenues à sa seule vue, freina sur la place du marché de la petite bourgade de Saint-Tombans.

Antoine descendit Corner, le fit barboter dans l'abreuvoir municipal, le sécha, le massa et le saupoudra de farine, ce que l'animal adorait.

Le garçon songea ensuite qu'il ne lui restait plus d'allumettes et, laissant le triporteur à la garde du volatile, entra dans une auberge-bureau de tabac. Un paysan, un ciseau à tailler les haies à la main et le chapeau de paille recouvrant une botte de cheveux gris, parlait à la patronne :

— Oui, la mère. Mon gars est parti soldat hier. C'est un bien grand tourment que l'État nous fait là, de nous prendre nos gars pour si longtemps sans leur donner un sou. Qui est-ce qui va garder mes vaches, maintenant ? Y a pas de bon Dieu, des vaches, faut quelqu'un pour s'en occuper, hein, la mère ?

— Pas de doute, père Barquignat.

— Où que je vais bien trouver un berger, moi, maintenant ? Les gars du pays, ils ont tous autre chose à faire que de garder les vaches. Et pourtant, hein, la mère, des vaches, si c'est pas gardé, ça va chez le voisin ou alors, faut y clôturer mais ça profite pas pareil...

— Sûr, père Barquignat.

Antoine, intéressé, commanda un blanc-vichy et but du petit-lait à l'écoute des doléances sans cesse réitérées du paysan.

Il avala son verre pour se donner du courage et aborda le bonhomme.

— Si ça vous fait rien, moi, je pourrais faire le berger.

Il aspira une puissante goulée d'air pour faire saillir son torse.

Le père Barquignat ne frémit pas d'une ride et dévisagea ce garçon qui sortait à coup sûr de la ville et devait s'y connaître en paysannerie comme lui en musique de jazz. On pouvait le dresser, sans doute, mais est-ce qu'il était « cher » ? Il plissa les yeux, rabattit encore son chapeau :

— Vous savez soigner les bêtes ?

— Non, mais...

— Ça se voit. Mais ça peut s'apprendre quand on a du courage. Vous pouvez aussi aider à la ferme ?

— J'y arriverai...

Le bonhomme ferma tout à fait les yeux, en proie à des réflexions dramatiques. Antoine, gêné, regardait le plafond.

Enfin, le père Barquignat sortit de son mutisme. Il murmura en ruminant les mots comme des morceaux de bouilli :

— Vous savez, forcément, nous, on n'a pas une grande ferme, et puis, au début, vous ne serez pas utile à grand-chose... Moi, je veux bien vous essayer, mais faudrait que vous y mettiez du vôtre. Ça, vous seriez nourri, lavé, couché, comme nos deux commis, mais pour l'argent, hé, on n'a pas une grande ferme... Si vous êtes courageux, si vous avez de la bonne volonté, on pourrait voir ça par la suite, un peu plus tard...

Antoine n'écoutait plus : berger... Il allait être berger... Berger, son rêve ! La nature, les pipeaux, je suis le pâtre des montagnes, les rudes et sains travaux des champs, les bucoliques... Et puis, en travaillant de tout son cœur, il gagnerait le prix du billet de Colombes, c'était certain. Et quelle aventure merveilleuse, les levers à l'aube, le pain bis, l'odeur des étables, les champs, le chien fidèle, tout, quoi !

Lorsqu'il s'aperçut que le paysan avait fini son laïus et se tripotait la moustache en comptant semblait-il les dalles du carrelage, il répondit :

— Marchez, on s'arrangera toujours.

Le père Barquignat répéta quatre fois que, chez lui il n'y avait que des courageux et qu'on y connaissait la valeur du travail, des hommes et de l'argent.

Après quoi, il déclara que l'affaire était conclue et qu'on verrait bien si ça pourrait aller.

Pour sceller le marché, il offrit une chopine de rouge qu'ils burent en silence, Antoine songeant à ses vaillants bovins et lui à une assurance contre la grêle, cette grêle qui trouvait le moyen de coûter des sous toujours, qu'elle tombât ou point.

Il se leva en un vacarme de sabots. Obéissant à son maître, Antoine fut debout, se tassant déjà sur ses jambes pour ressembler au plus vite à un authentique enfant de la glèbe.

— C'est à vous, ça ? interrogea le père Barquignat en désignant le triporteur.

— Oui, répondit avec embarras Antoine qui en voulut à Augustine, l'accusant déjà d'être un sérieux obstacle à sa carrière de berger de bovins. Mais l'autre ne s'en formalisait pas :

— C'est très bien, avec ça, vous allez pouvoir me suivre jusqu'à la ferme sans monter dans la carriole. C'est que mon cheval n'est plus guère costaud...

— Ça doit revenir cher à nourrir, un cheval, appuya, servile, Antoine trop heureux d'avoir trouvé le point faible du bougre.

Celui-ci lui en sut gré en répondant par un « les yeux de la tête, mon petit, les yeux de la tête... » où passa une véritable tristesse teintée de billets bleus volant au vent.

Le père Barquignat grimpa dans la charrette et le bourrin s'ébranla avec la sagesse due aux avoines rares sorties ou à peu près des tripes de son maître. Antoine suivit sur Augustine.

Allons, la vie était de plus en plus belle. On allait passer quelques jours à la campagne, des vacances, en quelque sorte, et l'on filerait sur Paris, engraissé de soupes au lard et la place pour Colombes en poche. Ce séjour ne pouvait être que vivifiant. Il y avait peut-être des filles, dans cette ferme, des filles « que l'on culbute derrière une meule de foin », c'est bien connu.

Il chercha comment demander cela au vieux en une aimable clause de style et l'ayant trouvée, vint se mettre à la hauteur de la charrette :

— Il y a beaucoup de monde, dans votre ferme ?

Le père Barquignat réfléchit, tout comme si on lui avait fourré sous le nez les principes de la gravitation universelle transcrits en sanscrit et grommela :

— Y a moi, ma femme, Alfred et Jean, mes commis, ma belle-mère, mon grand-père et mes deux filles.

Antoine se cligna de l'œil. Eh eh, deux filles, c'était dans la poche.

— La plus vieille va faire sa communion cette année, termina le père Barquignat, lâchant sa dernière phrase avec trois longueurs de retard sur la première.

Antoine, vexé, haussa les épaules. Ah, les deux filles jouaient encore à la marelle ! Eh bien, il se rabattrait sur la mère.

Une auto venant en sens inverse le contraignit à regagner le sillage poudreux de l'attelage. Une dure côte le fit mettre pied à terre tandis que le cheval, excellent grimpeur, filait à l'horizon. Antoine sur le plat dut pédaler comme un furieux pour le rejoindre. Un cageot s'envola alors de la carriole et vint coiffer le malheureux garçon qui eut toutes les peines du monde à s'en délivrer et à le remettre aux côtés du père Barquignat.

Enfin, une descente lui permit de doubler la charrette et de dégringoler pendant deux kilomètres sans se retourner.

Il jeta enfin un coup d'œil derrière lui pour voir où en était le patron. Il le vit, tout là-haut là-haut, à mi-côte, qui virait dans un petit chemin en lui faisant des signes.

Il en resta pantois. Il n'avait plus qu'à remonter. Fou de rage, il invectiva le ciel en des termes qui eussent fait rougir un libre penseur et repartit à pied, aveuglé de sueur, en poussant cette rosse d'Augustine qui n'en pouvait plus de se faire lourde exprès.

Il arriva enfin à ce chemin, remonta en selle. Le sentier, bourré d'ornières comme le sont de rails de tramway les rues de Marseille, orné de flaques d'eau croupie était un parcours idéal de cyclo-cross.

Augustine tiqua sur un moellon camouflé par une perruque de mousse et se précipita sur un mur de ronces, d'aubépines et de prunelliers.

Antoine fut en une seconde semblable à un pêcheur dont la ligne vient de s'enrouler avec grâce autour d'une branche maîtresse. Le malheureux s'en prend à sa mauvaise étoile, avant toute chose. Ensuite, il tire à tour de bras sur sa canne, casse le fil. L'hameçon tombe et manque l'éborgner. Les plombs suivent, crépitent comme chevrotine sur l'eau. Le pêcheur grimpe à l'arbre — déchire à tout hasard son pantalon — rampe sur la branche, voit son chapeau rouler dans l'onde et pour finir, le suit en un immense fracas de bois cassé.

Ces malheurs, transposés à la situation précise d'un garçon chu sur un tas de végétation piquante, furent ceux d'Antoine. La providence lui épargna toutefois la présence d'un nid de guêpes.

Le fils Peyralout s'extirpa enfin des broussailles. Si son état d'esprit était proche de celui du pêcheur en question, une couronne d'épines le fit cousin germain de Jésus-Christ.

Furibond, il enfourcha Augustine, chassa devant lui pendant deux cents mètres un troupeau de dindes glougloutantes, entra aux trousses de cet équipage sonore dans la cour de la ferme. Trois molosses l'entourèrent en hurlant, toutes babouines à l'air libre.

Le père Barquignat sortit sur le pas de porte de la maison :

— Allons, entrez ! Et ne faites pas peur aux dindons, ici, on n'est pas là pour s'amuser !

Antoine était certes de son avis.

Il mit pied à terre, conseilla d'une voix ferme aux cabots d'aller se coucher, mais cette tentative d'intimidation ne rencontra aucune oreille complaisante. Cerné par un trio favorisé par la nature quant au chapitre crocs, Antoine pianota sur le coffre du triporteur dans l'attente de jours meilleurs.

Le père Barquignat passa une tête intriguée :

— Eh bien ?

— C'est vos chiens...

— C'est-y que vous avez peur de ces toutous ? Ça ne ferait pas de mal à une mouche...

Antoine pensa qu'il n'était pas une mouche, hélas.

Enfin, les mâtins, mis à la raison par la voix de leur

maître, s'éloignèrent à regret, convaincus d'avoir loupé l'os de leur vie.

Antoine entra d'une allure dégagée dans la grande pièce de la ferme.

Le père Barquignat, à table, lampait une assiette de soupe en un bruit de cabinet de toilette.

Sa femme, bien plus jeune que lui et pas trop mal encore, grasse et la fesse d'un aérodynamisme assez provocant, essuyait la vaisselle.

La belle-mère — une ancienne figurante du Grand-Guignol —, le visage passablement hersé où s'ébattaient dans les sillons quelques touffes de poils follets, la belle-mère trayait une chèvre dans une espèce de réduit malodorant non loin de la cuisine.

Un très vieux squelette pelé se tenait près de l'âtre, fort de ses soixante-dix-neuf ans. Il sculptait un sabot, crachait dans la cendre et chantait sans trêve comme un disque fêlé posé sur le pick-up de l'éternité cette unique phrase :

Auprès de ma blonde qu'il fait bon dormir
Auprès de ma blonde qu'il fait bon dormir
Auprès de ma blonde etc. etc. etc.

Cela devait durer depuis une trentaine d'années.

Face à lui, une grosse hydropique à jupe courte se balançait sur une chaise. Elle fit de l'œil à Antoine.

— C'est le nouveau berger, grogna Barquignat en avalant un énorme et spongieux morceau de pain.

On salua le garçon d'un rapide coup de tête. La grosse lui refit de l'œil.

— Mince de pin-up, songea-t-il en contemplant cette vache humaine se dandinant sur sa chaise, et mince de touche.

L'hydropique, sans interrompre son mouvement oscillatoire, mit la main autour de sa bouche, poussa un cri inarticulé, fourra un doigt dans son nez, ricana et refit de l'œil à Antoine effrayé.

Le père Barquignat, surprenant l'attention de son berger, expliqua :

— C'est ma pauvre sœur. Elle a eu des convulsions quand elle était petite.

Du coup, Antoine ne quitta plus du regard cette larve bizarre comme il en existe tant, enfouies dans les campagnes. Celle-ci possédait une gamme de tics à défier l'imagination de Salvador Dali. Elle s'arrachait un cheveu, le contemplait un quart d'heure en souriant, émettait mille borborygmes imités de la radiophonie, happait des mouches avec la langue, accompagnée par le récital que donnait en fond sonore le grand-père :

Auprès de ma blonde qu'il fait bon dormir...

La belle-mère et sa fille, elles, usinaient en silence aux soins du ménage et de la basse-cour.

Le père Barquignat se leva :

— Venez, je vais vous montrer les vaches.

Antoine s'arracha au spectacle de la cheminée et suivit le patron.

Un coq planté comme un drapeau sur le tas de fumier attenant au puits ralliait ses poules comme l'on frappe dans ses mains pour avoir l'addition.

Le père Barquignat ouvrit la porte de l'étable, Antoine entra en conquérant. Dix-huit vaches, deux bœufs et deux juments s'étalaient sur une paille fumante de bouse. Un concert de bleuglements salua les deux hommes. Antoine enfonça une de ses chaussures cyclistes dans un crottin qui n'avait rien de bucolique.

— Belles bêtes, murmura le garçon enlisé jusqu'à la cheville.

— Les plus belles du pays, répondit le paysan, ça donne du lait que c'en est pas croyable et c'est brave comme un zouave et bon comme du bon pain. Oh, la Grise ! Oh !

La vache répondant à ce patronyme tourna un mufle hostile en agitant une clochette.

— Quand dois-je les mener au pré ? s'informa Antoine.

— Cet après-midi. Et faudra que ça broute. Emmenez-les où il y a de l'herbe et de la bien verte.

Dehors, le père Barquignat guigna le ciel.

— Vingt dieux d'ours, quand est-ce qu'on aura un peu d'eau ? Tout va griller que c'en sera la fin du pauvre monde...

Antoine branla du chef, souhaitant une ondée que le vieux n'aurait d'ailleurs pas tardé à maudire tant elle eût noyé les récoltes.

Ils revinrent à la ferme.

Dame Barquignat désigna sa chambre au berger néophyte.

Elle était bourrée de crucifix et de murs de pisé. Une paillasse de toile bleue sommeillait sous deux couvertures militaires.

Une fois seul, Antoine se frotta les mains de jubilation. Quelle aventure nom de dieu, quelle aventure ! Soupe assurée, une semaine de tranquillité sous un toit, quelque argent à ramasser, tout était, dans cette vie, ourlé d'étoiles d'organdi, chamarré de paillettes d'anis...

De la lucarne, il regarda sa nouvelle résidence.

Senteurs de foin, bel canto des volailles, à droite la grange, les remises, à gauche — air pur où vole la plume, ciel de campagne, beau ciel bleu télégramme — à gauche, une brouette dans laquelle est assise une petite fille et, quadrillée de bulles que font les poissons-chats, la mare des canards.

La mare des canards !

Qu'allait devenir Corner ? S'il le sortait du triporteur, le père Barquignat était capable de l'annexer. Ou bien il se perdrait, se battrait avec ses frères de race, oublierait l'amour pur qu'il partageait avec Antoine...

Le berger de bovins sortit sur le palier, descendit en trombe l'escalier. Il tomba sur le fermier examinant une paire de sabots.

— Essayez voir ça, c'était à mon fils qu'est maintenant boucher à Paris.

Antoine considéra les sabots. Fallait-il donc marcher avec ça ?

Le silence impatient du père Barquignat le décida à ôter ses chaussures cyclistes et à enfiler ses fragiles pieds d'ailier droit dans ces morceaux de plancher.

— Ça ira ?

— Comme un gant, assura Antoine pensant au gant de fer sur la main de velours, l'os des chevilles torturé d'emblée par le bois.

— Marchez un peu, pour voir.

Antoine fit quelques pas avec la grâce propre aux obèses-aveugles dévorés d'arthrite, de goutte et de paralysie radiculaire.

— Très bien, très bien, hocha Barquignat, je savais bien que ça irait, Gustave les avait mis un an, pas plus.

Et, plantant là le malheureux garçon en équilibre sur ses cothurnes de hêtre, il s'en alla aux champs.

Antoine, affolé, eut envie de pleurer : allait-il vivre désormais dans ces carcans atroces ?

Il esquissa de rage une gigue imprudente, se fit un auto-croc-en-jambe et roula sur le dallage de l'entrée, accompagnant sa chute d'innombrables jurons bien faits pour attirer la belle-mère.

— Qu'est-ce que vous faites par terre ? gronda cette femme méfiante.

— C'est les sabots... J'y suis pas habitué...

— Pourvu que vous soyez habitué à travailler, alors... Allez donc couper du bois, dans la remise.

Antoine partit dans la direction indiquée, plus claudiquant à lui seul que Tamerlan et Walter Scott réunis.

Le triporteur était garé dans la remise. Antoine souleva le couvercle. Corner, en proie au spleen le plus noir, s'imaginant volontiers promis à l'inanition et à la neurasthénie, poussa des cris de joie qui allèrent se planter en plein cœur sentimental du garçon.

— Oui mon copain, oui mon frère, je suis là, bien là, tu vas rester là-dedans tant que je garderai les vaches, et je t'amènerai de quoi casser la graine. Je ne tiens pas à te voir sous la férule d'une mère cane, et encore moins bien au chaud dans une cocotte en fonte. Si on vient dans la remise, ferme ton bec tant que tu ne seras pas sûr que c'est moi, tu comprends ? Non, tu ne comprends pas...

Ils se cajolèrent cinq minutes, mais la venue de la petite fille à la brouette les sépara.

— Bonjour, glousse la môme pendant que claquait le couvercle du tri.

Elle léchait une tartine de pain enduite de graisse.

Antoine salua l'arrivante et saisit une hache qui pesait bien huit ou neuf kilos. Une pile de bois à décourager une escouade de bagnards bûcherons s'élevait jusqu'à la toiture de tôle.

— Comment tu t'appelles ?

— Antoine.

— Qu'est-ce que tu viens faire chez nous ?

— Je suis berger et je joue du pipeau.

— Pourquoi ?

— Parce que tous les bergers jouent du pipeau, c'est bien connu.

Il pensa qu'il était contraire aux principes syndicalistes en usage dans les bergeries d'employer un authentique pâtre à fendre du bois, mais, décidé à conquérir la famille Barquignat, il passa outre à ses scrupules.

Plaçant une bûche à ses pieds, il éleva sa hache, en force, très au-dessus de sa tête. Le fer fracassa l'ampoule électrique, pour débuter. Ensuite, entraîné par le poids de l'outil, Antoine se sentit partir en arrière, s'écroula sur une scie qui lui mordit les fesses de ses trente-deux dents par bonheur mal aiguisées.

La diatribe qui suivit eût suffi à la petite fille du fermier pour la renseigner sur quelques parties du corps humain et sur la vanité de l'immortalité de l'âme.

La petite fille, assise sur un billot, chantonna :

— Tu es très vilain et tu as cassé l'ampoule.

— Ta gueule, fulmina Antoine dans sa barbe.

Il reprit la hache, l'éleva de nouveau, avec prudence cette fois, puis la laissa retomber de tout son poids sur la bûche.

Celle-ci, moins solide que ne le laissait supposer son aspect, se sépara en deux morceaux qui filèrent au ciel en sifflant.

L'un d'eux chut en un assourdissant bruit de gong sur une lessiveuse qu'il cabossa à jamais.

L'autre choisit pour atterrir le crâne encore tout

étonné d'Antoine, et le garçon glissa dans la sciure pour trois fois plus que le compte.

Lorsqu'il ouvrit un œil clignotant, ce fut pour entrevoir la petite fille, toujours assise sur son billot, toujours léchant sa tartine de graisse et toujours chantonnant :

— Tu es très vilain, tu as cassé l'ampoule et tu as abîmé la lessiveuse de grand-mère.

Antoine, groggy, comprit alors qu'il y avait des épidémies de croup qui se perdaient.

Il se remit sur ses jambes en grimaçant, la tête ornée d'une bosse telle qu'elle eût stupéfié les meilleurs phrénologistes du globe.

Mortifié, il délaissa la hache et scia du bois jusqu'à midi pendant qu'assise sur le billot la petite fille répétait :

— Tu es très vilain, tu as cassé l'ampoule et tu as fait de la peine à la belle lessiveuse de grand-mère.

Leitmotiv qui faisait rêver au garçon de produits anticonceptionnels.

....

La table était dressée. Elle était même dressée à ne supporter que le minimum vital : un chaudron de soupe où l'on eût pu ériger un mât de cocagne sans qu'il vacillât à la base.

Alfred et Jean, les deux commis, encadraient le père Barquignat. Antoine, à la droite de la grosse épileptique, n'en menait pas large, alerté par ses grognements et ses envolées lyriques nasales. Face à lui, le septuagénaire aux yeux de moule cancéreuse s'entonnait des louches de soupe entre deux hâtifs :

Auprès de ma blonde qu'il fait bon dormir...

Le nommé Alfred, une brute grasseyante dont le regard avait la limpidité d'un marécage la nuit sous un viaduc, ne pipait mot, lorgnant parfois avec concupiscence les appas tressautants de tics de la grosse. Jean, le second commis, si anodin qu'il serait presque passé inaperçu sur les Champs-Élysées, s'entretenait de la foire voisine avec le père Barquignat.

Celui-ci détenait le litre de vin à portée de sa main et ne remplissait les verres que lorsqu'il crevait lui-même de soif. Antoine mangeait sa soupe.

Il avalait entre deux bourrades hystériques de sa voisine, guettant du coin de l'œil l'accalmie lui permettant de porter sa cuillère à sa bouche.

— Fameuse, c'te soupe, rota Alfred en se torchant le groin d'une paume boueuse de bonne terre de chez nous.

— Très bonne, admit Jean, passionné par le prix des œufs.

— Exquise, minauda Antoine pour dire quelque chose.

— Y a trop de graisse, grommela Barquignat.

— Auprès de ma blonde qu'il fait bon dormir, appuya l'aïeul en fixant son assiette vide.

— Gloubagloubigloubo, décréta la dingue à l'adresse d'Antoine qui lui répondit, effrayé, qu'il n'en savait rien mais que ça ne tarderait peut-être pas.

Vint ensuite une galette gluante faite d'eau claire, de farine, de gros sel et de Seccotine.

Antoine remit avec discrétion sa part à l'un des molosses tapis sous la table et dont les yeux accablés de famine eussent fait la fortune du mendiant qui les eût possédés tant ils s'avéraient misérables.

La grosse entonna un alléluia de borborygmes et

vida le contenu de son assiette avec un fracas de chasse d'eau.

Au magma farineux succéda un fromage mangeable sur lequel étaient toutefois plantés, tels cheveux ou cure-dents, des brins de paille.

Le père Barquignat et les deux commis se levèrent ensemble, avec un synchronisme de trio burlesque.

— Au travail ! s'enthousiasma le maître.

— Au travail ! jubilèrent les autres en refermant avec un bruit de guillotine leurs couteaux de poche.

Antoine s'étouffa de fromage et reprit ses sabots.

Sur le pas de la porte, les trois paysans dévisageaient, haineux, le ciel bleu du bleu des yeux de l'amoureuse.

— Vingt dieux d'ours, quand est-ce qu'on aura un peu d'eau... Tout va griller que c'en sera la fin du pauvre monde... pleurnichait Barquignat.

— C'est comme qui dirait un vrai fait exprès, mâchonna Alfred avec la facilité d'élocution d'un bègue se lavant les dents.

— Pourtant y a un nuage, là-bas, émit Jean, l'œil empli d'espérance.

— C'est point un nuage, c'est des oiseaux...

Antoine, dans leur dos, piaffait de zèle. Un vacher sans vaches, qu'est-ce ? Fausto Coppi sans bicyclette, Louis Armstrong sans trompette et Sariéloubal sans ballon... Il y avait bien encore ces sabots partisans de la génération spontanée des ampoules et des durillons, mais il se réservait de les ôter dès qu'il serait allongé sur l'herbe grasse, paupières closes et marguerite aux lèvres.

— Allons-y.

Sur l'ordre du maître, le quatuor terrien s'ébranla. Les deux commis gagnèrent le chemin conduisant aux champs pendant qu'Antoine et son initiateur se rendaient à l'étable.

— Faut les détacher, commanda Barquignat en s'accoudant au porche.

Antoine n'hésita pas. Il fallait leur faire ça à l'influence, à ces bovins, leur démontrer qu'ils n'auraient pas de pusillanimité à attendre de lui, les prendre d'autorité sous sa coupe affectueuse certes, mais énergique.

Il se rua sur la première vache qui lui tomba sous la main, la bouscula, la saisit au col et tâtonna. Il y avait bien une chaîne, mais comment se dégrafait-elle ? Il tâtonna encore, s'énerva, se pencha pour mieux voir, évita de justesse un coup de corne jumeau de celui qui trucida Manolete et s'épongea les tempes. Une sueur de bougie fondue lui amollit les vertèbres.

Il sentit, fixé sur celles-ci, le regard de tête d'épingle du père Barquignat, recommença à fourrager les indécrochetables maillons de cette chaîne diabolique et en découvrit enfin le secret : l'une des extrémités se terminait par un anneau, l'autre par un T de métal glissé dans le susdit anneau.

Antoine appuya derechef sur le col de la vache soufflante, la traita de quelques noms d'oiseaux et parvint à ses fins. Le bovidé vexé sortit de l'étable, mâchonnant un cigare de foin.

Antoine passa au suivant, qui lui marcha d'emblée sur le pied. Quoique celui-ci fût protégé par le sabot, Antoine songea qu'un tel acte d'animosité ne pouvait rester impuni et savata le ruminant sous le ventre. Contre-attaquant sans se désunir dans l'effort, la vache le coinça contre le mur. Broyé, le berger se vida de son air comme une bouteille d'eau minérale décapsulée tout net et, saisissant l'oreille de l'antagoniste, la torsada malgré les meuglements de la victime.

— Ça va ? interrogea Barquignat, dehors.

— Ça va, ça va, on fait connaissance...

Après un ultime échange de points de vue, Antoine et l'animal enfin détaché se séparèrent.

Des seize bovins restants, nul ne put résister à la technique de l'ancien quincaillier fort de ces expériences récentes et il fut enfin seul dans l'étable enluminée par le soleil des bouses.

Il reprit haleine, s'empara d'une trique et sortit. Le troupeau piétinait le long d'une barrière. Assis sur une pierre, le père Barquignat demanda au berger « pourquoi qu'il avait aussi détaché le taureau ».

Antoine chancela. Un taureau ! Il avait déchaîné, donc côtoyé, un taureau ! Qui sait même s'il ne l'avait point malmené, froissé, indisposé ? D'avoir ainsi frisé la mort au petit fer lui donna la pâleur noble et distinguée des anges préraphaéliques.

Barquignat, sans bouger, cria : « Le Rouge ! Le Rouge ! »

El toro tourna une tête plaintive et, subjugué, délaissa, la corne basse, une belle qu'il se proposait de séduire. Il rentra au bercail, frôlant Antoine aplati contre la porte dans la posture des hiboux crucifiés.

— Vous voyez le pré là-bas ?

— Oui...

— Eh bien, il est pas clôturé. S'il était clôturé, on aurait pas besoin de vous.

— Forcément.

— Alors, vous ouvrez c'te barrière, vous faites entrer tout le monde et vous la refermez. Vous surveillez qu'il s'en éloigne pas une, vous les regardez manger. Quand vous voyez qu'il n'y a plus grand-chose à brouter, vous les faites aller plus loin. Il y a un petit bois, vous pouvez les y mener, elles y trouvent toujours quelque chose à leur goût. Mais faites attention qu'elles se perdent pas. Compris ?

— Parfaitement.

— Bon, moi, je vais voir la truie qu'est malade.

Fumée d'opium, soupir de marihuana, nuage provoqué par l'agitation d'une houppette saupoudrée de cocaïne, une bouffée d'orgueil grisa l'âme d'Antoine. Dix-huit vaches sous ses ordres ! Il était le sergent d'une section de vaches ! Ah, pouvoir rouler ses rêves sur l'herbe plus verte encore que les terrains de foot, herboriser, chanter dans cette cathédrale sans toit des hymnes où il serait question de simples des champs, d'escargots et d'angélus du soir, sous le regard maternel des vaches bretonnes, flamandes ou charolaises, quelle existence et quelle paix divines...

Il poussa la barrière et eut la satisfaction de constater que ses sujets entraient dans le pré en bon ordre et sans la moindre arrière-pensée.

— Quinze, seize, dix-sept, dix-huit, on ferme !

Les ruminants s'éloignèrent et se cantonnèrent au milieu du terrain.

Antoine jugea l'emplacement parfait et s'allongea.

Le ciel... Le nuage là-bas s'était fait la tête du père Peyralout. Cet autre, là, lui rappelait les cuisses blondes de Holiday Thompson. Et du soleil. Et un rouge-gorge. Et un frissonnement sonore de cloches très lointaines. Une fourmi myope passe près d'Antoine et le prend pour un scarabée monstrueux. Ciel de lys. Trompettes bouchées des anges cyclistes, tout là-haut là-haut...

— J'ai la dent, songea Antoine. Il suça une tige de pissenlit. Elle avait un petit goût d'églogue. Quel beau ciel que c'était là, mais pourqoi ce nuage ressemblait-il au père Peyralout avec tant d'insistance ? Antoine ferma les yeux. Il était une fois une petite fille, une toute petite fille de zéro mètre cinquante...

....

Antoine se mit soudain sur son séant.

« Les vaches ! »

Sur ce cri à double sens, il se leva d'un bond. Il n'avait plus sous les yeux que la moitié des effectifs, à savoir neuf bovins. Il songea une seconde à filer au bourg et à revenir entre deux vins, ce qui lui eût permis de voir double et de se recoucher l'âme sereine, mais la situation était trop grave pour être résolue par une pirouette. La vache-amirale, celle qui portait une clochette au cou, n'était plus là.

— Tant mieux, réfléchit Antoine, si je l'entends, je saurai où se trouvent les évadées.

Il plaqua une oreille sur le gazon à la façon des vieux Indiens comanches et se releva, la joue droite maculée par une bouse inaperçue.

— Elles sont dans le bois.

Il s'y rendit sur la pointe des pieds, avisa les coupables somnolentes au pied des marronniers et se rua sur elles, la trique haute, l'œil vengeur et l'insulte fleurie. Les vaches se mirent sur pattes et, insouciantes de l'ire du berger, prirent la direction opposée aux champs. Vert de fureur, Antoine parvint à en isoler deux. Lesquelles, lors de la tentative de regroupement qu'il tenta au prix de cent mètres éperdus dans les fougères, rejoignirent avec célérité leurs camarades filant vers l'inconnu.

Désespéré, Antoine s'élança à leur poursuite, toute langue pendante. Une branche de hêtre le cueillit au menton, tel un savant uppercut de poids mi-lourd, et il roula, foudroyé, sur une fourmilière nommée providentielle, puisqu'elle ne lui permit pas de s'attarder outre mesure sur les incidences métaphysiologiques du knock-out à travers les âges.

Éveillé par l'obscur travail de mille mandibules, il s'éloigna, en pleurs d'avoir failli à sa mission, secouant à bout de bras le drapeau blanc de sa chemise fourmillante...

C'est ainsi que, portant le deuil des vaches égarées, il revint, lugubre, à la prairie.

Or, les neuf dissidentes, allées au bois sans penser à mal, connaissaient la musique et le chemin du retour. Elles avaient rejoint sans aucune malice le gros de la troupe lorsque Antoine déboucha sur le pré.

— Formidable, rêvassa-t-il, appuyé sur sa trique, j'ai dû rêver... quinze, seize, dix-sept, dix-huit, elles sont toutes là. Sitôt arrivé à Paris, je me ferai psychanalyser d'urgence...

Il fut satisfait de voir le troupeau gravir un terre-plein et rester en permanence dans cet endroit où l'herbe était très haute et de belle verdeur. Il s'assit non loin de bolets rondouillards et somnola, protégé des rigueurs du soleil par un mouchoir à carreaux rouges qu'il avait noué sur sa nuque.

... Neuf vaches sont dans un bois, à 500 mètres de neuf autres dans un pré. Le berger va les chercher. Elles se carapatent à toutes pattes dans la direction opposée aux champs. Comment et de quelle façon seront-elles au pré avant le berger, être pensant ? Ce qu'il faut démontrer...

Le berger, sous le choc de la branche de hêtre, a perdu le sens de l'orientation.

Intelligente hypothèse qu'infirment pourtant les faits suivants...

Antoine en était là de ses déductions filandreuses lorsque le tonnerre, la foudre, les arbres arrachés, les bombes, les immeubles pulvérisés, tout cela passa dans les hurlements déjà proches du père Barquignat. Hurlements que seuls les plus sensibles sismographes eussent pu enregistrer, mais qui éclatèrent aux oreilles d'Antoine dans cette formation :

— Hâgggrrr ! MON BLÉ ! Vingt dieux d'ours ! Putain de dieu ! Bordel à couilles ! MON BLÉ, MON BLÉ ! ! ! Ah la la la ah lalalalalalala... Houyayayaille ! Arrié, arrié la Grise, arrié Pomponne, arrié Blanchette ! ! ! PCHH ! Kss ! Allez allez !

Antoine, les yeux agrandis par l'horreur, vit un père Barquignat hagard, blême et fou de douleur s'arracher le chapeau, les cheveux, piétiner le tout, se rouler par terre, sangloter, bramer, réclamer un confesseur et s'élancer dans le champ de blé, tirer les vaches par la queue, les mordre, les reconduire au pâturage à coups de sabot, de coude, de poing, de tête et de genou. Il le vit enfin tortiller son feutre sur l'are de blé dévasté, comme on le tortille gêné devant les morts.

Antoine se montra, paralysé de peur. Barquignat à sa vue repiqua une crise, explosa, tempêta, trop heureux d'avoir un responsable à se mettre sous sa molaire gâtée :

— V's'êtes-t-y fou-dément d'laisser les vaches aller dans l'blé comm'ça ? ? ? C'est du crime de faire ça, mon p'tit gars, c'est du crime et c'est pas du travail, sûr que non que c'est pas du travail ! ! ! Du tant beau blé qu'on fait le pain avec, laisser les vaches pâturer d'dans, misère de misère... Faudra travailler mieux que ça mon gars si vous voulez rester, sûr, sûr. Et vous m'avez coûté d'l'argent aujourd'hui, mon gars. Alors comment voulez-vous t'y que j'vous en donne, moi, si vous m'en coûtez ? Regardez-moi ça, tout dévoré, tout saccagé, tout détruit, tout rasé que c'en est une désolation, ah la la...

Tête baissée, Antoine se disait que le métier cher à Virgile — Qu'eût fait Virgile dans ce cas précis ? — n'avait pas que des fleurs à tresser en guirlandes et que les vaches ne sont pas souvent les sujets d'élite que l'on voit, sur les couvercles de boîtes de camembert, occupés à regarder cavalcader sur rails les Paris-Vintimille...

Après vingt-trois minutes quatorze secondes de remontrances, Barquignat s'éloigna, remplissant de regrets de toutes sortes les décalitres de grains perdus par la très grande faute de son berger.

Antoine n'osa plus se rasseoir. Les ignobles bovins, d'ailleurs, ne lui en laissaient plus le loisir. Mis en appétit par leur dégustation de blé, ils avançaient derechef vers le champ... Antoine les refoula. Ils changèrent alors de tactique. Se répandant sur toute la largeur du pré ils broutèrent en paix quelques minutes puis, d'un seul coup, comme la marée montante, se dirigèrent vers le blé. Quelques-uns furent stoppés, mais le reste eut le temps d'arracher encore quelques plants.

Antoine que cette attaque machiavélique avait culbuté par la loi du nombre, Antoine, fatigué de ces courses épiques, empli de haine, rassembla son monde à coups de trique et le coinça dans un triangle fait de deux haies et de lui-même. Les vaches n'eurent plus rien à faire là au bout de vingt minutes et voulurent aller voir plus loin. Antoine les repoussa deux, trois, quatre fois, tant et si bien que, prisonnières, elles se couchèrent toutes sur le gazon, ce qu'avait toujours interdit le père Barquignat mais dont se moquait un

Antoine exténué, déjà blasé et que cette solution d'immobilité comblait d'aise.

Il alluma une cigarette, dardant un œil farouche sur ce troupeau qu'il détestait de tout son cœur. Il eût préféré, de loin, scier du bois toute la journée... Mais des vaches, des vaches, que faisait-il, lui, Antoine Peyralout, ex-quincaillier, ailier droit du C.A. Vauxbrellois et supporter du R.C. Pommard, avec des vaches ?

— En plus, s'il ne me donne pas de ronds, le croquant, ça va être gentil. Merde merde merde, ça manque de belle vie, cette vie-là...

A quatre heures, la petite fille se ramena, suivie par un chien et portant un panier. Ce panier recelait un quignon de pain, une saucisse, un morceau de la galette qu'Antoine n'avait pu avaler à midi et une chopine de vin.

— Pourquoi qu'elles sont toutes là, les vaches ? s'inquiéta l'enfant.

— Qu'est-ce que ça peut te foutre ? répondit Antoine en un gracieux sourire. La petite sourit itou et lui remplit un verre de vin. Elle se demanda toujours où il était passé tant il fut bu à grande allure. Dans le doute s'abstenant, elle en emplit un autre.

Les vaches se remirent à vagabonder, suivies roue dans roue par le chien. Voilà ce qui avait manqué jusqu'alors : un chien ! Ah, elles filaient doux, les bourriques, sous cette menace omniprésente ! L'irruption de cet espoir canin ensoleilla l'âme d'Antoine. Le métier de berger, ainsi revalorisé, lui parut de nouveau le plus beau du monde et il dévora, serein, le pain et la saucisse, conservant la galette pour le meilleur ami de l'homme. Il s'inquiéta encore :

— Il va rester avec moi, hein, le chien ?

— Ah non, il ne te connaît pas et j'ai besoin de lui pour jouer.

— Pour jouer ? Je marche pas. Il restera là.

— Non.

— Si.

— Non.

— Écoute, je te donnerai quelque chose s'il reste avec moi.

— Quoi que tu me donneras ?

— Tu verras ce soir.

— Donne-le tout de suite.

Prêt à toutes les platitudes pour ne point perdre son sauveur, Antoine retourna ses poches et en sortit une bille en verre.

— Regarde la belle bille en verre ! Qu'elle est belle ! On voit le soleil et la lune à travers !

— Non, j'aime mieux que tu me donnes des sous.

Écœuré par cette manifestation d'hérédité, Antoine soupira et tendit une pièce de cinq francs à l'atroce galopine.

— Le chien, il s'appelle Frisé.

Antoine considéra le nommé Frisé avec attendrissement. Avec lui, nul danger qu'une vache louchât vers le blé. L'une d'elles hissait-elle le pavillon noir de la rébellion qu'il la cernait tout aussitôt de glapissements, lui mordillait le jarret, mouche-du-cochait tant et si bien que la carne baissait les bras et rentrait, piteuse, dans les rangs sacrés de l'honneur et de la discipline.

La petite fille reprit son panier et disparut, hypnotisée par cette thune qui lui faisait de l'œil sous le soleil.

Frisé vint donner sa patte à Antoine.

— Ça y est, pensa celui-ci, foin des soucis ! Ce doux animal va me permettre de passer quiètement la semaine rustique annoncée à l'extérieur...

Il lui jeta un morceau de galette, comme l'on jette un certificat de vingt ans de bons et loyaux services, l'excita contre une vache volage et lui offrit le restant de provende lorsqu'il revint, la queue en trompette, sonnant la diane des missions accomplies.

Fatale imprudence... La galette engloutie, l'ignoble cabot se métamorphosa en statue poilue de l'ingratitude et s'éloigna en un nuage de poussière malgré les supplications de sa dupe.

Antoine, ulcéré, resta debout jusqu'au soir, patrouillant sans relâche parmi les bovins sataniques plus aptes à se dissimuler avec ingéniosité derrière les arbres ou à jouer la charge de la brigade légère en direction des blés qu'à se faire du lait.

A dix-neuf heures, lorsque l'angélus l'enveloppa de son suaire, Antoine avait deux jambes molles, un cafard monstre, un tour de reins et trois cheveux blancs. Enfin, de la barrière, le père Barquignat donna l'ordre de la retraite.

Les vaches refluèrent en une innombrable pagaïe, semant tous les dix mètres leur berger épuisé.

Elles s'enfilèrent toutes dans l'étable, d'où il fallut les ressortir afin qu'elles puissent s'abreuver. Antoine, dans son affolement, détacha une seconde fois le taureau, celui-ci courut mordre une vache derrière l'oreille pour lui créer des sensations, la victime terrorisa ses compagnes par ses gambades désordonnées, Antoine reçut un mufle au creux de l'estomac, le père Barquignat piqua une crise de nerfs qui alerta sa femme et ses enfants, bref, ce fut aux alentours de l'écurie un lamentable état de choses, un authentique Waterloo bovin.

Lorsque, à la longue, les ruminants furent tant bien que mal attachés, après qu'Antoine eut catché avec une horde de veaux obnubilés par le désir d'aller à des mamelles autres que celles de leur mère, le père Barquignat lui donna l'ordre de mêler dans une auge son et topinambours.

L'auge emplie, il s'agissait d'aller la vider dans la mangeoire des bêtes. La première fois, tant son apparition suscitait de convoitise dans les rangs de ces affamés, il fut pris en sandwich par deux vaches herculéennes, glissa sur un topinambour, roula dans une bouse, sentit à ses oreilles la bourrasque d'une ruade de jument et resta affalé, se croyant mort à tout jamais.

Puis, il fallut s'occuper de la litière. On le contraignit à disparaître dans un tas de paille, à en transporter de poussiéreuses brassées, à tousser, à s'embroussailler les cheveux de fétus gratteurs, à errer aveuglé derrière ces collines de paille portées à pleins bras, à heurter Barquignat, les murs, les vaches, à piétiner un fer de fourche pour en recevoir le manche sur le nez, le tout dans cette atmosphère fécale tant prisée des fabricants de cachets d'aspirine.

Il se coucha sans souper, éteint comme le cierge que souffle un dernier soupir de moribond.

Lait crémeux ? Jattes fumantes ? Soupe au lard ? Filles de ferme ? Ah la la... Sur cette paillasse où se tenait un meeting de puces, il rêva toute la nuit d'un merveilleux week-end à Saint-Laurent-du-Maroni (Guyane).

15

Le jour passait à peine la chemise sale de l'aube qu'un coup de poing s'abattit sur la porte de la chambre d'Antoine.

— Debout ! C'est l'heure !

Antoine bondit. L'heure de qui ? De quoi ? De la cigarette et du verre de rhum ? Il contempla son corps avec détresse. Les puces l'avaient transformé en carte d'état-major en relief, avec cloques et démangeaisons soulignées à l'encre rouge. Les coqs dormaient encore. Le soleil, en bonnet de nuit, entrouvrait ses rideaux de nuages.

Une fois habillé, Antoine descendit. En cours de route, un bruit bien connu de lavement l'informa que toute la ferme mangeait la soupe.

Le père Barquignat lui déclara que les vaches n'iraient au pré que l'après-midi et que leur berger aurait à cœur, toute la matinée, de se charger de la pâtée des porcs ainsi que de la tâche délicate de transporter le contenu des cabinets sur le fumier.

Antoine jugea ces nouvelles fonctions plus agréables que le dressage des vaches féroces et fut barbouillé de soupe sur-le-champ par l'épileptique qui avait une crise.

— La pauvre fille... s'apitoyèrent les témoins de la scène.

Antoine lui piqua les cuisses avec une épingle, ce qui fit pousser à la convulsionnaire des cris lamentables que l'on mit sur le compte de son attaque nerveuse.

Les domestiques et le maître partirent aux champs, laissant Antoine aux mains des femmes. Elles commencèrent par lui faire tirer vingt-trois seaux d'eau du puits, sous le vague prétexte que c'était le jour de la lessive. Il alluma ensuite du feu sous un gigantesque chaudron, au fond d'une remise.

L'épouse de Barquignat vint le rejoindre dans ce réduit obscur et lui enseigna la façon de broyer les topinambours dans un hachoir géant ou l'on n'avait guère de chances de ne laisser qu'un doigt.

L'épouse de Barquignat n'était pas mal du tout. Ses contours eurent tôt fait d'intéresser Antoine. Il la voyait, penchée, un seul pied touchant terre, choisissant des pommes de terre dans une caisse. Délaissant ses prosaïques besognes, il s'approcha d'elle, l'œil allumé, ô le joli flambeau des yeux de dix-neuf ans, et lui tint un discours nébuleux où les théories de « la vie est brève il faut en profiter », « plaisir d'amour ne dure qu'un moment » (juste le moment nécessaire à ce qu'il avait derrière la tête) tressaient des couronnes à une assez vague hypothèse adultérine.

Mme Barquignat se retourna, son panier empli sur le bras. Elle jeta un regard mécontent sur le tas de topinambours intact et grommela que « si ça continuait les porcs allaient crever de faim » ; elle passa dans le poulailler, suivie d'un soupirant qui, las des soupirs, haletait carrément.

Outré de constater que la cour très Régence qu'il faisait à la belle n'éveillait en elle que de sombres idées de travail à outrance, Antoine perdit la tête et se rua sur l'épouse du maître. L'assaut se décomposa en quelques temps :

A) Les deux mains d'Antoine se plaquent en ventouse sur les deux seins de la fermière, seins répondant d'ailleurs à l'idée qu'Antoine s'en était fait.

B) Riposte immédiate : une gifle et des « si c'est pas dieu possible » comme s'il en pleuvait.

C) La chute des deux corps entre quelques poules couvant l'angoisse à l'œil. Un œuf artificiel tale les côtes de dame Barquignat. Un authentique ne fait, lui, aucune difficulté pour se laisser écraser.

Antoine vola aussitôt baiser sur baiser à la pauvre qui se mit à penser qu'après tout il valait mieux se faire voler ses lèvres qu'une moissonneuse-lieuse. Et, toutes jupes retroussées, telle la caravelle mettant toutes voiles dehors, Mme Barquignat allait subir l'empreinte de son berger lorsqu'un « Nom de dieu ! » apocalyptique coupa net l'élan de l'audacieux.

Antoine se releva le plus vite qu'il le put et détourna du poing, comme l'eût fait l'immortel goal Dabek Sariéloubal, le sabot que venait de projeter sur lui un père Barquignat livide de fureur. Le deuxième sabot foudroya une poule, lui collant la cervelle au perchoir.

Antoine réalisa qu'il était en danger et chercha le salut là où il se trouvait, dans la fuite. La tête en avant, il fonça vers la sortie. Barquignat abaissa une trique dont les nœuds purent encore se lire trois jours plus tard sur la peau du jeune homme. Antoine roula au sol sous la puissance du choc et, assis dans la poussière, retira à son tour ses sabots à la vue du vieux courant à lui comme un bélier.

Le premier projectile — Antoine s'invoquant déjà la légitime défense — passa à côté de la cible mouvante.

Le second, rencontrant un plexus solaire en plein vol, s'estima satisfait et suspendit sa course. Barquignat s'effondra en poussant des braiments d'âne écartelé.

Antoine se mit debout et détala vers la grange où se trouvait Augustine. Il esquiva au passage une batterie de cuisine complète lancée par les mains vigoureuses de la belle-mère, décocha un coup de pied superbe à un molosse qui lui barrait la route, laissa l'animal cracher ses crocs dans la cour et ouvrit à la volée la porte du fenil.

Il prit le temps de décrocher dix mètres de saucisses qui séchaient là, les jeta sur un Corner épouvanté, sauta en selle et démarra.

Il lui fallait passer devant la ferme...

Debout sur les pédales, il écrasa la patte d'un attaquant canin, reçut dans les reins une bûche envoyée par la belle-mère qui ne désarmait pas et s'éloigna de toute la force de ses jarrets. Une décharge de chevrotines lui souffla aux cheveux toute la haine du père Barquignat.

Épouvanté, le jeune homme prit le tournant sur deux roues.

Lorsque les toits de la ferme ne furent plus qu'une lointaine tache à l'horizon, Antoine reprit son souffle et put bomber un torse qui, pour l'heure, se croyait pour le moins poitrail : il avait risqué sa carrière et sa vie pour le « sourire d'une femme ».

Ce relent d'anciennes chevaleries lui fit montrer des dents ravies au soleil en personne.

16

Augustine dépassait les bornes, kilométriques s'entend. Les villages succédaient aux campagnes et vice versa. Les pommiers blancs, au fond des vallées, ne se prenaient pas au sérieux, ravis de leur bonne bouille de jouets d'enfants. Là-dessus, la senteur anisée des aurores, celle, cotonneuse, d'une mollesse de baiser, des crépuscules bombardés de tomates.

Antoine pédalait. Sa sueur témoignait de sa hargne à rattraper le temps perdu en pâturages stériles. La chambre à air de la roue arrière, trahissant la plus noble des causes, se dégonflait tous les mille mètres, en une série de hoquets et de petits soupirs résignés. « La vache est poreuse », maugréait Antoine. Cette pensée ne lui était venue qu'après une douzaine de diatribes, lesquelles incorporées à un dialogue de film eussent été la sûre garantie pour celui-ci de se voir « interdit aux moins de seize ans ».

Cette chambre à air, nouvel habitat des Haborym, Verdelet, Abadon, Alastor et autres démons ou diables, où de plus semblait s'ébattre l'esprit malin du père Peyralout, cette chambre à air, malgré sa forme trompeuse, était une croix. La plus lourde croix qu'eût à porter un pécheur tricycliste. C'est tout dire. Mais le pinceau de la philosophie étendait, à la longue, son mercurochrome sur les blessures morales (fureur, découragement, folie meurtrière) d'Antoine et c'est avec le calme farouche des hommes forts qu'il sautait au sol à intervalles réguliers, la pompe à la main et la grandeur à l'âme.

Ensuite, il remontait en selle. Corner, sur le couvercle, contemplait son maître et seigneur. Ce bon bougre de caneton, doué d'une excellente nature, avait des tendresses — paradoxales — de mère poule pour le garçon. Il comprenait le drame authentique de la chambre à air et pianotait sur les doigts du jeune homme afin de lui prouver qu'il était là, lui, gentil, joli à voir, fidèle et muet comme la femme de nos rêves inconsidérés. Alors, Antoine se penchait sur son guidon pour poser ses lèvres sur le petit crâne de mimosa.

Pour avoir englouti en bloc le chapelet de saucisses du père Barquignat, le jeune Peyralout avait failli bel et bien trépasser d'indigestion carabinée, la veille au bord d'une rivière. Cela simplement pour caser cette sage parole : « Bien mal acquis ne profite jamais. » D'ailleurs, les saucisses allèrent servir d'amorce à un pêcheur futur, ce qui ne fait que donner un poids supplémentaire à ladite locution.

Le véhicule arriva en vue d'une bourgade qui avait quelque chose de particulier.

Les trois quarts des habitants étaient massés des deux côtés de la route et lorgnaient l'horizon.

« Doivent attendre une course cycliste », songea Antoine en progressant dans leur direction, prêt à subir l'habituelle averse de lazzis contre lesquels deux ou trois cents traversées de villages l'avaient immunisé.

Or, tous les personnages, à la vue d'Augustine,

envahirent la chaussée en agitant des bras dans tous les sens. Antoine eut une minute d'appréhension : ce serait tout de même la première fois qu'on voudrait lui faire un mauvais parti, et il eut l'envie de rebrousser chemin.

Mais, déjà, une dizaine de régionaux cernaient l'équipage à trois roues. Ils le contemplèrent sans un mot. Leurs semblables eurent tôt fait de les rejoindre et l'un d'eux, le cou pris dans la lunette d'un col cassé, le geste d'huile et les besicles académiques, fendit la foule de toute la force de pénétration d'un corps d'intellectuel épais comme un tournevis. Il salua Antoine d'un coup de chapeau rigide :

— Monsieur, soyez ici les bienvenus, vous et votre moyen de locomotion. Nous attendions ce matin un triporteur que devait nous expédier l'épicier du bourg voisin. L'engin a été hélas endommagé par un tracteur. Nous guettions donc sur la route, sans grand espoir, un objet similaire. Votre arrivée comble nos vœux et en particulier ceux de feu le président Polbaron.

Nouveau coup de chapeau déférent. Antoine regarda, ahuri, ces gens dont la quête d'un triporteur semblait le majeur des soucis. L'homme au col cassé dut s'apercevoir de sa stupéfaction car il reprit :

— Je me présente : Maître Marcelin Beauchâtet, notaire de Saint-Ampoire, et je m'explique. M. Polbaron, dont nous célébrons aujourd'hui les obsèques, entrait demain dans sa soixante-dix-neuvième année. M. Polbaron (devant cette insistance à prononcer le nom du mort, tous les chapeaux se soulevèrent des crânes comme des couvercles sous l'effet de la vapeur) était l'un des membres fondateurs de l'U.V.F., Union Vélocipédique Française, lui-même pratiquant de la petite reine et vainqueur en 1898 de la course Saint-

Ampoire-Bercy-Ceinture. C'était un fanatique absolu de la bicyclette, il avait fondé une marque de cycles, dotait des critériums et vitupérait en des articles fulgurants restés inédits les moteurs auxiliaires et tout ce qui roule par des moyens étrangers au mollet. Il est décédé avant-hier, victime du régime trop riche et spartiate à la fois que suivent les As du Tour et qu'il observait encore malgré son grand âge. Ses jambes imitaient les mouvements du pédalage sous les draps de son lit de mort et sa dernière parole fut : « Allez les gars ! Je vois la banderole annonçant l'arrivée ! » Lorsqu'on lui eut fermé les yeux, j'ouvris, moi, son testament.

Il reprit haleine, plongea dans ses basques et réapparut peu après en brandissant un rouleau de papier. Une vraie foule se massait à présent, recueillie, autour d'Antoine et de sa monture. Le notaire poursuivit, non sans avoir pincé ses besicles sur son nez avec une force de clé à molette :

— Je me permettrai de passer sous silence prélegs, legs, legs rémunératoires, textes nuncupatifs, codicilles et préciputs qui ne sauraient intéresser que les héritiers et cohéritiers, pour en arriver à cette clause que je vous demande, cher monsieur, d'écouter avec la plus vive des attentions : *J'exige en outre, et c'est la condition formelle que je mets à l'exécution de mon testament, que mes obsèques se déroulent selon le cérémonial suivant : J'entends que ma bière soit placée sur le couvercle d'un triporteur et que ma dépouille mortelle soit accompagnée jusqu'à sa dernière demeure par ma famille, mes amis et tous ceux qui voudront me rendre un ultime hommage, pourvu qu'ils soient à tandem, à bicyclette ou à voitures à pédales, à l'exclusion de tout engin mécanique à vapeur ou à toute autre propulsion antinaturelle. Seront également proscrits du cortège les piétons, fussent-ils ecclésiastiques.* Voilà, cher monsieur, les explications que vous aviez le droit bien naturel de me réclamer avant d'accepter l'offre décente que vont vous faire ces messieurs.

Trois messieurs de la famille, un ruban de crêpe en bandoulière, sortirent du rang et s'approchèrent d'Antoine abasourdi. Le plus vieux lâcha une larme spectaculaire et dit :

— Mille francs.

Antoine réalisa enfin. Somme toute il ne s'agissait guère que de véhiculer une demi-heure le cercueil d'un vieux fou et de tirer de cette situation de quoi s'ouvrir à deux battants les portes de Colombes. Il réalisa de même que les triporteurs ne devaient pas courir les rues dans ce pays, que les héritiers devaient tenir à ce que les choses soient faites en règle sous peine de se voir privés de fromage, et qu'il pouvait donc sans crainte réclamer deux mille francs. Ce qu'il fit.

Les trois endeuillés s'indignèrent à mi-voix et ce fut autour d'Augustine un sombre marchandage. L'un des parents ayant assuré que c'était le prix qu'auraient réclamé quatre chauffeurs de taxi pour la même course, Antoine les renvoya donc à ces conducteurs d'automobiles et fit mine de s'en aller. On le retint par la selle et un accord se fit sur la base de quinze cents francs.

On conduisit en groupe le triporteur à la maison mortuaire. Tous les habitants coururent à leurs demeures et en ressortirent avec des vélocipèdes variés. Le charron avait fixé à l'aide d'écrous une croix au guidon du curé, le prêtre ayant assuré qu'il ne pouvait piloter sa bécane d'une seule main. Des quatre coins du village accouraient à toutes pédales les vieillards qui avaient bien connu le défunt. D'aucuns se propulsaient dans des voiturettes d'invalides sur lesquelles avaient pris place, en surcharge, des non-possesseurs de petites reines.

La place de l'église fut en un clin d'œil la copie extravagante du Salon du Cycle. Débris à pneus pleins, vélos de course, biclous à la papa, tricycles d'enfants montés par des dadais décorés, tout s'y rencontra avec le tandem vert pomme des filles du boucher.

Le service religieux avait été célébré le matin et, ne voyant pas venir le tri de l'épicier, les croque-morts avaient reporté en pestant le président Polbaron à son domicile dans l'attente de jours heureux.

Ils le ressortirent à la seule vue d'Augustine. Antoine mit pied à terre et donna les directives pour la pose de la bière sur le couvercle du corbillard improvisé. Il la fit attacher par deux grosses cordes et remonta en selle. Ses premières pédalées lui arrachèrent une grimace significative. Se penchant sur le notaire, il demanda :

— Il pesait lourd, le client ?

— M. Polbaron était d'une grande sveltesse et surveillait son poids de forme avec la plus vive des vigilances.

— On ne le dirait pas.

— C'est qu'il a exigé que l'on mette à ses côtés dix-sept coupes en bronze qu'il enleva en tant que constructeur de cycles.

Antoine fulmina donc après les dix-sept trophées et, tant bien que mal, arriva sur la place de l'église, d'où devait démarrer le cortège.

Le maître de cérémonies organisa le convoi. Il fit recouvrir le cercueil d'un drap noir, l'ensevelit ensuite sous une montagne de gerbes et de couronnes, malgré les protestations du pilote qui déclarait que c'était là un attentat criminel à la visibilité et qu'il rentrerait, c'était sûr, dans tous les arbres du chemin. Les aides fixèrent ensuite solidement ces floraisons éplorées à l'aide de morceaux de fil de fer.

Le char funèbre enfin prêt, on disposa devant lui le curé et ses enfants de chœur, tous la bicyclette au côté. Derrière, on forma un carré cycliste de veuve, de frères et de nièces que devaient suivre la population pédalante et les amis sur pignon fixe.

Les hommes des Pompes Funèbres enfourchèrent, lugubres, leurs machines. Sur un signe du directeur de la course, les géants de la route se mirent en selle et le peloton s'ébranla.

Deux croque-morts poussaient Antoine dans le dos, car le garçon ne pouvait à lui seul assurer un train convenable. Comme pas mal des processionnaires n'avaient pratiqué la bicyclette qu'à des époques déjà reculées, leur maladresse flagrante fut cause de plusieurs chutes dignes des six-daymen du Vel' d'Hiv'. Le surplis du curé s'enroula dans la chaîne et on l'en extirpa saturé de cambouis, ce qui gâcha la journée du saint homme. Le cimetière était situé en rase campagne, non loin du terrain de football. Encadré par ses deux aides et par les quatre coureurs du club local en maillot bleu frappé des initiales du Vélo-Club de Saint-Ampoire, Antoine appuyait ferme sur les pédales, à la façon d'un paysan bêchant en terrain caillouteux. Il avait devant les yeux les inscriptions classiques. « A mon époux regretté », « A notre frère vénéré », « A notre président », etc. La sueur qui lui dévalait le long du nez pouvait passer pour des larmes de conscience professionnelle. Il entendait Corner aller et venir dans le coffre et il était bien certain que, tout membre fondateur de l'U.V.F. qu'il fut, feu Polbaron eût préféré en cet instant n'être rien d'autre que le caneton qui lui grognait sous le corps.

A chaque cahot, le cercueil grinçait quelques notes d'un pitoyable nécro-spiritual.

Soudain la chambre à air tant de fois défaillante succomba sous l'excédent de poids et fit en éclatant le bruit de couac des trompettes du Jugement dernier. Le triporteur, déséquilibré, chavira et se renversa sur la route alors que le cortège allait quitter le village. La bière, rompant ses amarres terrestres, glissa dans un fossé. Tout le monde mit pied à terre en poussant force cris d'émotion. Les femmes et les vieillards, déjà à bout de souffle, s'étendirent dans l'herbe pour récupérer. Les membres de la famille ne laissèrent à personne d'autre le soin d'aller se coller de la boue jusqu'aux mollets pour tirer leur parent du mauvais pas où il s'était fourré. Pendant ce temps, on relevait Augustine vautrée sur les couronnes. Les enfants de chœur, naïfs, voyaient dans cette chute un avertissement du ciel et n'étaient pas éloignés de croire qu'ils portaient en terre un suppôt de Satan. Le garagiste du pays, ôtant sa veste des dimanches, démontait la roue arrière du corbillard, en retirait la chambre fendue sur une longueur de trente centimètres. En accord avec la veuve, il fila au bourg en quérir une neuve, puisqu'il n'était pas question d'en prélever une sur un autre vélo, nul n'ayant le droit moral d'accompagner pédestrement le président Polbaron à sa dernière demeure. Un quart d'heure après l'incident, le convoi put reprendre sa route, la bière à nouveau ligaturée sur le couvercle et les fleurs aux corolles froissées frissonnantes au vent.

Antoine se félicitait de l'entreprise : quinze cents francs et une chambre à air neuve, c'était une veine. Il s'en réjouissait tant qu'il se mit à siffloter. Les coups de coude réitérés des deux croque-morts lui firent comprendre tout ce que ce contentement de soi-même avait de déplacé en une telle minute.

Les vaches et les prés regardaient passer l'enterrement. Les pissenlits, pour mieux voir, se dressaient sur la pointe des racines. Sur les fils télégraphiques une vingtaine d'hirondelles se désignaient de l'aile les notables de Saint-Ampoire. Toutes les fleurs des champs versaient des sanglots de rosée sur leurs sœurs mortes tressées en couronnes et dont c'étaient les funérailles. Deux amoureux coururent se cacher derrière une haie, épouvantés par cette représentation ambulante de la punition des péchés. Les pneus chantonnaient sur le bitume. En queue de peloton, les traînards faisaient le procès du défunt et le soleil allumait les feux rouges des garde-boue.

Après une longue portion de route plane, le cortège aborda la descente à pic menant au cimetière. Toutes les mains se refermèrent, craintives, sur les poignées de freins. Une dizaine de cyclistes qui n'avaient point prévu cette éventualité et ne possédaient aucun moyen de ralentissement dépassèrent en trombe le cortège, poussant des cris affreux afin que l'on s'écartât devant eux, plongeant à une allure folle vers les murs de la cité des morts où ils allaient pénétrer à quarante à l'heure pour le moins. Augustine, emportée par son poids, doubla en force les enfants de chœur et le curé, malgré tous les efforts d'Antoine. Accrochés aux flancs du triporteur comme des moules à un rocher, les croque-morts freinaient à tour de bras, ne réussissant qu'à faire tanguer un engin décuplant sa vitesse à chaque décamètre.

C'est le président Polbaron qui devait être satisfait

d'une pareille entrée dans le monde éternel ! Sûr qu'il allait hériter du maillot jaune et du baiser de sainte Madeleine, reine de la ville étape...

Les sociétaires du Vélo-Club de Saint-Ampoire, eux, en proie au démon de la compétition, piquèrent un sprint échevelé qui ne s'arrêta qu'aux portes du cimetière. Ils ramassèrent, un peu partout disséminés dans les fossés et la tête plus ou moins encadrée de vestiges de roues et de fourches, les malheureux, femmes, vieillards, enfants, qu'avait conduits au désastre l'absence de freins puissants.

Le peloton stoppa devant eux. On pansa les blessés, on raffermit sur le coffre la bière du cycliste incorrigible qui avait tenté, en cours de route, de partir seul à la poursuite des fuyards, on ramena l'ordre dans les esprits et c'est avec une digne lenteur que l'on parcourut la distance comprise entre les grilles d'entrée et le caveau de famille.

Les suiveurs calèrent leurs bicyclettes contre les tombes avoisinantes, ôtèrent les pinces serrant leur bas de pantalon, s'attroupèrent autour de la fosse où limaçons et lombrics donnaient un baveux récital.

Las de convoyer ce triporteur ennemi des alliages légers, le caneton, les flageolets, dix-sept coupes de bronze à piédestal de marbre, la bière de chêne et le cadavre, poids mort s'il en fut jamais, Antoine eut un profond soupir de soulagement. A la vue de la pierre tombale, il admira l'esprit de suite du défunt. A la place de la traditionnelle croix s'élevait, en fonte dorée, un guidon de course géant. Une plaque émaillée rappelait « qu'ici gisait Adrien Polbaron, en roue libre ».

L'œil perçant d'Antoine dénombra les discours à entendre à la vision des morceaux de papier qu'un dizième de la population triturait dans ses mains. Il happa l'un des trois héritiers et réclama son dû.

— Nous ne sommes pas pressés, voyons...

Antoine jaugea le danger qu'il courait. Puisque le corps était là, hein, pourquoi se gêner avec ce petit crétin étranger au pays ? Bien heureux si l'oncle Édouard se fendait de cent francs... Antoine menaça :

— Une fois...

— Pas de chantage, je vous en prie !

— Deux fois...

— Respectez le lieu où vous êtes ! Parler argent auprès des morts, c'est un scandale !

L'héritier courut se perdre dans la foule en se frottant les mains. Antoine appuya sur sa trompe et se leva sur les pédales. L'assistance pétrifiée le regarda foncer vers la sortie avec son chargement funèbre. Les croque-morts et les héritiers le rattrapèrent au portail :

— Monsieur ! Monsieur ! Où allez-vous ?

— On ne veut pas me payer, donc j'emporte la marchandise.

— Oh ! La marchandise !...

— Mes quinze cents balles ou je garde tout !

Devant les regards de blâme des pompes funèbres, l'oncle Édouard se résigna à honorer sa croix de guerre et sortit son portefeuille.

Après tout, c'est peut-être à ce geste qu'Adrien Polbaron doit de ne pas courir les campagnes à dos de triporteur à l'heure qu'il est.

17

La nuit. Une borne : Paris, soixante et un kilomètres. La pluie. Un triporteur abandonné là, dans un champ, contre une meule.

Les astres, nouveaux Hercules aux pieds d'Omphale, filaient.

La pluie, la claire pluie d'avril qui est rosée, gouttes de source, larmes de prés, tombait sur le silence.

Le vagabond Comme-la-Lune, attiré par ce triporteur posé là comme un menhir breton, se dirigea vers lui.

« Tiens, tiens, pensa le nommé Comme-la-Lune en caressant une barbe qu'il arborait garnie de miettes de pain à défaut d'omelette, voilà un triporteur qui ne va pas mettre longtemps à s'appeler Comme-la-Lune. »

Animé d'aussi louables intentions, il s'approcha de plus belle.

Une série de ronflements le cloua sur place.

« Voici l'âme, pensa-t-il, car Comme-la-Lune revendiquait le droit de pensée pour tous, fût-on comme il l'était, sans domicile, voici l'âme de feu ma garce d'épouse qui se remanifeste. »

Il étendit les bras, murmura dix-sept fois, ainsi que

le lui avait prescrit un berger de la côte basque, la formule magique contre les esprits :

— Ou, Alpha, Ya, Rey, Sol, Messias, Ingodiern, Schabta, Abracadabra !

Cette incantation proférée entre le coucher et le lever du soleil et face à la Grande Ourse, dans un champ où le sang d'une vierge coula, est paraît-il efficace.

Les ronflements ne s'interrompirent pourtant point pour si peu.

Il sembla enfin à Comme-la-Lune qu'ils provenaient du triporteur lui-même. Il en eut le raisonnement coupé, s'avança d'un pied craintif, frappa le coffre du doigt : toc, toc, toc...

Antoine, recroquevillé là-dedans pour s'abriter de la pluie, ôta Corner couché sur ses lèvres et brailla :

— Entrez !

Comme-la-Lune, ainsi qu'il le disait, « en avait vu » dans sa chienne de vie, depuis les bataillons d'Afrique où il avait contracté cette passion de la position allongée dont il souffrait toujours et plus que jamais. Mais il n'avait pas encore, ne croyant guère aux fées, entendu parler les objets. Pas plus un triporteur qu'un moulin à café, pour être juste. Il recula de trois mètres en grondant, tout pâle : « Bon sang de bon sang ! C'est l'âme de défunt mon beau-père, sûr ! » Ainsi qu'on peut en juger, Comme-la-Lune croyait malgré tout à l'immortalité de l'âme.

Antoine s'énerva dans sa caisse :

— Entrez, bon dieu ! On ne dérange pas les gens comme ça !

Comme-la-Lune étreignit son bâton...

Antoine hors de lui souleva le couvercle. Il apparut sous la clarté lunaire, tel un revenant de légende islandaise :

— Qu'est-ce que c'est ? Vous désirez, monsieur ?

L'angélique Comme-la-Lune crut sa dernière heure venue et, rassemblant les bribes d'une ancienne éducation, se jeta à deux genoux sur un parterre d'orties en se lançant dans l'acte de contrition comme un plongeur dans l'onde des Tourelles :

— Mon dieu, je me repens de tout mon cœur d'avoir offensé votre souveraine majesté et votre bonté infinie, je tâcherai de faire mieux la prochaine fois, je déteste tous mes péchés...

— Tiens, fulmina Antoine, un civil de l'Armée du Salut...

Il rabattit son couvercle.

Comme-la-Lune, à ce fracas terrestre, quitta le ciel des yeux et pensa :

« Le mieux encore serait de ne point prêter attention à ces hallucinations qui m'accablent souvent lorsque j'ai bu chopine et de mettre les voiles avec ce triporteur. J'en tirerai bien deux cents francs. »

Il revint donc vers Augustine, sauta en selle, prit le guidon et la trompe d'auto à pleines mains. Le cri déchirant de la poire de caoutchouc fit éclore d'émoi trois œufs de pie abandonnés dans un buisson.

Antoine resouleva son couvercle et, s'adressant à un Comme-la-Lune pétrifié sur la selle, ordonna :

— Monsieur, vous ne m'avez pas été présenté. Je ne vous adresse donc la parole que parce qu'il s'agit d'un cas de force majeure : étant assis sur un objet dont je suis le propriétaire, il ne vous reste plus, en l'occurrence, qu'à en descendre.

Sous ce flot de paroles, la barbe de Comme-la-Lune frissonna de béatitude. Il y avait bien eu ronflements, mais le ronfleur était de chair et d'os. Le vagabond balbutia :

— Vous n'êtes pas un spectre ?

— Non, monsieur, je suis Antoine Peyralout, voyageur vélocipédique !

Comme-la-Lune mit pied à terre, perdit deux puces au contact du sol et s'inclina jusqu'au gazon :

— Toutes mes excuses, monsieur. Mon nom est Comme-la-Lune, vagabond.

Antoine s'extirpa du coffre. Un vagabond ! Il allait traiter d'égal à égal avec un authentique vagabond... Quelle fierté pour le fils d'un quincaillier ! Il assura sa casquette sur ses boucles d'enfant sorti d'images d'Épinal, tendit sa main.

— Monsieur Comme-la-Lune, la nuit et les étoiles sont la capitale de la route. Nous avons sucé le lait de la liberté, l'amour n'a pas de chaîne pour des enfants pareils à nous. Nous sommes les deux seuls hommes de la terre, cette nuit. Acceptez-vous de vider une bouteille en ma compagnie ?

Comme-la-Lune ne comprit guère que la dernière phrase, mais la comprit tout aussitôt.

— Ma foi, monsieur Peyralout, ce n'est pas de refus. Les nuits d'avril sont particulièrement assoiffantes. Croyez-en un vieux routier comme moi. Trois tours de France à pied. Deux mois de tôle pour vagabondage. Me glorifie du tatouage « Mort aux vaches » et de quatorze morsures de chien de garde, dont dix (des chiens) furent lancés à mes trousses et quatre agirent de leur propre initiative.

Devant l'admiration manifestée par Antoine à l'énoncé de son palmarès, Comme-la-Lune se rengorgea et laissa entendre qu'il avait en outre enterré un gendarme dans une grotte des Pyrénées-Orientales.

Antoine sortit la bouteille de vin promise et les deux hommes s'assirent face à face sur deux souches.

— Il est bon, hocha Comme-la-Lune.

— Parlez-moi, parlez-moi de la route...

Comme-la-Lune saisit qu'il avait affaire à l'un de ces petits romantiques prêts à gober Saturne en copeaux d'or et la Nature en dragées d'air... La nuit temblait de volupté, au-dessus de ces deux têtes perdues au cœur d'un champ où rampaient les limaces, dormaient les taupes, crissaient les grillons en amour, scintillaient les vers luisants désespérés se désignant d'eux-mêmes au bec des hiboux.

La nuit frémissait d'anges et deux hommes parlaient sous elle, la bouche rouge de vin et d'aventure...

— La pluie, discourait Comme-la-Lune, ça va cinq minutes. C'est joli parce que ça fait briller les fleurs, mais après, c'est pas drôle. Nous, vous savez, on s'en fout pas mal que ça fasse du bien aux salades et aux patates, parce qu'on n'en a pas, ou quand on en a, elles n'ont plus besoin de pousser. Quand ça dure toute une journée, on en a plein les pieds, ça trempe toute la musette, ça esquinte le pain, ça détériore les mégots, ça empêche de faire de la route...

— Et l'amour, Comme-la-Lune, l'amour ? C'est connu que, dans toutes les chansons, les vagabonds tombent les cœurs...

— Ah, l'amour... C'est notre soleil, à nous. Les bergères, les fermières, les châtelaines, tout y passe, forcément, hein ?

— Évidemment. Quelle vie vous avez dû avoir...

— Sûr. Pas de patron, nous ! Pas de femme, pas d'enfants, on est libre comme l'alouette, on connaît les noms de tous les oiseaux, de tous les insectes, de toutes les fleurs, on mange quand on a à manger, pas avant, on se soûle des fois parce que c'est notre cinéma, à nous, le pinard...

— C'est formidable.

— On vole des poulets, quand on peut... Ah ça, faut pas les faire crier, les poulets ! Toute une science... Autrement, on fait des petits sifflets pour les gosses, on fend du bois, on repeint une grange, on arrange un vélo, ce qui nous vaut de manger la soupe.

— Merveilleux...

— On tend des collets, quand il fait nuit. On fait cuire les pissenlits, les jours maigres, on ramasse les bouts de ficelle, les fers à cheval, les clous, on les donne aux chiffonniers pour un morceau de pain, on vit aujourd'hui, on vivra donc demain, hein ? Et à l'automne, on fait comme les mecs des wagons-lits, on descend dans le Midi. Des fois, mais il faut vraiment être à bout, on donne un coup de main à la moisson. Faut savoir tout faire, dans cette profession. D'ailleurs, faut bien compter trois ans d'apprentissage, pour être un vagabond digne de ce nom.

— Sublime... Un coup de vin ?

— Un coup de vin, c'est comme un baiser, ça se refuse jamais.

Comme-la-Lune laissa traîner son beau regard noyé de rêve dans les profondeurs de la campagne mouillée, luisante telle une route sous le parapluie noir du ciel...

Antoine, éperdu de poésie, chantonna du Trenet :

Nous ne sommes que des vagabonds.
Toi, fille des bois,
Moi, mauvais garçon...
Ta robe est déchirée,
Je n'ai plus de maison
Je n'ai plus que la belle saison...

Comme-la-Lune vida le litre, cracha à trois mètres, se retourna sur le flanc, glissa sa musette sous sa tête et décréta :

— Un parfait vagabond doit pouvoir s'endormir n'importe où, et vite, car le lendemain, la route est toujours longue. Bonne nuit, camarade.

Antoine, du coup, méprisa son habituelle couverture et mit un point d'honneur à s'endormir le premier.

Comme-la-Lune ouvrit alors un œil satanique et s'assit sur l'herbe. Il rampa jusqu'au malheureux garçon, lui extirpa son portefeuille avec l'adresse que requiert pareille opération.

Il trouva une aile de papillon et douze cents francs.

« Pas mal, pensa-t-il. Pauvre garçon, je vais tout de même lui laisser deux cents francs. D'ailleurs, ça me fait mal au cœur, mais faut bien vivre et l'air du temps manque de vitamines quoi qu'en croie ce gamin... »

Il déchira une page du carnet où Antoine notait des impressions de route, écrivit : « Essecusé mois, mont vieu. Mè un vagabon na pât de skrupuls. Sa cera la dairnière lesson de vautre Comme-la-Lune. »

Sur ce, le consciencieux Comme-la-Lune s'éloigna sur la plante des pieds, tel un elfe.

Le plaintif tuba des grenouilles lointaines adorait le matin descendu en parachute de soie rose.

La source de l'aurore coulait où venaient s'abreuver les vaches des nuages... Les pintades piaillaient, le café fumait sur les tables géantes des fermes, une mer de sabots gagnait les prairies fraîches de pleurs de belles-de-nuit...

Quant à l'angélus du matin, déchaîné, il poussait à l'enfer l'ultime étoile amoureuse du jour, et chacun sait qu'une étoile coupable de cet amour passe devant le tribunal des étoiles-grand-mères et s'y voit condamnée à n'être plus que l'éphémère lueur du briquet, de l'allume-gaz, du feu follet ou, au mieux, de la foudre...

Antoine s'éveilla, s'étira, vit son portefeuille ouvert sur la rosée, lut la page de carnet, constata avec plaisir qu'il lui restait deux cents francs et murmura :

— Sacré Comme-la-Lune...

S'en paierait-il des cuites avec l'argent volé. Après tout, hein, l'argent, ça va, ça vient...

Un lapin de garenne fila le long des blés.

Antoine sourit. C'était la vie, quoi ! Ceux qui l'aiment respirent les fleurs, les seules filles qui ne fassent point de mal...

Ce qu'il fit en répétant, amusé :

— Sacré Comme-la-Lune... Sacré Comme-la-Lune...

Une charrette de foin passait sur la route sous les sacrements du soleil.

18

Antoine roulait depuis déjà deux heures lorsque arriva à sa hauteur une jeep à carreaux blancs et rouges que remplissaient trois garçons et trois filles en short, coiffés de casseroles ou de chapeaux en papier. Une banderole où éclataient, dégoulinants de peinture, les mots : « LES JOYEUX DRILLES DU BOULEVARD RICHARD-LENOIR » claquait au vent comme un pan de chemise.

L'aimable véhicule roula à côté du triporteur, empruntant son allure.

L'un des garçons interpella Antoine :

— Toi, mon pote, t'as plutôt l'air d'un marrant.

— Ça peut se faire, répondit Antoine qui se méfiait des Parisiens.

— Tu viens de loin, avec ta trottinette ?

— De la Côte-d'Or.

Les six passagers sifflèrent, admiratifs. L'une des filles demanda :

— Alors, vous êtes un marrant ?

— Si vous voulez.

— On voudrait en être sûrs.

— Pourquoi ?

— Parce qu'on pourrait vous remorquer, mais les

« Joyeux drilles du boulevard Richard-Lenoir » ne peuvent pas aider un triste, vous comprenez ?

Antoine sourit. Encore une société dans le genre des Amis de la Belote et du 4.21 réunis... Il répondit :

— Je viens de plaquer ma famille qui tient une quincaillerie pour aller à Paris par mes propres moyens afin de voir la finale de la coupe. En outre, j'ai deux cents francs sur moi et mon triporteur s'appelle Augustine !

Il n'eut pas à en dire davantage. La jeep s'arrêta et les six occupants dansèrent une ronde autour de l'attelage. Après quoi le conducteur s'adressa à Antoine :

— Ce sont de bonnes références, tu n'es pas un triste. Nous, on a horreur des tristes. Dès qu'on voit une larme, on se débine. On peut pas souffrir les vieilles dames, les corbeaux et les premiers communiants. Ce qu'il nous faut, c'est de la rigolade, encore et toujours... Et comme disait Bergson, le rire est le propre de l'homme...

— HOU ! HOU ! T'es pas marrant ! braillèrent les autres.

— Je m'en excuse, rétorqua l'autre en faisant une atroce grimace pour se racheter.

Tous se tordirent. Antoine trouva curieux cet aréopage de « marrants » à tout prix. Lui, lorsqu'il riait, c'est parce que cela lui plaisait. Eux c'était une loi, une règle, un principe. Ça ne devait pas être drôle tous les jours.

Ils attelèrent Augustine aux accents hilarants de :

Voulez-vous que j' vous raconte
L'histoir' de ma sœur Thérèse
Qui rigol' quand on la...

se tapèrent sur les cuisses, se tinrent les côtes, se pâmèrent, pouffèrent, s'étouffèrent, firent mille facéties, bouffonneries, farces, folies, turlupinades et regagnèrent leurs places à gorge déployée.

— Ça va ? interrogea le chauffeur.

— ... Sistas ! coupa la plus grosse des filles.

— Ça va, répondit Antoine, malgré le tonnerre de rires qui avait accueilli le trait d'esprit de la dondon.

La jeep démarra.

— Plus vite, Albert, c'est plus rigolo.

Le chauffeur appuya sur l'accélérateur. La randonnée prit vite l'aspect d'une course à la mort, au milieu des éclats de rire.

Antoine, en remorque, avait grand-peine, aux coups de freins, à empêcher Augustine de se ruer sur la carrosserie adverse et de s'y fracasser.

Corner, dans le coffre, s'égosillait de frayeur.

Un village fut traversé, fendu plutôt, à quatre-vingts à l'heure, pendant que les zigotos du boulevard Richard-Lenoir tapaient à tour de bras sur leurs casseroles. Une bande de poussins rêveurs passant par là fut décimée.

— On nous poursuit ! hurla la dondon.

— Tant mieux ! on va se marrer ! rétorquèrent ses compagnons en se retournant.

Un garde champêtre motorisé filait, le nez sur le guidon, à la poursuite de cette nouvelle bande à Bonnot.

Antoine fulmina. Avec des rigolos pareils, il allait passer le 8 mai parmi les blattes d'un cachot, c'était sûr...

— L'arc, Paulo, passe l'arc !

L'un des types bandait un arc en direction de la moto...

— Vise bien, Jo, il reste plus lourd d'essence !

La flèche partit en trombe, catapultée par le vent. Elle se piqua dans le képi ennemi, poursuivit sa route, embrocha au passage un corbeau, alla mourir sur un tronc d'arbre.

Le garde champêtre, terrorisé, blême, coupa les gaz. La prochaine flèche était, d'évidence, destinée à sa pomme d'Adam...

— Bravo, Jo !

— Crevant !

— Bidonnant !

Ils se congratulèrent, s'embrassèrent, s'affirmèrent que ce week-end était le plus réussi depuis le jour où ils avaient ramassé une vache dans un champ, lui avaient fait tirer la jeep sur deux kilomètres et que, poursuivis par la bergère, ils l'avaient attachée à poil à un poteau télégraphique.

— Ce qu'on avait pu se tirebouchonner, cette fois-là !

— Qu'est-ce que tu dis de tout ça, le gars du triporteur ?

— Qu'on se marre bien... répondit Antoine qui n'en pensait pas un mot mais tenait à profiter de son tracteur jusqu'au bout.

Ce qui ne tarda guère.

La jeep toussa, fuma, zigzagua, s'arrêta en un énorme soupir.

— Voilà, déclara le chauffeur, non seulement il n'y a plus d'essence, mais il n'y a plus d'eau.

— Marrant... soufflèrent sans conviction les cinq autres en mettant pied à terre et en soulevant le capot.

Le chauffeur consultait une carte. Il dit enfin :

— Tordant, les gars. On s'est gourés de route, on n'est plus sur la nationale, on est à vingt-cinq bornes de Paris mais à huit du plus proche patelin nommé Saint-Flebène. Voilà.

Tous ricanèrent jaune et se tournèrent vers Antoine.

— Mon vieux, il ne te reste plus qu'à te tirer sur ton vélo de course jusqu'au bled en question. Là, tu alertes un garagiste s'il y en a un, tu lui racontes qu'on est perdus par tant de latitude sud et de longitude est, et tu nous l'envoies, O.K. ?

— Ça marche, opina Antoine pas fâché de se débarrasser de compagnons aussi compromettants et réjoui d'apprendre qu'il touchait enfin au port.

Il détela Augustine, l'enfourcha, cria « à tout à l'heure » aux joyeux drilles du boulevard Richard-Lenoir et se mit à rouler, l'oreille charmée par le bourdonnement des guêpes du ciel et des pneus sur la route.

19

La cité libre de Saint-Flebène était une ville étrange ignorée du guide Michelin, parfois mentionnée sur quelques cartes routières ou d'état-major, rayée depuis toujours des registres de perception.

C'était un aimable agglomérat de cabanes en bois, de bicoques en démolition, de wigwams peaux-rouges, de maisons sinistrées, de tentes américaines, de cahutes de cantonnier et de chalets à claire-voie montés sur pilotis.

C'eût été la zone sans la nature. Mais tout cela était noyé dans les arbres, se perdait sur l'herbe et les pâquerettes. Avril en faisait le village-exposition du printemps, haché de chemins verts, de routes de pissenlits, d'avenues de boutons d'or. Les plaques indicatrices portaient les noms musicaux de rue de l'Orme-Sainte-Minouche, passage de la Pierre-Fritte, voie de l'Orme-des-Rompus, chemin des Petits-Rouillis, chemin des Hautes-Parcelles...

Des jardins plus ou moins potagers proliféraient à la diable, grillages empiétant sur une rue, roses sauvages grimpant à l'assaut du réverbère unique de la cité.

Un édifice de bidons d'huile emplis de sable et reliés entre eux par du ciment élevait un drapeau tricolore au-dessus de ses murailles « Shell ». C'était l'hôtel de ville et la demeure du maire et de ses huit enfants.

Sur quelques-unes de ces baraques dévorées de vigne vierge, de lierre, de liserons et de pois de senteur s'érigeaient des pancartes *Épicerie-Buvette, Brocanteur,* ou *Café-Tabac.*

Un parallélépipède de torchis renforcé par des calendriers des Postes affichait, avec pas mal de suffisance, *Cinéma.*

Une royale construction de moellons, eh oui, se glorifiait d'être le *Café-hôtel-pension de famille* du pays, sous l'égide, annonçait une enseigne, de Jean-Baptiste Mouillefarine, propriétaire.

Quelques chèvres éparses broutaient dans les rues, non loin de bourricots et de tortues.

Mais l'admirable du lieu résidait ailleurs : tout le long des artères de Saint-Flebène pullulaient hamacs et chaises longues, le tout garni par la population, comme dans un sanatorium.

Saint-Flebène dormait.

La cité libre était une cité silencieuse où les voix humaines étaient soigneusement voilées pour ne point incommoder les voisins, où les postes de T.S.F. ne diffusaient que musiques berceuses.

Un monde hirsute ronflait.

Et ce monde consacré au repos musculaire vivait de laitues, de pêche aux écrevisses, d'amour et d'air du temps.

Saint-Flebène, pour tout dire, était la ville des chiffonniers, des vendeurs de muguet, des cinglés, des poètes, des poivrots officiels, des gagne-petit de tout poil, des traîne-semelles, des tourne-pouces, des filles de peu ou de pas grand-chose et de tous les flemmards de la région, ce qui avait suffi à peupler la cité...

L'élément aristocratique était fourni par une dizaine de ménages de retraités de la S.N.C.F., un abbé microcéphale délégué par la paroisse pour l'approvisionner en âmes du purgatoire, un ancien juge de paix alcoolique et deux sœurs vieilles filles lancées à corps perdu dans l'élevage des lapins.

Et, dominant la cité, le château de Saint-Flebène. Un authentique château muni de tours en excellent état et de châtelains ravagés de dégénérescence chronique.

Le comte de Saint-Flebène, oublié là par la révolution de 1789, avait donné branche sur branche à son arbre généalogique, l'acte d'amour étant, sinon le moins fatigant, du moins le plus agréable de tous les actes de la vie de tous les jours.

L'actuel seigneur, comte Alexandre-Timothée-Jean-Philippe de Saint-Flebène chu de mésalliance en mésalliance (marié à une fille de joie pour commencer, remarié à une dentiste martiniquaise et veuve de guerre pour finir) avait redoré le coffre-fort héraldique en vendant sous l'Occupation des œufs de cane artificiels qu'il fabriquait dans sa cave selon les méthodes de Nicolas Flamel. On évaluait donc sa fortune actuelle à deux ou trois millions, ce qui le sacrait, et de loin, Aga Khan du village.

Saint-Flebène, dans ces conditions, ne pouvait vivre repliée sur elle-même, un sans-le-sou ne comptant guère sur un autre sans-le-sou pour gagner le sandwich et le verre de vin nécessaires à un homme moderne.

Aussi, tous ces vendeurs de peaux de lapins, de fleurs et d'illusions étaient-ils les parasites reconnus de la grande ville voisine, que tous appelaient avec crainte : La Ville.

On allait à La Ville et puis l'on revenait se coucher parmi les coquelicots et les moineaux de Saint-Flebène, cité bienheureuse exemptée d'impôts (qu'en aurait-on tiré ?) et de soucis d'argent, ces soucis naissant toujours de la proximité et de la promiscuité insolentes des riches.

C'est pourquoi fleurissaient à même les chemins la chaise longue, le hamac, le fauteuil à ressorts apparents et le lit de camp, les plus pauvres se contentant de siestes sur l'herbe, les plus téméraires faisant la planche (nage nationale) sur les eaux de la Besbre qui traversait la bourgade en paresseuse.

Dans ce paradis de simples, les jours passaient, sans almanach, sans bruit et sans événements. Les habitants se connaissaient de père en fils, accueillaient l'étranger sans même y prendre garde, pourvu qu'il aimât dormir et boire, et mépriser le travail, sainte loi du monde.

Et tous les animaux, qui ne sont pas plus bêtes que ça, venaient se réfugier ici, sachant que le mal y était inconnu. Ils se gardaient toutefois d'être trop comestibles d'aspect.

Les hérissons allaient par couples dans les rues où circulaient les chiens et chats égayant le village de leurs discordes, y côtoyant entre autres bestioles un méhari octogénaire, reliquat d'un ancien officier de spahis, quelques cochons porteurs d'un petit paletot où se lisait le nom de l'hôtelier Mouillefarine et les chèvres, tortues et bourricots déjà cités.

Les jours de fête, en particulier les dimanches honorés comme ultra-repos officiel, l'orphéon de Saint-Flebène (un sarrussophone, un triangle, deux flûtes, une grosse caisse et un bandonéon) se réunissait sur la place Boileau, au cœur de la cité. Assis sur des pliants, les exécutants jouaient pendant des heures valse musette, scies d'opéras, marches guerrières et chansonnettes dont les plus prisées étaient encore *Le*

Temps des cerises, Ah qu'il est doux de ne rien faire, Viens le soir descend et *Plaisir d'amour.* Ces jours de concert, chaque famille était tenue d'apporter aux musiciens un verre de vin en guise de paiement.

Il en résultait une extinction de tous sons harmonieux, vers les quatre heures de l'après-midi.

Ainsi vivait la plus pauvre, si l'on considère que la pauvreté consiste en un manque d'argent, et la plus heureuse des cités libres, la plus proche du ciel lorsqu'il est bleu et de l'eau belle et bonne pour le bain, ignorante des lois, des polices, des assurances sociales, des allocations familiales, des déclarations fiscales, des taxes locales, des conseils de révision (tant de cas d'insoumission ayant été signalés que l'État en avait clos les yeux de honte), des permis de pêche, des défenses d'afficher, de fumer, de marcher sur le gazon, d'uriner, de mendier sur le territoire de la commune, de se pencher par la portière, de vivre et d'aimer, ignorante de la loi sur les débits de boisson, des quatre évangiles, de l'action syndicale, du bulletin de vote, du sens interdit, de tout ce qui est barbe, rasoir, légion d'honneur, paperasses, duplicata, militaire sinistre et papillons noirs.

Le premier mai, fête du travail, y était considéré comme Toussaint.

Tel était Saint-Flebène, bucolique cité libre où ne régnaient plus guère que les tares inévitables de l'adultère et de la cirrhose du foie, lorsque Antoine y pénétra, sous la voûte fraîche des églantiers de la voie de l'Orme-des-Rompus.

20

A cette minute précise, trente-trois indigènes sommeillaient sur le pas d'une porte plus ou moins fictive, illustrant mieux que ne l'eût fait aucun croquis la position dite allongée.

Le bruit insolite d'Augustine incita soixante-cinq yeux (chiffre impair expliqué par le fait que l'un des autochtones était borgne) à s'entrouvrir.

Ces rétines transmirent au cerveau intéressé l'image « triporteur », et les trente-trois habitants, rassurés, abattirent avec ensemble leurs paupières en un frissonnement de rideau amoureux d'une brise.

Antoine reçut en plein cœur et coup sur coup ces visions agrestes de rues zébrées de passages cloutés de marguerites, de constructions obliques où les volets tenaient par des ficelles et de naturels, étendus la casquette ou le chapeau de paille sur le nez.

Cette civilisation inespérée le frappa au plexus solaire : n'était-ce pas la première fois que son arrivée ne soulevait ni panique ni curiosité parmi les populations ? Celles-ci devaient être évoluées à l'extrême pour ne lui manifester aucun intérêt.

Il évita, stupéfait, le méhari traînant sa bosse de par

les rues et s'approcha d'un barbu affalé sur un sommier métallique jeté là où aurait pu se trouver un trottoir.

— Pardon, monsieur, balbutia-t-il, est-ce qu'il y a un garage dans le pays ?

Le barbu ronchonna, chassa un moustique, changea de position et ronfla illico.

Antoine, désemparé, fit quelques mètres et aborda un poète chevelu et peut-être éveillé, quoique étendu sur un billard japonais dont les trous étaient bouchés par de vieux chiffons.

L'arrivant réitéra sa demande. Le poète sourit aux archanges et répondit par un « Salut, enchanteur Merlin ! Vous voilà donc sorti de ce cercle magique qu'inscrivit Viviane la fée autour de vous ? Soyez le bienvenu dans ce pays, que j'ai chanté jadis sous le nom de New-Brocéliande ! »

Antoine comprit qu'il n'en tirerait rien qu'un ou deux « Oceano nox », revint à Augustine, s'éloigna en direction d'un café-hôtel qu'il apercevait entre deux marronniers.

Il entra dans l'établissement, M. Mouillefarine, penché sur un zinc usé par plusieurs générations de Saint-Flebénois, tonitruait à l'adresse d'un consommateur :

— Marre ! Marre que j'en ai de cette fanfare, de cette clique, de cette harmonie municipale, appelle ça comme tu le voudras ! Et qu'ils ne reviennent plus dans mon bistrot, ou le sang coulera, foi de Mouillefarine ! Et tu ne sais pas ce qu'ils ont inventé ? Non, tu ne le sais pas ! tu ne pourrais même pas le deviner mon petit Zanzi !

Il aperçut Antoine, lui beugla « une minute, monsieur ! » et reprit le flot de ses récriminations :

— Ils veulent me nommer président ! Oui, président d'honneur de leur sale petit orchestre de culs-terreux ! Voilà ce qu'ils veulent ! Tu vas voir comment ils seront reçus, dimanche, ou je ne m'appelle plus Mouillefarine ! Je m'appellerai Mouillepicrate mais plus Mouillefarine !

Il reprit haleine et se tourna vers Antoine :

— Vous désirez, monsieur ?

— Un garage…

— Un garage ! Pourquoi pas un music-hall, une synagogue, un terrain d'aviation ? Tu entends, Zanzi ? Monsieur demande un garage ! Monsieur n'est pas du pays, sans doute ?

— Non… bredouilla Antoine.

— Ah ah, monsieur n'est pas du pays ! hurla Mouillefarine en se servant un demi de blanc.

Puis, désignant le consommateur d'une bouteille vengeresse :

— Monsieur Zanzi, ici présent, travaille dans un garage, c'est vrai ! Mais ce garage est à la ville, et monsieur Zanzi n'a pas envie de travailler ce jour, ce qui est son droit le plus strict, monsieur, vous entendez, son-droit-le-plus-strict !

— Je ne le conteste pas, bégaya Antoine, qui, en un sursaut d'énergie, affirma : D'ailleurs, je m'en fous !

— Mais si vous vous en foutez, monsieur, pourquoi me le demander ?

Le personnage répondant au nom de Zanzi se leva. C'était un rouquin porteur de lunettes d'acier, de moustaches ravies de s'ébattre sous un nez en toute liberté, vêtu d'une salopette autrefois bleue et aujourd'hui maculée de vin rouge, d'omelette, de graisse lourde, de morve, de goudron, de peinture, de plâtre et d'huile de lampe. Il avait des yeux bleus étonnants de pureté et un agréable accent italien. Zanzi avait peut-être vingt-trois ans.

— Mon gars, ce que t'a dit le père Mouillefarine est vrai. Je ne veux pas travailler parce que c'est la Saint-Athanase. Je ne m'appelle pas Athanase mais c'est un nom qui me plaît pour me reposer. C'est à toi, la bagnole ?

Antoine expliqua l'affaire.

Zanzi se rassit sans hésiter.

— Oh la la ! Laisse tomber ! Tu prends quelque chose ?

— Si tu veux...

Mouillefarine, remonté de la cave, ahana :

— Zanzi ! Qu'est-ce que tu as dit à monsieur ?

— Monsieur t'emmerde ! lâcha le mécano en trinquant avec Antoine.

Une troupe de poulets entra dans le café. Le patron les pourchassa, la bave aux lèvres et le torchon en avant :

— Foutez-moi le camp, ordures de la terre, ou je ne m'appelle plus Mouillefarine !

— Qu'est-ce que tu fais à Saint-Flebène avec un triporteur ? interrogea Zanzi.

Antoine raconta *in extenso* ses aventures.

— Et il te reste plus que deux cents balles ? s'inquiéta le jeune Italien.

— A peu près.

— Il n'y a guère qu'un endroit au monde où tu pourras passer quelques jours avec ça, c'est ici.

— Aussi vrai que je m'appelle Mouillefarine, décréta le patron.

— Faut faire quelque chose pour lui, grommela Zanzi.

— Faut l'envoyer chez la mère Coque, elle pourrait le loger.

— Ouais, faut qu'il aille voir la mère Coque...

Antoine décida de laisser les joyeux drilles du boulevard Richard-Lenoir s'en tirer par leurs propres moyens, remercia les deux hommes de leur assistance.

— Laisse faire, rétorqua Zanzi, j'ai jamais pu voir un gars sympa sans lui filer ma chemise. Tu vas aller chez la mère Coque...

— Vous lui direz que vous ne venez pas de ma part, la vieille taupe n'ayant jamais pu me blairer, intervint Mouillefarine.

— Telle que je la connais, elle te trouvera quelque chose pour pieuter, fût-ce une cabane à lapins, pour cent balles par mois. Non meublé, évidemment.

— Tu es un pote, toi alors, s'exclama Antoine en lui serrant les deux mains.

— Faut bien s'aider. La mère Coque, c'est la brocanteuse à droite de la mairie. La mairie, c'est à deux cents mètres.

Sur ce, Zanzi, pensionnaire de l'hôtel, décida de monter se coucher, ce qu'il fit non sans avoir invité Antoine à venir le soir prendre l'apéritif.

— Ah, Zanzi, s'attendrit le patron en nettoyant la table, voilà un garçon toujours prêt à rendre service ! Vous avez eu de la veine de le rencontrer là. Depuis qu'il est à Saint-Flebène, on ne compte plus les types comme vous qu'il a dépannés, aussi vrai que je me nomme Jean-Baptiste Mouillefarine. C'est le samaritain du pays, en somme. Alors, vous allez chez la mère Coque ? Moi, je vous aurais bien donné une chambre, vous m'auriez payé quand vous auriez pu, mais il y a ma femme, mon bon, ma femme !

Il se figea, les bras au ciel, écrasé par le poids d'une alliance lourde à porter.

Antoine sortit. De fait, il serait bien, dans ce pays, en attendant la finale. Le nommé Zanzi lui trouverait peut-être un petit boulot.

Et puis, on s'en tire toujours, après tout...

Un habitant par extraordinaire éveillé l'emmena jusqu'à la mairie, histoire disait-il, d'activer la digestion d'une douzaine de cochons d'Inde mangés la veille avec des amis. De la mairie, Antoine put s'orienter et découvrit la boutique de la mère Coque, une roulotte sans roues perdue dans la glycine.

La mère Coque en personne, une grosse à moustaches, moulée dans un tablier découpé aux flancs même d'un sac à charbon, discutait avec un jeune homme d'un mètre cinquante dont l'accoutrement était des plus singuliers.

Il consistait en un chapeau de boy-scout, un blouson reprisé de l'armée anglaise, une culotte de chasseur alpin 14-18, une paire de bottes allemandes et une capote bleu horizon jetée sur les épaules. Ce garçon de vingt-cinq ans tenait d'une main un minuscule vélo de certificat d'études et de l'autre une fillette de trois ans. A ses pieds, une lessiveuse.

— Enfin, monsieur Mammouth, gémissait la brocanteuse, soyez sérieux ! Une lessiveuse, ça vaut pas cher, à Saint-Flebène ! Vous en connaissez, vous, des gens qui lavent leurs affaires ailleurs que dans la rivière ?

— Ça existe ! ripostait le nabot répondant au nom de Mammouth. J'en connais qui l'achèteraient cher, ma lessiveuse, pour se laver les pieds dedans, seulement, madame Coque, vous ne savez pas pourquoi je tiens à la vendre à vous ? Non, n'est-ce pas ? C'est pour vous faire faire une bonne affaire, tout simplement ! Parce que vous avez toujours été gentille avec Céleste !

— L'adorable enfant... soupira la brocanteuse en tapotant les joues de la petite fille. Celle-ci recula d'un pas et chanta :

— Faut acheter la lessiveuse, madame Coque, sans ça j'aurai rien à manger ce soir, tra la la...

Mammouth se frotta en esprit les mains : la gamine savait sa leçon. Mme Coque touchée au fibrome de l'apitoiement eut un geste d'humeur :

— Allez, je vous la prends ! Mais c'est bien pour que cette petite n'aille pas se coucher avec la faim, allez !

Antoine s'avança, la casquette sur le sommet du crâne et les mains dans les poches. Mme Coque leva une tête méfiante :

— Je vous avertis que j'ai pas besoin de triporteur pour le moment, siffla-t-elle entre deux dents plombées.

— Ça tombe bien, il est pas à vendre, riposta Antoine. Je vous suis envoyé par M. Zanzi pour trouver un logement.

La bonne femme leva deux bras aux nues et les y laissa de détresse :

— Eh, monsieur ! Zanzi est fou ! Je n'ai rien en ce moment ! Absolument rien !

Mammouth toisa Antoine en proie au désespoir et, s'adressant à la mère Coque :

— Ça ne va pas, mère Coque ? Et la maison de L'Orme-Sainte-Minouche ? Il n'y a que l'étage d'occupé ?

— C'est vrai, réfléchit la brocanteuse, c'est vrai, mais la jeune fille a payé pour la totalité.

— Bah, si elle se sert que de l'étage, elle donnera bien le rez-de-chaussée à un gars qui en aura besoin.

— C'est pas moi qui lui demanderai ça, en tout cas. J'ai pas envie qu'on me prenne pour une entremetteuse.

— Vous bilez pas, je lui demanderai !

La mère Coque se tourna vers Antoine :

— Ma foi, monsieur, si l'affaire se fait, c'est deux cents par mois, dont cent la première semaine. Il n'y a pas l'eau, pas de gaz et pas d'électricité.

— Ça ne fait rien. Si vous voulez m'y mener ?

— Oh, pas moi, sûr, monsieur Mammouth, vous pouvez conduire monsieur ?

— Ça peut se faire.

Pendant que la mère Coque examinait pour la dixième fois la lessiveuse, Mammouth plaça la petite fille sur le porte-bagages de son vélo d'enfant et se mit à rouler, escorté d'Antoine sur Augustine.

— Je vous remercie, murmura Antoine.

— Pas la peine. Je sais ce que c'est d'arriver dans ce bled. Tu peux m'appeler Mammouth. Quant à la mère Coque, elle te demande deux cents balles mais elle sera ravie si tu lui en donnes seulement la moitié, crois-moi.

Une cohorte de grenouilles traversa la rue par bonds successifs.

— Moi, tu vois, continuait Mammouth, je suis jardinier au château. Jardinier de fleurs, c'est ma spécialité. Il y en a un autre qui fait les légumes. Moi je m'occupe que des fleurs. Et ça c'est ma fille, ma fille à moi. Elle s'appelle Céleste.

Il mit pied à terre. Antoine l'imita, surpris.

— Tu vois cette bicoque où qu'il manque des tuiles sur le toit ?

— Ouais...

— C'est là. Moi, je ne peux pas t'accompagner.

— Pourquoi ?

— Tu comprendras plus tard. On te voit chez Mouillefarine, ce soir ?

— D'accord. Dis, qu'est-ce que c'est, la fille qui habite là ?

— Elle est là depuis trois mois. Elle fait de la couture. De la couture, misère ! Moi, ma vie c'est de soigner les fleurs. Ah ! les fleurs, mon vieux, tu ne peux pas savoir comme ça souffre ! Des fois, je les entends pleurer. Je suis le seul jardinier au monde qui entende pleurer les fleurs. Alors, je les soigne. Et puis il y a cette petite souris qui est ma fille et qui est aussi une fleur. Pas, Céleste, que tu es une fleur ?

— Je suis une orchidée, Mammouth.

— Elle m'appelle Mammouth, tu vois. Quand je suis soûl, c'est elle qui me ramène... A ce soir !

Il s'éloigna, les genoux écartés sur son petit vélo à pneus pleins.

Antoine le regarda partir, intrigué par ce sentimental en capote bleu horizon.

Il redémarra, entra dans la rue de l'Orme-Sainte-Minouche, se dirigeant vers cette construction mi-ciment (rez-de-chaussée) mi-bois (premier et unique étage) indiquée par Mammouth.

Il plongea sur la porte du jardin, décidé à sonner sans bouger de selle.

Une bordure de trottoir dissimulée par des avoines sauvages attaqua Augustine de front. Le triporteur se cabra d'un coup sec et Antoine, sous la secousse, pirouetta par-dessus le coffre, allant donner de la tête contre la porte-grille étouffée d'aubépine.

Antoine retomba sur le derrière, abasourdi, pendant que résonnait une clochette cristalline.

Antoine porta les deux mains sur son visage ébloui, s'adossa à la porte. Celle-ci s'ouvrit. Cette fois, Antoine bascula en arrière, vit en un éclair au-dessus de ses yeux une culotte blanche, heurta enfin de l'occiput un dallage des plus consistants...

Dabek Sariéloubal boit du champagne dans la Coupe de France. C'est beau, le champagne... Dabek Sariéloubal boit du champagne. Il y a des petits poissons d'or, dans ce champagne, dans ce champagne... C'est l'eau d'une mare au soleil couchant, il y a des bulles, d'énormes bulles qui crèvent à côté du nez du goal de Pommard. Elles crèvent, l'éclaboussent de mille baisers furtifs, vous savez bien, ces baisers pour réveiller les femmes... Dabek, Dabek ! Qu'est-ce qu'il y a ? Les photographes t'attendent ! Dites-leur que j'arrive, je n'arrive pas à boire tout ce champagne ! Vous avez gagné la Coupe, vous avez gagné la Coupe... gagné la Coupe... la Coupe...

— Ça va mieux ?

Il ouvrit un œil : un visage de fille, un très beau visage de blonde, et, au-dessus des cheveux, le soleil. En tout, deux aveuglants soleils. Il referma l'œil et se frotta la nuque... Dabek, nom de dieu, les photographes !

— Vous pourriez me répondre ! reprit la voix.

Antoine avait toujours eu des réveils difficiles. Lorsqu'il sortait du sommeil, il était dans un sous-marin, perdu dans le désert, enfermé dans un cercueil, partout, sauf où il se trouvait... Il s'assit, s'aperçut qu'il était sur une chaise longue, considéra la fille dont les yeux mauves, ou violets, ou vert foncé bouillonnaient d'impatience.

— Je vous demande, pour la troisième fois, si ça va mieux ?

— Ça va très bien, bougonna Antoine, mais qu'est-ce que vous faites ici ?

Une indicible stupeur burina la figure inconnue.

— C'est inouï ! Il me demande ce que je fais chez moi ! Il s'assomme contre ma porte, il me passe entre les jambes pour s'assommer une deuxième fois, je le traîne sur une chaise longue, lui que je n'ai jamais vu, je l'évente avec un journal, et il me demande…

Cette exclamation rendit tous ses esprits au jeune homme. Il resta étendu, partant du principe qu'on ne parle pas mieux debout que couché, et s'excusa :

— Je vous suis reconnaissant de m'avoir relevé, mademoiselle. J'ai cru moi-même à la fracture du crâne…

— C'est très gentil, mais pourquoi avez-vous choisi ma porte pour jouer au bélier ? Entre parenthèses, vous n'y êtes pas allé mou, elle est toute gondolée !

— Parce que j'allais chez vous, pardi !

— Je comprends… C'est Léon qui vous envoie…

D'instinct, elle avait baissé la voix. Antoine, étonné, éleva la sienne :

— Léon ? Non… Connais pas Léon. Ce qui m'envoie, c'est la mère Coque.

La jeune fille eut un geste de dépit, le geste du chasseur de mouches, et fit quelques pas nerveux dans l'allée.

Antoine, à présent très éveillé, la considéra avec intérêt.

Elle était très grande, statue grecque ou nordique, avec ses cheveux longs, son buste puissant, ses hanches de femme, ses jambes interminables, interminablement belles. Sa bouche était d'un rouge nature et trop vif. Un homme avait envie de la mordre, cette bouche, et de la voir saigner.

Antoine eut cette envie, mais la jeune fille, guère effleurée par l'idée d'un quelconque mordillage de lèvres, revint à la chaise longue en deux pas. Sa voix prit une intonation vulgaire :

— Et qu'est-ce qu'elle me veut, la mère Coque ?

— Rien du tout. C'est moi. Je viens d'arriver dans le pays et je ne sais pas où coucher. La mère Coque m'a dit que vous me prêteriez peut-être le rez-de-chaussée...

— Ah ça non, alors !

Antoine se jeta à terre, joignit les mains :

— Je coucherai donc sur les graviers moelleux des places publiques, j'attraperai tours de reins, torticolis, courbatures et lumbagos et je vous dédierai le tout, belle cruelle, féroce blonde, couturière sans cœur ! Mes os se désoleront au contact des pavés me servant de sommier et, lorsque au matin la rosée aura raidi mes muscles et qu'il me sera nécessaire d'accomplir trente-quatre tractions et dix minutes de gymnastique abdominale afin de retrouver ma souplesse native, ô couturière inhumaine, âme de plomb, tripes de panthère noire, je vous maudirai dès les premiers rayons du jour et cela pour l'éternité !

La fille, surprise d'un tel débordement verbal, eut son premier sourire et murmura en s'agaçant l'oreille d'une tige de graminée :

— Vous pourriez vivre avec une jeune fille qui vous marcherait sur la tête ?

— D'autres m'ont bien marché sur le cœur, cria Antoine à présent très exalté.

— Jurez-moi que vous ne m'importunerez point d'une cour insipide ?

— Je le jure, n'aimant que les petites brunes et assez maigres.

— Vous ne vous enivrerez pas ? Vous ne ferez pas de bruit ?

— Je serai la statue muette du président du syndicat des buveurs d'eau.

La fille eut un léger rire qui chassa d'elle une seconde le rouge-gorge de sa langue. Antoine sentit que la partie était gagnée.

— Allons, mon garçon, dit la locataire en titre, je ne suis pas rosse. Allez chercher votre mobilier.

— Il est là, déclara Antoine en désignant le triporteur affalé sur le trottoir.

— Vous n'avez pas de lit ?

— Je n'ai pas *encore* de lit, ce n'est pas pareil.

— Le bruit de la machine à coudre, ça vous gêne ?

— C'est le chant le plus doux à mon oreille. Lorsque j'étais enfant, ma mère m'endormait avec une Singer.

Antoine alla chercher Augustine, dont la roue avant droite avait la forme des traînées d'eau que laissent les arroseurs dans les couloirs du métropolitain. Il rangea l'infortuné véhicule sous une tonnelle, souleva le couvercle, mit à terre tout son matériel, et, prenant Corner dans le creux de sa main, alla le présenter à la jeune fille, maintenant étendue sur la chaise longue.

— Voici mon petit ami, un canard appelé à mourir de vieillesse.

— Oh... Laissez-moi le caresser... C'est adorable, c'est gentil, c'est...

Elle le picora de baisers. Le caneton, dépaysé et de surcroît de fort mauvaise humeur à la suite du choc qui l'avait enseveli sous une colline de haricots, se débattit avec rage. Antoine le traita *in petto* d'imbécile : se dérober à si belle bouche était un signe certain et avant-coureur de lésion cérébrale.

— Je pourrai lui donner à manger ? implora la fille.

— Il en sera ravi.

— Il s'appelle comment ?

— Et vous ?

— Ça vous regarde ?

— Oh, pardon, mademoiselle Bobine-de-fil ! Je suis Antoine et lui, c'est Corner.

— Petit Corner, petit Corner... Vous croyez qu'il va rester, si je le lâche dans le jardin ?

— Évidemment puisque j'y suis.

— Ça aime les mouches, les canards ?

— Comme j'aime ces fossettes ombreuses au creux de votre joue... acheva Antoine en balayant à la Louis XIII l'allée avec sa casquette.

La fille haussa les épaules et se mit à chercher des mouches. Antoine alla s'installer au rez-de-chaussée. Il s'y fracassa encore l'os frontal, tant le plafond y était bas. Cette pièce semblait avoir été conçue pour mettre au vert (le jardin s'y poursuivant sans vergogne) les nains d'un cirque international.

En disposant son avoir sur un lit d'orties blanches, Antoine, cassé en deux, entendait les cris de joie de la fille attrapant tout ce qui volait autour d'elle et l'offrant au canard enchanté de l'aubaine ; il songea que Corner allait rendre son séjour beaucoup plus facile, la statue grecque en étant tombée amoureuse...

Il cuisinerait dans le jardin, y ayant vu un poêle destiné à bouillir la lessive. Cette énorme tache d'humidité sur le mur était l'indice d'une citerne proche. Il ne lui restait qu'à dénicher un lit. Au besoin, on lui prêterait peut-être la chaise longue...

Il sortit en rampant du réduit. Il demanderait à la mère Coque de lui fournir un casque de la guerre de 14, afin d'arrêter cette invasion de bosses qui lui truffaient le crâne.

La jeune fille pressait Corner sur son sein — sur son sein, grr... — et valsait avec lui, la robe envolée découvrant les genoux...

Antoine toussa. La robe retomba à regret sur les mollets. Le garçon demanda le pourquoi du faible niveau au-dessus de la mer de son plafond. Il apprit avec stupéfaction que l'étage, lui, était d'une hauteur invraisemblable, la maison ayant été construite en coopérative par une famille d'Annamites et un olibrius désireux d'élever une girafe chez lui, la girafe seule pouvant le guérir d'une vieille neurasthénie.

Les petits Indochinois vivaient au rez-de-chaussée, la girafe sur leur tête. Un jour, l'animal étant mort de bronchite, son propriétaire l'avait suivi dans la tombe à l'aide d'une balle de 6.35 bien placée et les Asiatiques avaient fui en piaulant leurs spectres maléfiques.

Toutes explications données en cajolant Corner d'une façon à mouiller les tempes d'Antoine.

Le jeune garçon, mal à l'aise, décida de visiter le village.

A la grille, il fut cloué par la voix de la fille :

— Eh, l'homme au triporteur !

Il se retourna.

— Antoine, précisa-t-il.

— Si ça vous amuse de vous appeler Antoine, moi je m'appelle Popeline !

Dans la rue de l'Orme-Sainte-Minouche dont les habitants se levaient à regret pour aller déjeuner, il répéta : « Popeline, Popeline... »

Ce n'était pas un prénom bien catholique...

21

C'était l'heure sacro-sainte de l'apéritif au café-hôtel-pension de famille Jean-Baptiste Mouillefarine.

Une pancarte suspendue sous l'enseigne annonçait : « On peut apporter son sommier. »

Les sommiers saint-flebénois, en effet, étaient conçus pour être transportables. Un ingénieux système de roulettes rentrantes, mis au point par Zanzi, permettait à tout un chacun de garder près de soi l'objet n° 1 de la vie, et il n'était pas du tout rare de rencontrer un indigène traînant derrière lui son matelas comme le bousier roule, le sourire aux lèvres, sa traditionnelle boule de fiente.

Il en résultait, à la terrasse de Mouillefarine, un parterre de lézards écroulés sans espoir de bouger un bras avant la nuit noire. De longs roseaux creux servaient de pailles et permettaient aux membres de cette confrérie du moindre effort de siroter le pastis dans la plus exacte des inerties.

« Nulle part au monde on ne prend aussi soin du client que chez Mouillefarine », telle était la devise du principal intéressé à cet ordre de choses.

A l'intérieur du café, les amateurs de sports violents jouaient à la poule au gibier, variante du billard, dans une atmosphère alerte de phonographe à pavillon, de femmes éméchées et de commandements de buveurs.

Au zinc, en première ligne, on jouait au 4.21, des bouchons de bouteilles d'eau minérale tenant lieu de jetons.

Antoine entra. Sa présence parut normale et personne ne se retourna sur lui. Il avisa, par la déchirure d'un rideau de fumée de scaferlati, un parasol ouvert. Ce parasol eût pu surprendre, ainsi déplié dans une pièce, mais il avait une criante utilité : protéger les clients du plâtre s'écaillant en permanence à cet endroit du plafond.

Sous l'ombrelle étaient assis, face à face, Zanzi et Mammouth, celui-ci tenant Céleste sur ses genoux. Un litre de rouge où se jetait un dernier rayon de soleil les illuminait d'une clarté d'abattoir rose.

— Hello ! s'écria Antoine en les rejoignant.

— Salut, gars, dirent les deux autres en happant une serveuse hydropique par le ruban du tablier pour lui réclamer un verre supplémentaire.

— Alors ? interrogea Mammouth.

Antoine raconta sa journée et comment il avait fini par persuader Popeline.

— Pourquoi, demanda-t-il à Mammouth, que t'as pas voulu m'emmener chez elle ?

— Parce que...

— Parce qu'il a peur d'en tomber amoureux, expliqua Zanzi. L'ami Mammouth est sentimental à en faire pleurer un arbre de transmission. Ça lui a déjà valu ce qu'il a sur les genoux.

— C'est vrai, gronda Mammouth, le nez dans son verre.

— Je veux une grenadine, pleurnicha Céleste.

— Une grenadine ! Jamais, tu m'entends ? Jamais ! Eh oui, mon vieux...

— Antoine.

— Eh oui, mon petit Antoine, sa mère est mariée, oh ! bien mariée, tu penses, le fils d'un banquier portugais. Madame boit du porto à l'œil et moi je paye des grenadines à sa fille.

— Je veux une grenadine, répéta Céleste.

— Une grenadine ! brailla Mammouth.

— Merci, papa Mammouth.

Elle était jolie, Céleste. Antoine la regarda avec l'indifférence que peut manifester un garçon de dix-neuf ans pour l'enfance dont il est si loin... dont il n'est jamais plus loin...

— Le gouvernement ! Il ose me parler du gouvernement ! Mais je l'ai là le gouvernement ! Là ! là ! Parfaitement, monsieur, que je m'en fous de votre gouvernement ! Savez-vous qu'il n'y a que deux hommes dans ce pays pour en être victimes, de votre gouvernement ? Il y a le comte Alexandre-Timothée-Jean-Philippe de Saint-Flebène qui paie des impôts et puis il y a moi, Jean-Baptiste Mouillefarine ! J'emmerde le gouvernement ! Et le président du Conseil ! et les ministres ! Et les députés ! Je suis un a-nar-chis-te, moi, monsieur ! Et je vous emmerde avec, si vous n'êtes pas content !

Antoine donna des signes d'inquiétude qui firent sourire ses deux compagnons.

— T'inquiète pas, gloussa Zanzi, le père Mouillefarine est le roi des inoffensifs, mais il possède la plus grande gueule du département et il en abuse.

— A part ça, conclut Mammouth, il a une peur bleue de sa femme, des guêpes, des fourmis, des voleurs, des araignées, de la guerre, de l'eau de Vichy, des mille-pattes et du tonnerre. Emmène-lui un seul de ces trucs et tu le vois pâlir, tu le vois devenir ectoplasme et fantôme.

Entra un grand type d'une élégance invraisemblable en ce lieu : pantalon tête-de-nègre en gabardine, veste pied-de-poule et chapeau beige à bord roulé. Seules, d'ignobles godasses lasses de traîner à leur suite des semelles à persiennes dénonçaient le Saint-Flebénois. Il entra à quatre pattes, un filet à papillons à la main et une boîte verte d'entomologiste sur l'épaule.

— Je cherche une cicindèle ! meugla-t-il d'une voix mourante.

— Elle est pas là ! répondit Mouillefarine distrait.

Ces paroles eurent le pouvoir de redresser, jusqu'à toucher une poutre du crâne, le chasseur d'insectes qui décocha un index justicier sur le nez du patron :

— J'ai vu entrer cette cicindèle ici, Môssieur Mouillefarine ! Apprenez également, Môssieur Mouillavoine, que la cicindèle est un coléoptère, ce que vous n'êtes pas, Môssieur Mouillesarrasin ! Et que la cicindèle champêtre que j'ai traquée jusque dans votre établissement est commune en France, verte et marquée de jaune !

Mouillefarine qui devait nourrir une forte sympathie pour l'arrivant se tenait la panse de joie. Il hoqueta :

— Sacré Le Duc ! On t'a gardé une punaise, ah ah !

Le Duc vida le verre du patron d'un geste élégant et déclara, doctrinal :

— Insecte hémiptère plat que l'on trouve généralement dans les lits de l'hôtel tenu par Môssieur Mouillefesses.

Le troupeau du zinc mourut de rire. Mouillefarine tint à s'esclaffer plus que quiconque. Le Duc jeta encore un regard désespéré sur le sol, mais la cicindèle avait dû, comme la patrie, être emportée à la semelle d'un soulier...

Il aperçut alors les hommes du parasol, les joignit en deux enjambées. On lui présenta Antoine et il le bourra de deux tapes amicales pour lui prouver que les Saint-Flebénois savaient vivre. Il sortit d'une boîte d'allumettes une coccinelle ébahie et en fit don à Céleste, en une circonvolution de poignet empreinte de munificence.

Les quatre garçons trinquèrent.

Zanzi exposa, sous les approbations de l'intéressé, ce qu'était la vie de l'ami Le Duc, à l'intention d'Antoine.

Le Duc, ainsi nommé pour sa prestance et ses allures Régence, était le fils très unique d'un ancien professeur de sciences naturelles, à présent retraité de l'État. L'ancien professeur, pour accroître ses gains, avait imaginé une assez ingénieuse combine : il vendait, à l'intention des écoles primaires, des collections d'insectes, afin d'apprendre aux jeunes morveux les rudiments de l'entomologie.

Lui, trop vieux pour courir le papillon, consentait à l'entretien de son grand dadais de fils, à condition bien entendu qu'il se chargeât de l'approvisionnement d'hyménoptères, stresiptères et autres névroptères.

Le Duc, préalablement destiné à crever de phtisie chez un avoué, n'avait pas hésité à marcher dans les vues paternelles, avec plus ou moins de bonheur, rien n'étant plus rare qu'une cétoine dorée dont seul dépend votre pourboire du dimanche, l'ancien prof' (pas fou, le vieux) rétribuant son fils au pourcentage. Voilà pourquoi Le Duc avait les yeux soit à terre, soit au ciel, selon le besoin du moment, mais jamais devant lui. Une mauvaise vue l'ayant conduit à des excès du genre coiffer de son filet un hérisson qu'il avait pris pour un essaim de guêpes, il portait d'énormes lunettes derrière lesquelles ses yeux avaient de diaboliques proportions et des reflets cruels, cruels à la façon des têtes de chimistes allemands telles que les voyaient les illustrés de la Grande Guerre.

— Oh, oh ! s'exclama Le Duc à la fin de cet exposé, ne serait-ce point une larve de philante apivore, ou *Philanthus triangulum,* que le jeune Antoine a dans les cheveux ?

— Fous-nous la paix avec tes cancrelats en forme d'étoiles filantes ! rugit Zanzi occupé à démonter sous la table la montre de Mammouth.

— T'es pas causant, l'Antoine ? s'inquiéta celui-ci.

— La finale est pour bientôt et je n'aurai pas un radis ce jour-là.

— Soucis d'argent ? s'écria Le Duc. Rigolade que les soucis d'argent ! Amusette ! Calembredaine !

— Je voudrais t'y voir...

— Je m'y vois parfaitement bien, comme dans une glace. Tu as besoin de... ?

— Cinq cents balles.

— Ah...

L'énormité de la somme abattit Le Duc. Mammouth indigné récupéra son oignon. Zanzi répéta tout abêti :

— Cinq cents balles... Cinq cents balles...

L'obstacle paraissait insurmontable. Devant l'impuissance de ses compagnons à trouver une solution, Antoine sentit des larmes lui gonfler les yeux. Il avait eu des défaillances, des avaries, des aventures pas drôles, sur la route, il avait tout surmonté, survolté par son mirage : le stade de Colombes, et il allait ainsi échouer au port pour une misérable question de sous ? Il maudit Comme-la-lune, son voleur, pour la première fois... Sans lui, il était riche et pourrait même régaler ces braves types que sa peine attristait...

— Le papillon noir, décréta Le Duc, ça se prend pas au filet.

— Bois un coup, l'Antoine, tu es un gars sympa, on fera tout pour toi. J'ai une paire de chaussettes, je te la donne, tu la vendras à la mère Coque...

— Merci, Mammouth, je me débrouillerai.

— Enfin, on est là, appuya Zanzi.

— On est là, c'est sûr, lâcha Le Duc en songeant à sa cicindèle perdue.

— Tu veux ramasser du muguet ? s'écria soudain Mammouth.

Les deux autres Saint-Flebénois bondirent.

— Génial !

— Excellent !

— Voilà : on te présente à Coccinelle et tu bosses pour lui. Coccinelle, c'est l'homme du trust de la fleur des bois. En ce moment, à deux jours du premier mai, tu penses qu'il a besoin de ramasseurs... D'ailleurs, il doit être là...

— Marie-Louise, eh, la grosse ! T'as pas vu Coccinelle ?

— Terrasse !

— Viens, il est sur son sommier.

Antoine suivit Zanzi au pas de course.

Coccinelle, étendu, fumait la pipe. Des rouflaquettes bavaient sur ses joues tendues par les os. Son œil cristalloïde suivait un cumulus naviguant autour de la lune.

Coccinelle était vêtu d'un pyjama à pois rouges, chaussé de sabots, coiffé d'une mitre d'évêque chue là pourquoi, mon dieu ? La cavité du couvre-chef lui permettait d'y remiser sa blague et son mouchoir.

— Coccinelle, attaqua Zanzi, tu as ton compte de ramasseurs ?

L'autre agita sa mitre en guise de « non ».

— Tu peux prendre un copain ?

— Cinq heures demain place Boileau, grommela le roi du coucou, sans honorer Antoine d'un regard, trop occupé à suivre la marche de son cumulus.

Zanzi tira Antoine par le bras et le ramena sous le parasol.

Le groupe triompha. Zanzi, le seul du lot à exercer un métier sérieux, quoique par intermittence, commanda un second litre.

On était heureux, chez Mouillefarine... Le vin était frais et venait de Saint-Pourçain-sur-Sioule, lieu d'origine du patron et renommé pour son petit pinard, les poivrots chantaient la romance, l'herbe poussait sur le parquet comme dans toutes les habitations saint-flebénoises, les clients prenaient leur verre sale et le lavaient eux-mêmes dans un baquet avant de partir, afin de compenser un pourboire qu'ils ne pouvaient offrir, Mouillefarine hurlait, c'était la vie en feuille de vigne...

— Le comte a vu ses roses, aujourd'hui, murmura Mammouth, et il a été ravi de celle que j'ai créée et baptisée du nom de la comtesse, Sarah-Nina...

— La paix avec tes roses !

— Laisse-le parler, Le Duc, intervint Antoine.

— Il a vu cette rose, donc, et m'a demandé ce qui me ferait plaisir.

— Qu'est-ce que tu as dit ? s'intéressa Zanzi.

— Je vous invite chez moi après la croûte, vous le verrez...

— Vive Mammouth ! Gloire à Mammouth ! tonitrua Le Duc en desserrant la vis du parasol. Celui-ci s'effondra, recouvrant de son parachute à rayures le farceur et ses victimes indulgentes.

Ce fut le signal du départ. On serra la main de Mouillefarine. Le Duc blêmit et explosa :

— Mouilleluzerne ! Saligaud ! Dégueulasse ! Faux frère de Mouilleculotte !

Le patron, éberlué, cherchait dans son âme en désarroi ce qui avait pu motiver une telle fureur lorsque Le Duc, se couchant sur le zinc, attrapa quelque chose sur le col de la chemise du tenancier en hurlant :

— Ma cicindèle ! Tu me l'avais piquée, Mouilleserpolet, ma cicindèle !

Tous les assistants se gondolèrent, Mouillefarine le premier. Il paya une larme de cassis à ceux qu'il appelait le « brûlant souvenir de sa jeunesse ».

A présent, les sommiers regagnaient leurs ports d'attache, des fumets de soupe les appelant à grand renfort d'oignons et de poireaux.

Antoine lâcha ses nouveaux amis, après s'être fait expliquer par Mammouth où il devait les rejoindre. Il devait se remettre à la cuisine, lui, s'il voulait manger...

Il regagna en courant la maison de la rue de l'Orme-Sainte-Minouche, creusa un trou dans le jardin, alluma un feu minable et fit réchauffer ses haricots de midi qu'il dévora assis dans l'herbe, les yeux levés vers le premier étage où brillait une lampe à pétrole...

Haricots bénis, il leur devait de se caler encore les joues, ce soir... Qu'elles étaient donc loin les saucisses du père Barquignat... Cette lumière... Des torrents de pépites sur les cheveux de Popeline... Et où était Holiday Thompson ? En quel nuage retournée ?

Il appela Corner, la bouche pleine d'un morceau de

fromage poussiéreux. O fromage sans pain, ô dix-neuf ans... Le caneton ne donna nul signe d'existence.

Antoine cria alors, ravi de l'occasion :

— Mademoiselle Popeline, Corner est avec vous ?

La couturière s'encadra dans la fenêtre. Sa silhouette vibrait, grossissait, devenait gigantesque sous les effets d'ombre de la flamme...

— C'est vous, Antoine ?

— C'est moi.

— Je ne vous vois pas.

— C'est que vous ne me voyez pas avec les yeux de l'amour.

— Vous m'aviez pourtant juré de ne pas me faire une cour insipide.

— Je tiens ma promesse, Popeline.

— Vous trouvez ?

— Parfaitement. Si je vous dis, par exemple, que vos yeux ont l'éclat des rayons de bicyclette lorsqu'un peloton de coureurs passe à 40 à l'heure au soleil, vous ne pouvez me reprocher d'être insipide, tout de même...

— Ça va ! Qu'est-ce que vous voulez ?

— Savoir où est Corner.

— Ici.

— Il a mangé ?

— Une part de flan.

Antoine se tut une seconde en se passant la main sur le ventre. Du flan... Son caneton s'envoyait du flan et lui des flageolets... Il soupira :

— Je voudrais le voir.

— Montez une minute, alors. Je ne peux pas vous refuser de bercer votre enfant...

Antoine gravit l'escalier de bois quatre à quatre. Il entra dans une pièce meublée d'un divan, d'une table pliante, d'un pouf et d'une machine à coudre étincelante.

— C'est bien, chez vous.

— Pas de compliments. Vous n'êtes pas venu voir ma collection d'estampes japonaises mais votre canard.

Il se baissa pour caresser Corner, mais la regarda à la dérobée.

Elle était en short et ses jambes dorées comme les titres sur les bouquins reliés brillaient à la clarté mouvante de la lampe.

— Vous avez mangé, au moins, vous ?

— Oui.

— Vous sentez plus le vin que la soupe aux choux. Avec quoi avez-vous dîné ?

— Des flageolets.

— C'est tout ?

— J'avais aussi un bout de fromage...

— Pauvre type... Asseyez-vous là, je vais vous cuire deux œufs.

— Je ne permettrai pas...

— Tant pis, on s'en passera, de la permission ! Elle le saisit au poignet, le jeta sur le pouf. Il se laissa faire.

Cinq minutes après, elle revenait avec un plat. Il mangea sans un mot, humilié.

— Quel âge avez-vous ? demanda-t-elle.

— Dix-neuf et demi.

— Et demi ? Alors, on est un homme, hein ?

— Ben...

— Ça va, petite tête. Je serai votre frangine.

Il l'admira, les yeux ouverts tout grands dans sa bonne balle ronde.

— A présent, tirez-vous, je vais me coucher.

Je vais me coucher, je vais me *coucher*... Antoine se

leva, se prit les pieds dans une carpette, roula sur le plancher.

— Restez comme ça, dit-elle encore.

Elle se pencha et l'embrassa sur les deux joues.

— Vous êtes un gosse, monsieur Antoine, et souvenez-vous : pas de puberté !

Il se mit sur ses pieds, gagna la porte...

Il se retourna et murmura :

— Popeline, gardez Corner pour la nuit. Demain, il me donnera une idée de la chaleur de votre corps...

Il évita le pouf lancé vers lui, redescendit les marches, troublé. La nuit sentait la violette et la grande chartreuse... Le rossignol classique enregistrait au faîte d'un cerisier aux fleurs de talc...

Antoine se promena cinq minutes dans le jardin et gagna la rue. Il fit claquer la porte. La clochette se décrocha, tomba dans le ruisseau. L'ex-quincaillier, ému, perdit beaucoup de temps à la remettre en place, ses doigts tremblaient et sa peau frissonnait comme celle des grenouilles soumises à l'électrolyse...

Rue du Blandin se trouvait un château d'eau désaffecté. Mammouth avait installé au cœur de la construction circulaire une tente américaine à dix places.

On accédait à ce home peu banal par une échelle de corde renforcée de glycines. Antoine l'escalada, l'âme pleine de Roméos et bourrée de Juliettes.

Réunis autour d'une lampe à carbure, Mammouth, Zanzi et Le Duc l'attendaient.

— Céleste couche pas là ? s'étonna Antoine.

— Non, des fois, il pleut sur mon lit, alors je la fais dormir chez le comte. Ils lui donnent même à croûter, ils sont pas vaches, expliqua le père.

— Puisqu'on est tous là, s'impatienta Le Duc, dis-nous ce qu'il t'a donné, ton évadé d'armoiries à la gomme.

Mammouth mit un doigt sur ses lèvres et désigna ses bottes posées à l'entrée de la tente. Zanzi s'éberlua :

— Elles ont toujours été à toi, ces bottes !

— Oui, mais qu'est-ce qu'on peut cacher dedans ?

Le Duc réfléchit et soudain se rua sur elles. Il en tira, flambant d'étoiles, une bouteille de cognac. Il en bégaya d'émotion :

— Du co... A toi... A nous...

Et se reprenant, agitant le flacon avant de s'en servir, il beugla :

— Gloire éternelle à Mammouth ! Le Panthéon pour Mammouth !

Les trois autres le maîtrisèrent de crainte qu'en ses gesticulations il ne fracassât le trésor.

Ils se livrèrent ensuite à une intense activité : Mammouth cherchait des verres, en trouva trois et une ancienne boîte de petits pois, Antoine tenait la bouteille entre ses jambes, Zanzi le tire-bouchon et Le Duc la chandelle, le supporter du R.C.P. improvisant, le mufle humide, un hymne dithyrambique :

— Cognac, soleil de l'estomac, délice du palais, ruisseau d'astres, flamme des yeux de femme, sang blond des anges bleu marine, cognac, c'est sur l'allègre tympanon des cristaux où l'on boit que je te chanterai !

Il ne se calma qu'un verre plein à la main. Il le chambra entre ses doigts tout en ronronnant de satisfaction.

Le bruit des voix faisait vibrer le château d'eau comme un tonneau.

Le quatuor ressemblait aux premiers chrétiens des catacombes.

— Dire qu'il aurait pu boire ça en suisse... admira Le Duc.

— Mammouth est un héros, reconnut Zanzi.

— C'est des gars comme lui qui ont pris la Bastille, appuya Antoine.

— Des types comme ça, je te leur foutrais des demi-livres de légion d'honneur autour du cou.

— Moi, si j'étais le gouvernement, je débaptiserais les Champs-Élysées pour les appeler avenue Mammouth.

— Très juste ! Antoine sait reconnaître un grand homme d'un breveté d'état-major.

Mammouth se rengorgea et remplit à nouveau les verres.

— Grande nuit des papillons de nuit... s'attendrit Le Duc, les deux pieds sur la table.

— Les anges tournent autour de nous... murmura Antoine.

— ... Comme des garçons de café qui auraient des ailes... soupira Zanzi.

— ... Comme des mouches autour d'un camembert... trancha Mammouth.

C'est à cette minute que Le Duc se dressa, hagard, au grand émoi d'Antoine.

— Le fantôme de la tante Pauline... hoqueta l'entomologiste.

Ces simples mots jetèrent l'épouvante dans les esprits de Mammouth et de Zanzi. Les trois garçons se blottirent dans un coin de la tente, sous l'œil effaré du jeune Peyralout.

Le Duc tendit un doigt tremblant vers un paisible poêle à sciure et chevrota :

— Le spectre de Pauline... Vous le voyez ?

— Nous le voyons, balbutièrent Zanzi et Mammouth en se pelotonnant l'un contre l'autre.

— Pauline ! sanglota Le Duc en chassant du bras l'hypothétique revenant dont il était question, Pauline, épargne-moi, je t'apporterai des fleurs…

— Pauline… gémirent les deux autres.

Antoine se demanda s'il n'avait pas affaire à une séance d'hallucination collective ou, mieux encore, de *delirium tremens.*

— Tante Pauline ! hurla Le Duc, vieille bourrique qui reviens tirer ton neveu par les pieds pendant son sommeil, tante Pauline, cesse de me frôler le visage avec les poils de ton balai de sorcière !

— Ah, ah, gloussa Mammouth, je la tiens, la vieille !

— Tante Pauline, brailla Zanzi, ne me tire pas les cheveux, vieille bête !

Ce fut alors une belle cavalcade dans la tente, le spectre de tante Pauline ne s'étant-il pas avisé, selon les dires de son neveu, de vouloir les vacciner contre la soif ?

— Coupez-lui les ailes ! ordonnait Le Duc.

— La bougresse m'a jeté un sort ! se lamentait Mammouth tout essoufflé.

— Tante Pauline, pleurnicha Le Duc en tombant à genoux, pouvais-je savoir, moi, pauvre mortel, que ta métempsycose t'amènerait dans le corps insignifiant d'un fourmilion infirme ? Je sais, je sais, tu râles d'être sur un bouchon, mais qu'y puis-je, adorable tante Pauline dont le portrait sourit sur la table de nuit à côté d'une boîte de mégots et d'un thermomètre ?

Mammouth ouvrit alors la porte de la tente, alluma un journal et l'agita dans la pièce au risque de faire griller toute la société.

— Le feu chasse les ectoplasmes, soupira-t-il, tante Pauline m'a donné au passage un violent coup de son chignon fabuleux et la voici qui s'éloigne dans la nuit, laissant derrière elle un sillage de soufre et de salpêtre.

— Dieu soit loué ! gémirent les deux autres en tombant sur le lit.

Antoine avait pris son parti de ce vent de folie en se servant sans vergogne du cognac. Le Duc se dirigea vers la bouteille, soupçonneux.

— Cette vieille marionnette de tante Pauline, proféra-t-il en jetant un regard obscur à Antoine, serait-elle tombée dans notre cognac ?

— Qu'est-ce que c'est que cette histoire de fantôme de tante Pauline ? s'énerva Peyralout fils.

Mammouth et Zanzi se rapprochèrent de la table et considérèrent à leur tour le flacon.

— C'est pourtant vrai, remarqua Zanzi, tante Pauline a renié la camomille et l'infusion de pelures d'orange...

— Rien d'étonnant, les morts réalisent leurs rêves de vivants...

L'affaire fut étouffée sur ces paroles de Mammouth.

Les demandes d'explications d'Antoine n'eurent pas de suite.

— Nuit étoilée... entama Le Duc.

— Nuit des pêcheurs bretons perdus en mer... poursuivit Zanzi.

— Nuit des filles ouvertes comme l'huître perlière... soupira Mammouth. La litanie reprit, dans le même ordre :

— Nuit noire d'un cambriolage à la Banque de France...

— Mélancolique nuit des carafes pleines d'eau...

— Nuit blanche d'un chat siamois souffrant de la vessie...

— Nuit de quelques andouilles réunies autour d'un litre de cognac... soupira Antoine en entrant dans le jeu.

Le Duc se leva, emplit les verres, sortit. On entendit l'éclatement de la bouteille vide contre les parois de ciment du château d'eau.

— A la nôtre ! dit Zanzi.

— Dire qu'il faut que j'aille cueillir du muguet, souffla Antoine, la respiration coupée par l'alcool.

— Pour moi, c'est l'heure où le grand paon de nuit est bon comme la romaine.

Cela dit, Le Duc remercia pour eux tous Mammouth en le traitant une fois de plus de grand Français et de Gambetta du gosier.

Les trois invités sortirent de la tente.

Antoine, horrifié, vit Zanzi grimper sur le parapet et plonger dans le vide.

— Tu as vu ? frémit-il en prenant Le Duc par le bras.

— Il a raison, la vie est si triste à traîner. Paix à son âme...

Avant qu'Antoine ait pu le retenir, Le Duc avait enjambé la balustrade et disparut dans la nuit comme une pierre au fond d'un puits.

Antoine se rua à l'intérieur de la tente. Mammouth enfilait une chemise de nuit à parements de dentelles.

— Mammouth ! Mammouth ! hurla le garçon, ils se sont suicidés !

— Marrant, grogna l'autre, ça t'ennuierait de me border ?

Outré d'un tel manque de cœur, Antoine sortit en trombe, descendit quatre à quatre l'échelle de corde, bien décidé à fermer les yeux des deux malheureux et à les enterrer en terre chrétienne.

Lorsqu'il toucha terre, hagard, il regarda autour de lui avec, aux tripes, la peur de découvrir, fantoches disloqués, les cadavres de ceux qui étaient, il y a deux minutes, de joyeux êtres amoureux de cognac, de jours fériés et d'antimilitarisme.

Il ne vit rien et n'entendit que le frisson de fuite d'une poule d'eau en provenance de la rivière voisine, la Besbre.

— Sont-ils déjà montés au ciel ? s'inquiéta-t-il, en soulevant une pierre avec l'absurde espoir de mettre au jour un quelconque membre des deux désespérés.

C'est alors qu'un dialogue lui parvint, céleste en effet puisqu'il semblait descendre des étoiles :

— C'est un œuf... chantait la voix de l'ange Zanzi.

— Camarade mécanicien, enchaînait celle, séraphique, du Duc, le porto flip est la résultante d'un jaune d'œuf et de porto. Je vais donc réaliser un cognac flip.

— Tu n'as plus de cognac ?

— J'en ai dans la bedaine que voilà. Passe l'œuf.

Et ce fut le silence. Antoine s'assit, le cœur gros, à l'ombre, hypothétique puisqu'il faisait nuit, d'une meule de foin.

Le chœur reprit, de moins en moins éthéré, d'ailleurs.

— Tu le gobes ? s'intriguait Zanzi.

Le Duc brailla, plus du tout angélique :

— Qui gobe un œuf gobe un bœuf !

Antoine comprit : on accédait au château d'eau par une échelle mais l'on en sortait en utilisant la pesanteur, c'est-à-dire en sautant à pieds joints sur cette meule de foin d'où s'échappaient les voix, il en était sûr à présent.

— Ah ah, se réjouissait Le Duc, tu aurais vu la tête d'Antoine quand tu as enjambé, c'était à crever !

— Il doit nous croire morts, s'esclaffait Zanzi.

— Il cherche peut-être nos petites dépouilles grouillantes de vers...

— Il fait brûler des cierges...

Charitable, Antoine se refusa à troubler une si grande joie.

Il s'éloigna en titubant.

Rue de l'Orme-Sainte-Minouche, un hamac gigantesque enjambait le chemin, relié à deux peupliers. Toute une famille invisible y ronflait, en pleine voie lactée.

Antoine, en regagnant le pavillon où dormait, nue sous les draps, nue dans mes bras, Popeline, voyait danser sur les ramées télégraphiques le fantôme joyeux de la tante Pauline.

22

On s'interpella d'une cabane à l'autre. Les contrevents s'ouvrirent en une volée de bois vert sur les murs. On s'extirpa des roulottes, on jaillit des grottes. Les caves, les huttes, les gourbis, les cagnas, les abris de la défense passive et même les maisons authentiques se vidèrent. On se jeta hors des lits de plume, on s'étrangla en avalant la soupe, on se pressa malgré les grincements des muscles déshabitués de pareils efforts. Il paraît qu'en deux ou trois endroits de la ville, on courut, ce qui ne s'était vu depuis l'incendie du champ de luzerne du père Mouche en 1936.

— C'est sur la place des Scarreaux !

— C'est pas possible !

— Ça coûte rien d'aller voir !

— Je parie un litre !

Un chiffonnier hérita d'une entorse en s'éjectant de sa fenêtre. A ses proches qui voulaient le jeter sur un grabat réparateur, il dit :

— N'insistez pas, j'entends que l'on me porte là-bas. Je ne veux pas mourir avant d'avoir vu ça. Que Le Goujon et La Banane m'y transportent.

Ses neveu et nièce n'eurent pas le cœur de le priver d'un tel spectacle et l'y traînèrent par les aisselles.

Mouillefarine obtint l'autorisation de sa femme et se fit véhiculer à dos de poivrot — moyen de locomotion qu'il adorait et ne lui coûtait qu'une chopine de blanc — jusqu'au lieu dont le nom volait de bouche en bouche comme l'unique cigarette dans une cellule de Fresnes.

Zanzi, averti par téléphone, accourut de la ville à bord d'une quatre-chevaux Renault confiée à ses soins par un client du garage.

Il arriva sur une place des Scarreaux noire de foule. Un cercle immense d'indigènes cernait l'objet à contempler. Ainsi, l'on ne pouvait rien voir. Un murmure où se mêlaient l'admiration et la réprobation en quantités égales empêchait les grillons de chanter.

Zanzi se faufila entre les Saint-Flebénois atterrés. Il vit un homme qui travaillait.

Mais qui travaillait pour de bon.

Il faut dire à la décharge du malheureux qu'il n'était pas du pays.

C'était un cantonnier et, par cet idéal soleil de matinée de printemps fou, il avait roulé de la ville jusqu'ici une brouette de vrais pavés, soit pendant trois kilomètres cinq cents. Non content de ça, l'esclave désherbait tout un coin de la place des Scarreaux à l'aide d'une pioche à coup sûr très lourde. Il suait sans prendre la peine de jeter un coup d'œil vers la tonnelle de la mère Poulossier, liquoriste. Il soulevait les pavés d'un seul bloc, farouche, et les posait côte à côte sur le terrain défriché. Des ronds humides qu'on se montrait du doigt se dessinaient sur sa chemise.

Et il n'était pas même accompagné d'un contremaître, ce qui l'eût en partie excusé... Point du tout ! Il était seul et libre de ses actes.

Quelqu'un déclara, dans les rangs de spectateurs,

qu'il fallait le chasser sur-le-champ de la cité, un exemple pareil ne pouvant être que de la plus grande nocivité pour les enfants.

Un vieux Saint-Flebénois, usé par le repos et les ans de rocking-chair, se découvrit comme devant un mort.

Une voisine affirmait qu'*il* était là depuis une heure, avait craché dans ses mains et n'avait pas relevé la tête depuis. Ces dires furent salués de haussements d'épaules incrédules.

Mouillefarine s'approcha, le ventre tendu à bloc sous les bretelles azurées.

— Ah ! çà, mon brave, beugla-t-il à l'intention du cantonnier et de tout le pays, comme ça, on travaille ?

Il déclencha un coup d'œil triomphant à la galerie : lui, Mouillefarine, ne craignait pas de parler à un homme en sueur ! Celui-ci, d'ailleurs, ne répondit pas. Mouillefarine eut à peine le temps de retirer sa pantoufle garnie du point de chute d'un pavé. Il frémit et reprit, d'une voix moins assurée :

— C'est dur, hein, comme boulot ?

Le cantonnier alla chercher sa brouette. Mouillefarine le suivit :

— Ça doit peser lourd, un pavé. Ça doit vous faire mal aux bras, le soir...

Le bougre des Ponts et Chaussées le regarda en face :

— Ça vous ferait rien de me foutre la paix ?

Mouillefarine, craignant pour son prestige, tonitrua, le nombril tout crispé sous le dernier bouton de son petit gilet :

(A suivre.)

23

La sombre armée des ramasseurs de muguet était place Boileau à l'heure dite. L'heure en question étant la première du jour, on bâillait ferme dans la troupe. Un des volontaires, d'ailleurs, pris de remords tardifs, courut se replonger dans ses draps, jugeant à regret la tâche au-dessus de ses forces. Antoine somnolait sur un rebord de trottoir.

— Je n'aurais jamais cru qu'il faisait jour à cinq heures du matin, s'étonna l'un des martyrs.

— Oui, c'est surprenant, s'épata un autre.

— Moi, je dormirai tout l'après-midi, se consola un troisième.

Coccinelle survint, la mitre sur le crâne et drapé dans une peau d'ours détournée de sa fonction naturelle de descente de lit.

— En route, dit-il.

La triste colonne s'ébranla, conduite par un Coccinelle les yeux fixés au ciel dans l'espoir d'entrevoir la dernière étoile. Coccinelle portait au cœur un souriant planisphère céleste. Il lui tenait lieu de carte du Tendre.

« Les hommes, les hommes, soupirait-il, c'est bien joli, mais ça fait du mal et quand ça n'en fait pas, on leur en fait. Alors que la Grande Ourse, Sirius, Orion, Saturne, la Lune, le Soleil, ça reste chez soi, bien peinards, avec leur petite mentalité de réverbère, et le bonheur. Il est là-haut, le bonheur, et s'il venait sur terre, il s'écraserait dessus comme une tomate, avec notre putain de pesanteur... »

Mais la dernière étoile avait fini sa nuit de garde et Coccinelle fut déçu.

Antoine marchait en somnambule, la casquette enfoncée jusqu'au nez et les mains dans les poches. Les vapeurs du cognac l'emmaillotaient, doucereuses, amoureuses, de tous leurs édredons de fumée.

Quittant dans son demi-sommeil la troupe à un carrefour, il erra tout seul pendant un kilomètre et, enfin surpris de ce silence qui s'éternisait, se demanda où s'étaient volatilisés ses compagnons. Il revint sur ses pas, s'affola, et ne rejoignit ceux qu'il appelait déjà les faux frères qu'après une cavalcade éperdue d'un quart d'heure. Il n'était pas content du tout et grondait entre ses dents des « lâcheurs » et des « forcément, ils ont deviné en moi un redoutable ramasseur de muguet » lourds de rancœur.

On entra dans la forêt. Un Tarzan-écureuil plastronnait de branche en branche. Le soleil levant, distribuant ses couronnes de lumière poudreuse, sacrait rois les fourrés, les taillis et les sources. Des orchestres d'oiseaux se dérouillaient les cuivres.

Tels d'obscurs tirailleurs sénégalais s'égaillant en éventail au fin fond de la brousse, les ramasseurs s'éparpillèrent entre les arbres.

La première clochette de muguet fut la proie d'Antoine. Il la glissa dans sa boutonnière, histoire de prouver aux fleurs qu'il n'était pas venu là pour manger les bénéfices.

Le drame fut que ladite clochette, misanthrope sans doute, était la seule de son espèce dans un rayon d'au moins un kilomètre.

Antoine songea en pestant à l'utilité qu'il y aurait eu à prévoir des rabatteurs. Son œil rivé au sol ne rencontrait plus que mousse, fourmis, fougères, bruyères, pâquerettes, papiers gras et autres balivernes. L'unique satisfaction du chasseur de muguet consista, au bout d'une heure et demie, en la trouvaille fortuite d'une pièce de cinquante centimes qui attendait là une dévaluation imminente.

Soudain, au hasard d'un sentier, il aperçut, à dix mètres, une bicyclette d'homme et un vélo de femme enlacés et appuyés à un bouleau. Cette idylle vélocipédisque n'eût offert qu'un intérêt limité si les propriétaires avaient été en vue et si les deux guidons ne s'étaient ornés de quatre bottes d'un muguet épanoui et ciré de rosée.

Antoine en eut le souffle suspendu et s'allongea sur l'herbe. Les possesseurs de ces fabuleux bouquets s'intéressaient plus à d'autres cueillettes que la bienséance interdit de préciser mais non de deviner. Antoine ferma les yeux. Une pensée riche en incidences s'enflait en trombe dans son cerveau, prenait des formes rondes et sonores comme des appels de clarinette hot :

— Je vais piquer ces muguets, c'est sûr, et sans remords, puisque, petit *a,* je ne cours aucun risque, petit *b,* leurs seigneurs et maîtres ont en leur pouvoir de charmantes compensations à une perte aussi dérisoire.

S'étant ainsi au préalable justifié devant le tribunal de sa conscience, Antoine bondit vers les vélos à la façon de sioux-scalpeurs vers un Absalon égaré. Décrocher les bouquets et disparaître en leur compagnie fut un véritable hochet (jeu d'enfant) pour le voleur.

Ce beau coup fait, Antoine rechercha un endroit frais, ombragé, peu fréquenté par les reptiles, les moustiques, les teignes et les émanations ammoniacales.

L'ayant trouvé près d'une source debussysante, il épingla les bottes précieuses à son survêtement, s'aplatit sur la mousse et se mit à ronfler à un point tel que les oiseaux locataires des cimes déposèrent une réclamation indignée à leur concierge.

A midi, il s'éveilla et se rendit au rendez-vous assigné par Coccinelle. Ce dernier le félicita pour sa belle tenue devant l'ennemi et lui remit comme une médaille deux billets de cent francs que le garçon empocha avec un profond soupir.

Colombes était vraiment au bout du monde...

24

Suite du chapitre 22, *résumé du susdit chapitre. Mouillefarine, rabroué par le travailleur des Ponts et Chaussées, allait tonitruer, le nombril crispé sous le dernier bouton de son petit gilet.*

Il tonitrua donc :

— Vous foutre la paix? Non, mais dites donc, grossier personnage ! Le bruit de vos pavés trouble le repos d'une population pacifique et vous en insultez, de plus, l'un des membres les plus respectés ! Va donc, esclave ! Salarié !

Les badauds approuvèrent leur représentant. L'homme haussa les épaules et, comme il en avait terminé, s'éloigna avec sa brouette sous les murmures hostiles des Saint-Flebénois que cette indécente exhibition dans leurs propres murs avait sortis de leurs gonds. Comme la foule se dispersait en commentant le scandale, Zanzi rejoignit Mouillefarine qui s'en allait à pied tant cette scène odieuse l'avait exaspéré.

Il l'interpella en ces termes cavaliers :

— Holà, lourd et graisseux monceau de fiente !

Se sentant visé, Mouillefarine se retourna :

— Quoi donc ?

— J'ai une nouvelle sensationnelle.

— Ah ?

— Mouche rouvre cet après-midi.

Cette phrase sibylline sembla plonger le cafetier dans le ravissement :

— Pas possible ?

— Si fait. Il donne une séance gratuite pour fêter le retour de ses filles.

— Gratuite, non ?

— Je te le dis ! Pour les vieux clients bien entendu. Tu y seras ?

Mouillefarine s'éclipsa en sautillant à cloche-pied, comme une jouvencelle, mû par la plus gamine et la plus vraie des joies.

Zanzi allait remonter dans la quatre-chevaux, lorsqu'il aperçut, en provenance du chemin des Hautes-Parcelles, le groupe fourbu des ramasseurs de muguet. Il héla Antoine et lui glissa sans plus tarder à l'oreille quelques mots qui firent bondir le garçon pendant que Coccinelle rentrait chez lui, transformé en bonhomme de neige par l'amas mousseux des clochettes blanches.

— Ça t'intéresse ? s'informa Zanzi.

— Tu parles ! répliqua l'autre, l'œil enflammé par un étrange acétylène.

— Tu veux venir ?

— Je ne paierai pas, moi non plus ?

— On s'arrangera. A deux heures, tu passeras prévenir Le Duc chez lui et vous nous retrouverez là-bas, Gy ?

— Ça boume !

Zanzi démarra en souplesse, cingla vers l'horizon,

laissant Antoine en proie aux plus radieuses songeries. L'ex-quincaillier prit la direction de la rue de l'Orme-Sainte-Minouche, se bâtissant des foules de féeries pour le tantôt. Il poussa la grille de la maisonnette.

Popeline examinait avec une loupe quelques pois de senteur occupés à germer dans une casserole emplie de terre. Corner courut à son maître en couinant d'allégresse.

— Salut ! cria la jeune fille.

— Bonjour. Ça pousse ?

— Regardez comme c'est mignon ! C'est fou ce que ça peut faire, le printemps !

Antoine partagea cet avis en palpant du regard les appas hypnotiseurs de la blonde couturière.

— Qui c'est, Léon ? demanda-t-il à brûle-pourpoint.

Elle sursauta et le regarda :

— Pourquoi me demandez-vous ça ?

— Quand je suis arrivé, vous m'avez dit : « C'est Léon qui vous envoie ? »

Elle se rasséréna et lâcha en retournant à ses pois de senteur :

— C'est mon fiancé.

Antoine soupira et s'en alla faire cuire un tas de flageolets.

Le soleil pianotait sur les touches-lucarnes des harmoniums-toitures.

Antoine était ainsi fait qu'il eût encore préféré garder les vaches que le silence. Il revint à Popeline :

— Ça vous dirait, de manger des haricots ? Je vous invite.

Elle sourit en découvrant une denture sur laquelle

Antoine eût souhaité jouer du bout de la langue « Rêves d'amour » *in extenso* :

— Ils sont à quoi, vos haricots ?

— Ben, à l'eau, avec du sel, c'est mangeable, vous savez !

— Oh la la ! J'accepte, mais à une condition : je fournis le beurre.

Sans être spéculateur, Antoine avait toutefois prévu cette agréable éventualité. Du beurre ! Les flageolets en bouillonnèrent d'aise dans la casserole.

Le déjeuner se déroula sous la tonnelle, agrémenté d'une boîte de sardines et d'un quatuor de bananes, surplus offert par l'invitée.

Antoine raconta sa vie, la parant, l'enjolivant de myriades d'aventures féminines, dans le naïf espoir de persuader la jeune fille de tâter du Don Juan qu'il était.

Les roses, par leurs odeurs langoureuses, éclipsaient les senteurs d'un salon de thé des Champs-Élysées.

Corner, fourré dans le creux de la jupe de la jeune fille, sommeillait, jaune comme une éclaboussure de lumière.

Popeline rembarra Antoine prêt à se jeter à ses genoux et se leva de table en s'essuyant les lèvres. *Les lèvres...*

Antoine prit congé de fort mauvaise humeur. Il se croyait amoureux et, dans ces cas-là, l'amour n'est plus guère que le terrain d'atterrissage des lugubres aéroplanes de la tristesse.

La maison du Duc, non loin du château de Saint-Flebène, était de brique rouge et ne souffrait guère que d'un carreau brisé balafré d'un sparadrap réparateur. Antoine poussa la grille et pénétra dans le jardin où la culture intensive des orties battait justement son plein. Une cage de verre emplie de hannetons béats s'accolait à un squelette de pêcher entortillé dans les vestiges d'une famille de serpillières.

Antoine gravit les trois marches du perron.

— Mon cher papa, je vous dis zut et vous mesurerez là tout le sens de ce que l'on nomme euphémisme. En plus, je vous informe, si vous l'ignoriez encore, que vous n'êtes qu'un vieux schnock, un incapable, une buse, un minus habens, une andouille, un vieux gâteux et une ganache doublée d'un paltoquet notoire...

Antoine en resta coi, la main sur le bouton de la porte. Comment ? Le Duc qui tremblait et filait doux à quatre pattes devant l'autorité toute-puissante de son père, Le Duc qui ne reculait que devant l'eau de source et l'auteur de ses jours, Le Duc se révoltait ? Et en quels termes !

— J'ajouterai que si vous n'êtes point satisfait de ces vérités premières, je considérerai volontiers comme le plus authentique des plaisirs l'acte de vous botter avec force l'arrière-train. Ne répondez pas si vous tenez à la fraîcheur de la peau susnommée ! J'exige que vous me remettiez de suite tout votre argent liquide et la clef de cette vache de cave où se terrent, je le sais, douze bouteilles de veuve Cliquot, héritage de cette sauterelle de tante Pauline ! Cela fait, j'aurai la satisfaction de vous foutre à la porte et de vous envoyer aux quatre cent mille diables, vous, vos forficules, vos hyponomeutes, vos pucerons, vos poux, vos cécidomyies, vos moustiques et votre sale trombine de petit-bourgeois à chaussettes crapuleuses ! Compris ?

Affolé de l'ampleur que prenait cette révolution, Antoine résolut d'aller calmer le forcené avant qu'il n'en vienne aux mains avec le malheureux vieillard. Il tambourina sur le battant.

La porte s'ouvrit. Le Duc, en caleçon long, une poêle où frétillait un œuf sur le plat à la main, eut un sourire naturel à la vue de son copain :

— Tiens, Antoine ! Content de te voir ! Qu'est-ce que tu cherches ?

Le jeune Peyralout, en effet, jetait des regards inquiets dans les pièces. Le Duc rigola :

— Toi aussi, tu cours après les papillons ?

— Où est ton père ? Ne mens pas !

— Le vieux ? Il est à Paris, pourquoi ?

— C'est pas vrai ! J'ai tout entendu ! Quand je suis arrivé, tu l'engueulais d'une façon incroyable !

Le Duc haussa les sourcils. Enfin, il comprit de quoi il retournait et murmura d'une voix accablée :

— Ah oui... Eh bien voilà... Quand il n'est pas là, j'en profite... Je lui dis tout ce que j'ai sur le cœur... Ah la la, qu'est-ce que je lui laisse aller ! Tu ne peux pas imaginer ! Et quand il rentre, je me fourre aussitôt dans un bouquin d'histoire naturelle, sans ça qu'est-ce qu'il me passerait !

Antoine resta bouche bée. Ces invectives homériques à un absent l'assommaient de stupeur. Le Duc fit accomplir une élégante pirouette à l'œuf sur le plat, soupira à s'en vider les poumons et reprit enfin le dessus en proposant un verre de rouge à son hôte.

Les murs de la salle à manger n'étaient plus qu'une tapisserie poudreuse et multicolore d'insectes de toutes races. Des fourmis, accourant par une fente de plancher, s'en allaient kidnapper le corps momifié d'une cigale. Un diplôme vétuste de professeur de sciences naturelles, cloué entre deux gravures d'essaims d'abeilles, avait été supervisé par une multitude de mouches.

Sur la table, entre deux ronds de saucisson et un pot

où s'ébattait un troupeau de cafards, Le Duc posa son coude gauche, cala sa joue senestre dans la main du même nom, fit savoir à la main restante qu'elle avait à se munir d'une fourchette et commença à manger son œuf.

Antoine lâcha à voix basse, comme s'il eût cru que les coléoptères desséchés pussent retrouver leurs ailes pour aller clamer partout la nouvelle :

— Zanzi m'a dit que le père Mouche rouvrait cet après-midi.

Le Duc se détendit, les deux yeux sautillant sous les lunettes :

— Quoi ?

Antoine répéta mot pour mot ce que lui avait dit le mécano.

Le Duc sauça en trombe son assiette en bafouillant :

— Deux heures et demie, il n'y a plus une minute à perdre !

La minute fut pourtant perdue et retrouva les deux amis dans la rue.

— Il faut prévenir Mammouth ! déclara l'entomologiste.

Ils l'aperçurent arrosant un parterre de tulipes dans le parc du château et le sifflèrent. Le jardinier vint à eux, maussade, peu satisfait de se voir ainsi distrait de ses délicates fonctions. Lesquelles furent envoyées aux calendes ultra-grecques lorsqu'il apprit que « le père Mouche rouvrait cet après-midi ». Bredouillant d'impatience, il franchit la poterne d'une enjambée et ne s'aperçut qu'à une centaine de mètres du château qu'il avait emporté l'arrosoir dans sa précipitation.

— Bah, proféra-t-il, un truc comme ça, ça s'arrose !

Ce fut au pas de gymnastique que les trois garçons

arrivèrent en vue d'une bicoque de planches sur laquelle flottait un drapeau étrange. C'était une combinaison féminine aux frissonnantes dentelles et l'on avait peint sur la frêle batiste ces deux mots :

MAISON MOUCHE

25

M. Claudius Mouche était un être doux et raffiné d'une cinquantaine d'années. Il jouait, et toute la journée, fort mal du piano. Mais sa passion de Chopin, Ravel, Rameau et tout et tout était si grande que l'on ne pouvait sans une ignoble cruauté lui faire remarquer qu'il les défigurait jusqu'à les rendre dix fois plus méconnaissables que des têtes de boxeur après quinze rounds de dur combat.

Veuf depuis vingt ans, il avait reporté la tendresse que lui laissait son Pleyel ancestral sur sa tortue Martine et ses deux jumelles de bientôt six lustres, Aurore at Cornélie.

Au physique, c'était un nabot rebondi dont le ventre couchait la nuit et le jour dans une large ceinture de flanelle à pois bleu tendre, chauve, et par contre velu des bras que c'en était un affront permanent pour son malheureux crâne. Il louchait quelque peu, ce qui lui permettait de louper une note sur deux lorsqu'il était assis sur son tabouret.

Les deux filles, que le ciel avait voulu d'un charme modeste mais suffisant, étaient les uniques pensionnaires de la maison. Élevées aux accords obsédants de la musique de leur père, elles avaient chu de cette décadence naturelle à une autre qui devint officielle et morale puisque M. Mouche était le premier à l'approuver. Outre leurs occupations professionnelles, elles vaquaient aux soins du ménage et chantaient à deux voix les délicates cantates de Jean-Sébastien Bach. La famille vivait paisible et partout respectée. M. Mouche était deux fois ravi de cette existence fleurie : d'une part, il pouvait sacrifier à son art sans souci matériel du lendemain et d'autre part, son amour paternel se jugeait comblé : ses filles ne découchaient jamais, ne travaillaient pas dans de sombres bureaux où elles se fussent à coup sûr abîmé la santé et enfin ne couraient pas le risque de se voir incomprises par des maris stupides.

Ce jour-là, Aurore et Cornélie étaient rentrées à l'aube de Rome où elles venaient d'écouler trois mois de pieux recueillements à l'occasion de l'année Sainte, poussant la sollicitude chrétienne jusqu'à expurger le Malin d'un nombre incalculable de corps de pèlerins.

S'étant reposées toute la matinée, elles tricotaient à présent, encadrant avec une déférence de chandeliers leur père aux prises avec une bien belle page de Gabriel Fauré.

Mammouth, Antoine et Le Duc entrèrent sans frapper, comme il sied dans ces lieux que l'antique Athènes appelait *dictérions* et Rome *lupanaria.* Les deux brunes enfants se levèrent, roses de contentement. Après tant de villes et de visages inconnus, il était visible qu'elles éprouvaient un immense plaisir à renouer avec leurs habitudes saint-flebénoises. Elles déposèrent leurs aiguilles et leurs talons de chaussettes sur une étagère et se lancèrent dans les bras ouverts de leurs deux vieilles connaissances.

Absorbé par un nuage de doubles cloches, le père

Mouche semblait ne s'être aperçu de rien et ne cilla même pas quand les deux couples prirent leur envol pour le premier étage, plantant là un Antoine tout frémissant de stupre.

Le piano, juché sur une estrade, tournait le dos à une petite salle meublée de quelques tables recouvertes de toile cirée à carreaux blancs et rouges. L'air bonne femme du lieu se trouvait confirmé par la présence aux murs de gravures représentant des chatons dans un panier, des biches au bois et des retours de fenaisons.

La tortue Martine trottinait sur le dallage en drainant à sa suite une feuille de salade.

Antoine s'assit tout en regrettant l'absence de tampons d'ouate avec lesquels il se fût fait une joie d'obstruer ses oreilles tant le pianiste était à présent déchaîné.

Enfin, le père Mouche plaqua une ultime série d'accords qui évoquaient la défenestration d'une lessiveuse et se retourna, les larmes aux yeux et les bras en l'air comme s'il suppliait les mânes du compositeur de l'épargner :

— Inouï ! Merveilleux ! Prodigieux ! Toute la folle poésie des torrents courant aux flancs de la montagne ! Toute la saveur des coquelicots s'ouvrant au souffle du printemps !

Il reprit haleine et tendit un doigt solennel vers le jeune homme :

— Vous, monsieur, aimez-vous la musique ?

Antoine n'osa pas avouer qu'il l'aimait, le père Mouche étant susceptible de prendre cette réponse pour une insulte puisque ce qu'il exécutait n'avait aucun rapport avec l'art cher à la muse Euterpe. Il grommela quelques borborygmes que le paternel proxénète prit pour un acquiescement.

Ravi d'avoir un amateur éclairé sous la main, il entreprit de lui détailler la mélodie qu'il venait d'achever dans le sens propre du mot. Il ne lui fit grâce d'aucune dissection de bécarre, d'accelerando, de gamme chromatique et de sous-dominante.

Affolé, Antoine tentait de se dégager mais l'autre le tenait par la main, les yeux embués de passion.

Un quart d'heure plus tard, lorsque Le Duc, Mammouth et les filles redescendirent, Antoine était au bord de la dépression nerveuse. Les deux autres bougres, hilares et les traits insolents de satisfaction, donnèrent une claque galante de reconnaissance sur les fesses des jumelles.

— Antoine, déclara Mammouth, tu peux aller avec Cornélie. Je lui ai dit qui tu étais et, comme c'est la journée des copains, elle se fera un plaisir...

— Une seconde, voyons, protesta Mouche, monsieur parle musique !

— C'est que, pleurnicha Antoine, c'est assez pressé...

Le virtuose eut un soupir de regret et revint à son instrument pour y torturer à loisir l'innocente ouverture de Guillaume Tell.

Cornélie sourit à son cavalier et passa la première dans l'escalier, suivie aux talons par le garçon tout palpitant.

La chambre, rose comme celle d'une petite fille de bonne famille, donnait sur un jardin où un cerisier aux pétales bleutés vibrait de folles ruches d'oiseaux.

Cornélie retira une robe constituant les trois quarts de son habillement, le quart restant une culotte qui fut vite accrochée à l'espagnolette. Nue, elle était agréable et, quoique ses seins ne fussent que de la quatrième fraîcheur, ils étaient encore d'une honnêteté de caissier de Crédit Lyonnais.

Or Antoine, pourtant monté là débordant d'intentions coupables, n'eut pas un coup d'œil pour ces appas tant désirés. Il n'avança pas sur eux les mains en avant, exorbité, fébrile et prêt à sauter dans la première montgolfière en partance pour le septième ciel. Il ne tenta rien. *Rien.* Au contraire, il en détournait la tête.

La raison de ce subit désintéressement, il ne pouvait en détacher ses yeux ; c'était, dans un coin de la chambre, la mirifique présence, sur ses quatre pieds, d'un jeu de football de table, frère jumeau de celui qui ravissait l'Amicale des Amis de la Belote et du 4.21 réunis, lors des longues soirées d'hiver au Thermomètre.

Il s'en approcha. Sa concupiscence se muait en un enfantillage passionné. Ce qu'il entendait dorénavant manipuler, ce n'était plus ce qui avait provoqué sa venue en cet antre, mais bel et bien les poignées de ce jeu.

Il balbutia, enroué de désir :

— Dis, tu sais y jouer, à ce truc-là ?

— Moi ? le « petit foot » ? Mais je m'en ferais crever ! Malheureusement, je ne trouve jamais des partenaires de ma force.

— Ah tu crois ça ! On en fait une ?

Cornélie, brillante de joie, remit son soutien-gorge en vitesse afin d'être maîtresse de ses mouvements.

Antoine trouva ce geste séant... Le petit foot réclame un minimum de gravité et de concentration.

Crispé, il lança l'une des dix balles sur le terrain et la rencontre débuta.

Dès les premiers échanges, les deux compétiteurs échangèrent un sourire entendu. De part et d'autre, la technique était celle de réels champions. La lutte allait être chaude...

Au rez-de-chaussée, Zanzi fit irruption, noir de cambouis.

— T'es à la bourre... s'écria Le Duc.

— Forcément, tonitrua l'arrivant, va voir un peu la bagnole que j'ai trouvée pour venir !

Mammouth et Le Duc ouvrirent la porte avec curiosité et s'effondrèrent d'un bloc, ballottés par un rire monstrueux.

Dans la rue, un rouleau compresseur haletait, en proie à une agonie pénible qu'il entourait, pudique, des bombes fumigènes s'exhalant du moteur.

— Antoine est pas là ? demanda Zanzi à la douce Aurore.

— Votre copain ? Là-haut, qu'il est. Sur la route bleue.

La route bleue en question ne manquait pas d'ornières. Cornélie, en grande condition physique, infligeait de sévères corrections à Antoine, lequel se plaignait de manquer d'entraînement. Trempés de sueur, les duellistes, cramponnés à leurs poignées, frappaient la petite boule avec une rage croissante, ponctuant les jolis coups de braillements terribles.

Épuisé, Antoine manqua un but tout fait et se roula par terre de désespoir. Zanzi, Le Duc, Mammouth levèrent la tête au plafond.

— Ils ne s'embêtent pas là-haut, murmura, respectueux, Mammouth.

— J'ai toujours eu la conviction qu'Antoine était un érotique, appuya Le Duc.

Antoine était enfin parvenu à remporter une manche au prix d'efforts monumentaux. Il gagna le lit en titubant et s'effondra sur les draps, à demi mort, suivi de peu par Cornélie dont les cheveux, collés sur la figure, voilaient des traits ravagés par l'ardeur mise au combat.

Aurore, escortée des trois copains hilares entra sans crier gare.

— Ah ah ah, ricanèrent ces indiscrets, pas la peine de demander si ça a gazé !

Antoine entrouvrit un œil torve et répondit non sans mal à ces sous-entendus par un sourire égrillard qui voulait en dire long.

Soutenus par leurs compatissants camarades, les deux joueurs de petit foot, accusés d'avoir trop abusé de leur chair, descendirent boire un verre.

— Combien de fois ? s'intéressa Le Duc.

— Combien on en a fait ? demanda Antoine, tout pâteux.

— Six manches, et une belle, répondit Cornélie agrippée à l'épaule de sa sœur.

Le sifflet admiratif de Mammouth accompagna les trilles du piano.

Mouche, d'ailleurs, s'arrêta au beau milieu d'une fugue qui ressemblait à une poursuite sur les toits, pour s'exclamer, la bouche tordue d'angoisse :

— Ah çà ! Où est Martine ? Jamais elle ne s'éloigne du piano et je ne la vois pas...

On regarda sous les tables. Pas plus de tortue que d'oxygène dans les métros de six heures du soir. Livide, Mouche alla jusqu'à regarder dans les poches de veste des quatre amis. Ce qui les froissa au plus vif de leur probité bien connue. Las des jérémiades désespérées du patron, ils prirent congé au plus tôt.

Mouche, sur le pas de la porte, fouillait avec une lorgnette les prés avoisinants. Zanzi grimpa sur le siège du rouleau compresseur, salua l'assistance et mit en marche.

Le véhicule s'ébranla et parcourut une vingtaine de mètres, escorté au pas par les trois camarades narquois de son conducteur.

Il y eut un craquement sourd.

Pas la peine de chercher, c'était évidemment la tortue.

Lorsqu'elle ressortit de l'autre côté du rouleau, elle eût pu servir de napperon à un pot de fleurs...

— Mater dolorosa ! souffla Mouche en s'évanouissant dans les bras hospitaliers de ses filles.

Mammouth ramassa ce qui n'était plus qu'un vague disque et avait été la gracieuse Martine.

— Elle s'est suicidée... murmura-t-il.

— Pas étonnant, gronda le rancunier Antoine, si elle ne s'éloignait jamais du piano...

— Morte en pleine jeunesse... s'apitoya Le Duc qui s'y connaissait en condoléances.

— En pleine jeunesse, Martine ? intervint Zanzi qui fréquentait les Mouche depuis de longues années, en pleine jeunesse ? Elle aurait pu être ta mère !

Les deux filles, affairées à vinaigrer les tempes de leur père, conseillèrent fermement au quatuor de s'éclipser avant le réveil du pianiste. Bien sûr, il était d'un naturel doux, mais la colère a si souvent conduit à l'homicide pour beaucoup moins que ça...

Ils remercièrent de ce sage avis et s'éloignèrent en hâte, Zanzi forçant la vapeur pour atteindre à tout prix le 10 kilomètres-heure.

Ils convinrent de se revoir le lendemain premier mai et férié. Donc, les deux travailleurs du lot seraient libres. Zanzi disposerait cette fois d'une camionnette et l'on irait se balader au gré du vent. Ce programme les réjouit fort et ils se séparèrent en versant une ultime larme de crocodile sur la tortue.

Le soir, dans son lit, Antoine fut très chagriné de constater que ce dont il avait fait fi cet après-midi était là, formidablement là, goguenard et superbement inutile...

26

Au-dessus de sa tête, les pas de Popeline vaquant à son ménage éveillèrent Antoine. Il couchait sur un lit de camp américain que lui avait procuré Mammouth, enveloppé dans un rideau, une nappe et trois torchons de cuisine noués ensemble, dons généreux de sa voisine. Il l'entendait chanter, là-haut :

Mon cœur soupire
La nuit et le jour...

Popeline... Ses cheveux blonds, on eût dit que les avaient teints des coupes de champagne... Il caressa Corner couché en rond sur son ventre, avec sa tendresse de chaufferette. Le caneton remonta à l'air libre, réclama qu'on le déposât sur le sol et, l'ordre exécuté, s'éloigna en râlant. Antoine comprit alors que même les palmipèdes rêvaient et ne toléraient guère être troublés dans ces grandes minutes. Mais la bonté native de Corner reprit le dessus sur son instant d'humeur et ce fut après une vive insistance qu'il obtint d'être replacé sur les draps de fortune afin de promener sous le nez horrifié du garçon un imposant lombric capturé de haute lutte dans le terreau.

... Qui me peut me dire
Si c'est l'amour...

Antoine se leva, vêtu de son seul caleçon de bain, et sortit. Qu'elle était fraîche, l'herbe folle sous la plante des pieds... Des nuages sortis des ciels pastel de Fragonard jouaient là-haut une cosmique course à l'échalote autour d'un soleil qui ressemblait à Louis XIV.

Antoine appela :

— Popeline ! Vous venez vous baigner ?

La couturière apparut à son balcon et l'ailier droit fit saillir avec à-propos pectoraux et biceps.

— L'eau doit être froide, mon petit père !

— L'eau froide, c'est un peu chouette, pour garder la ligne, vous savez ?

Cette raison d'une fine diplomatie fit réfléchir une seconde la jeune fille.

— Bon, attendez-moi.

Enivré d'air et de lumière, Antoine batifola comme un jeune chien, se roulant sur la terre mouillée, mâchant des coucous et des boutons d'or, poussant des séries de cris inarticulés et sautant à pieds joints les chaises de jardin.

Lorsque Popeline descendit son escalier, une serviette et un maillot à la main, le fils Peyralout dansait un swing avec un balai-brosse tout en éructant des : « Oupapouda doubaloubi bibelibop » qui ne présageaient rien de bon quant à son avenir.

La Besbre était à deux cents mètres. La tenue simpliste d'Antoine n'eut à choquer personne, tout le village dormant encore derrière les rideaux clos.

— Vous comprenez, Popeline, la vie, ce n'est pas

l'argent, ce n'est pas la guerre, c'est encore moins la politique, les études et le travail. Ce n'est même pas l'amour pur des feuilletons. La vie, c'est tout ce qui est naturel. L'amour c'est le paravent de « faire l'amour » qui est la nature. Le sentiment, c'est possible, mais c'est aussi extravagant que la folie. Il y a toutes les joies du corps, toutes celles de l'esprit lorsqu'elles consistent à raffoler des aubes claires, des sous-bois, des animaux pas méchants, de toutes les fleurs, du soleil, des nuits chaudes, et il n'y a plus rien, à part les feux de bois, les jeux de l'eau, l'amusette du vin et la beauté irraisonnée des femmes.

Popeline s'arrêta de marcher et le regarda dans les yeux. Il divaguait toujours, angélique, sur la nécessité d'adorer le *visible,* le merveilleux visible des beaux jours et des belles années. Elle hocha la tête :

— Poète, va !

— Hélas non ! Mais l'employé de banque, le tourneur et l'ouvreuse de cinéma savent aussi bien que lui et moi que la plus sympathique des balades, c'est encore de se tirer à bicyclette, à pied, à cheval ou en voiture, de se tirer à la mer, à la pêche au goujon, à la cueillette du lilas, à la montagne, n'importe où mais aux sources, quoi, aux sources... C'est être poète que de sentir ce qu'il sent, vous comprenez ?

— Et moi, je fais partie du monde fleuri ?

— Sans doute, mais vous n'y êtes pour rien.

— Et une rose, ça y est pour quelque chose ?

— Ne touchez pas aux roses, ni aux petits canards, ni aux yeux des grenouilles, ce sont des innocents. Les femmes sont le mal de la terre.

— Merci...

Antoine eut une pirouette insolente, travaillé par sa crise de sincérité :

— Y a pas de quoi, c'est si bon de leur dire qu'il n'y a pas qu'elles dans la vie !

A cinquante mètres de la berge, il s'élança tête baissée, comme il se ruait il n'y a pas si longtemps, la balle au pied, vers les buts adverses. Il disparut dans l'eau en un plat formidable qui rejeta les trois quarts de l'humble rivière hors de son lit, et remonta à la surface, la peau écarlate, crachant deux cents grammes de mousse.

— Elle est bonne ! interrogea Popeline avec circonspection.

— Excellente, hoqueta l'autre entre deux frissons avant-coureurs d'une congestion certaine.

La couturière s'engouffra derrière un buisson.

En amont, un pêcheur ne pensait à rien et s'en trouvait si bien qu'il en oubliait les touches. Son bouchon rouge était coquelicot, sa racine tortue fil de la vierge, sa canne bambou et paysages de fabuleux tropiques...

Antoine, s'accoutumant à la fraîcheur de l'eau, alla au fond établir d'intéressantes statistiques sur la génération spontanée des tessons de bouteille. Revenant prendre souffle, il le perdit incontinent à la vue de la couturière en maillot. Antoine comprit aussitôt pourquoi Ingrid Bergman n'avait jamais manifesté le désir d'être présentée à Popeline, craignant sans doute d'y trouver un valable motif de suicide, tant la plastique de la ressortissante de machine à coudre était sensationnelle. Mieux : si la Vénus de Milo avait disposé de ses mains, elle s'en fût voilé la face de honte. C'est tout dire. Popeline posa un pied sur une vaguelette et recula de trois mètres en hurlant :

— Elle est gelée !

— C'est une idée, mentit Antoine.

Elle progressa, risqua un autre pied. Le pied inactif dérapa sur une pierre et entraîna tout le reste à l'eau. La tête de la jeune fille émergea pour lancer d'une voix épouvantée :

— Y a pas pied ! J'sais pas nager !

... Et retourna se rendre compte de la diversité des flores sous-marines.

Antoine eut un rictus malin et plongea. Il saisit à pleins bras de bien aimables formes, se propulsa à l'air libre d'un battement de pieds. A deux centimètres de ses lèvres, il y avait ces lèvres... Se maintenant par de tranquilles ciseaux de jambes, il embrassa d'une bouche vorace la malheureuse à demi inconsciente, prête à tout plutôt qu'à demeurer dans un élément si hostile à ses charmes.

Oh ce baiser... Il était de ceux que l'on raconte sur son lit de mort en murmurant : « Ça valait le coup de vivre et de s'ennuyer soixante ans. »

Il y avait là-dedans le velouté de bordeaux vieux des lèvres humides, l'émouvante solidité des dents claquant de froid et de peur, et puis l'existence molle de cette langue parlant celle du désir le plus fou... Surprise de constater que l'oxygène lui parvenait encore par le nez et par le nez seulement, Popeline ouvrit un œil égaré qui rencontra en gros plan les paupières closes du sauveteur. Elle réalisa qu'il se passait quelque chose d'insolite, qu'elle avait un bien curieux bœuf sur la langue et détourna le visage en sifflant :

— Sortez-moi de là ou j'appelle !

— Embrassez-moi d'abord ou je vous lâche.

— C'est du chantage ?

— Allez, un baiser et c'est la terre ferme...

— Jamais ! Vous m'entendez, jamais !

Antoine mit ses deux mains derrière son dos.

Popeline se sentit attirée vers les lichens lointains et brailla tout en pataugeant :

— Oui, oui, tenez-moi ! Tenez-moi, vite, vite !

Il la rattrapa par les cheveux, la serra contre lui :

— Ce baiser ?

— Prenez-le, qu'on en finisse.

— Donnez-le-moi, j'en ai déjà pris quelques-uns.

— Vous regretterez d'avoir fait ça, mon vieux !

— Alors ?

Elle l'embrassa assez convenablement tout en tremblant de fureur.

Il la ramena sur la berge en deux brasses. Elle s'assit sur l'herbe, livide d'émotion. Antoine, embarrassé, pensa qu'il avait été un peu loin et, la conscience vacillante, s'en alla en ruminant d'impossibles excuses.

Torturé de remords, il ne reprit sa désinvolture qu'au pavillon, après avoir enfilé son survêtement et disposé avec goût sa casquette sur ses bouclettes de page. Avisant Corner qui déterrait avec une ardeur méritoire les pois de senteur, il prêta à Popeline d'odieux projets de vengeance pouvant aller jusqu'à embrocher le caneton, le mit sur son épaule pour le préserver d'aussi injustes foudres et sortit, se dirigeant d'un pas rapide vers le bistrot du père Mouillefarine.

Les Saint-Flebénois s'installaient dans les rues pour y passer la journée.

La cité comptait une rue goudronnée pour les automobiles et celles-ci risquaient gros en s'aventurant dans les passages herbeux encombrés de chaises longues et de fauteuils, les habitants n'étant guère chatouilleux que sur le problème capital de leur repos. On s'interpellait d'un sommier à l'autre, on buvait à la régalade le litre de rouge appelé joliment « la rosée du matin » et l'on dormait avec superbe, battant chaque jour son record de la veille...

Antoine enjambait des corps inertes, rajustait au passage un pan de couverture et s'abstenait de siffloter.

Premier mai, fête du travail, il eût été imprudent d'asticoter les indigènes que cette date fatale exaspérait du saint courroux que l'on ressent à la vue d'une bande de provocateurs.

A proximité du café, Antoine entendit la voix de Mouillefarine. Quoique pleine d'inflexions tendres, elle n'en restait pas moins de l'espèce à longue portée :

— Président d'honneur de l'orphéon ? Mais c'est trop d'honneur pour moi d'être le président de l'orphéon, monsieur Fatateuf, beaucoup trop d'honneur. Je ne sais comment vous dire toute l'admiration que j'ai pour la belle musique, monsieur Fatateuf... Vraiment, je suis confus, confus... Acceptez quelque chose... Comment ? L'orchestre viendra demain me jouer mes morceaux préférés ? Oh, monsieur Fatateuf, c'est trop, c'est trop... Pas aujourd'hui, évidemment. Forcément, un jour pareil... Si je comprends ? Bien sûr, monsieur Fatateuf, bien sûr... Vous viendrez en personne diriger la fanfare ? Merci, merci mille fois, ne vous donnez pas la peine...

Accoudé à un arbre pour jouir jusqu'au bout de la conversation, Antoine vit sortir le chef de l'orphéon raccompagné sur le seuil par un Mouillefarine répandu en courbettes.

Il s'approcha du café, entra à pas feutrés. Le président d'honneur, la larme à l'œil, tenait à bout de bras pour mieux le contempler un parchemin enluminé de lyres symboliques.

Antoine toussa. Mouillefarine tapa d'un geste triomphant sur le diplôme :

— Regarde ça ! Président d'honneur de l'orphéon que je suis depuis cinq minutes ! Président d'honneur, ce n'est pas de la gnognotte, hein, Antoine ?

— C'est très bien Mouillepicrate.

Le patron haussa les sourcils et puis les rabaissa avec indulgence, soupçonnant le jeune homme d'avoir déjà forcé sur le blanc. Il roula son titre honorifique en murmurant :

— Président d'honneur... Si mon pauvre père voyait ça...

— Il serait ravi, mon cher Mouillepicrate, rétorqua l'effronté, détachant les syllabes.

Cette fois Mouillefarine s'empourpra :

— Qu'est-ce que c'est que ces façons de m'appeler Mouillepicrate ? Je trouve ça injurieux.

— Hé ! C'est ton nouveau nom.

— Quoi ! Mon nouveau nom ?

— Lorsque je suis arrivé à Saint-Flebène, tu disais à Zanzi en parlant des types de la musique : tu vas voir comment il seront reçus dimanche ou je m'appellerai Mouillepicrate, mais plus Mouillefarine. Conclus...

Mouillefarine lui darda un regard noir. Ce qu'il en avait dit, cela datait déjà de plusieurs jours, c'était très vieux, l'homme change, on évolue... Il n'y avait que ce crétin d'Antoine pour ne pas connaître la vie...

Il passa derrière son comptoir, sans répondre, et versa un demi de vin pour acheter le silence du garçon. Il soupira en songeant qu'il en faudrait un autre pour Zanzi et essuya un verre avec mélancolie.

Antoine s'étonna :

— Au fait, on ne t'a pas vu, hier, chez Mouche ? Zanzi m'avait dit que tu viendrais...

— Moins fort, bon dieu... Ma femme est dans la cuisine. Bien sûr que je voulais y aller. J'avais dit à

Marguerite — c'est elle — que j'allais à La Ville dans l'après-midi. Mais voilà pas qu'elle apprend par le facteur que les filles Mouche étaient rentrées ? Oh, ça, elle est fine ! Elle n'a rien dit tout de suite… Elle a fait bien mieux…

Las de chuchoter, il alla fermer d'un coup de pied la porte de la cuisine en criant :

— Quel putain de vent aujourd'hui !

… Et revint à son interlocuteur :

— Elle m'a vu mettre ma cravate à rayures rouges et vertes et elle m'a dit : « Jean-Baptiste, va me chercher des canettes avant de t'en aller. » Je suis descendu à la cave. Tu ne peux pas savoir ce qu'elle a fait ! Elle a fermé le cadenas sur moi.

— C'est vache.

— Je suis resté jusqu'à l'heure de l'apéritif sur un tas de poussier, à me faire de la bronchite et de la bile. Mais quand je suis sorti, quand elle m'a libéré, quoi…

— Tu l'as rouée de coups.

— Eh non… J'avais tant de souci d'avoir voulu la tromper que je lui ai demandé pardon…

Antoine s'abstint de ricaner, dans l'espoir que l'écoute attentive des confidences lui vaudrait un second demi de blanc. Mais l'esprit de Mouillefarine vagabondait beaucoup plus loin. Le cafetier approcha un visage congestionné par la plus matérielle des concupiscences :

— Et vous, ça a gazé ?

— Très très bien.

— Laquelle que tu as pris, toi ?

— Cornélie.

— Cornélie… Dis voir, comment ça s'est passé ?

Dans son trouble, il versa le second demi de blanc. Antoine, rassuré, raconta alors qu'il avait honoré deux fois sa signature en un laps de temps ridicule, émailla le récit de ses prouesses d'une foule de détails croustillants, voire graveleux, et termina en assurant qu'il y avait un moment qu'il n'avait connu pareilles félicités.

Mouillefarine, haletant, s'épongeait les tempes avec son parchemin de président d'honneur, le confondant avec le mouchoir qu'il étreignait de l'autre main.

Une voiture klaxonna devant la porte.

Antoine tourna la tête et eut un haut-le-corps. Non, vraiment, Zanzi exagérait ! Ne sortait-il pas à présent et le sourire aux lèvres d'un fourgon mortuaire ?

— C'est tout ce que tu as trouvé ? lança le jeune Peyralout.

Le mécano leva au ciel des bras qui semblaient supporter le lourd haltère de la Fatalité :

— C'est la seule qui était libre ! C'est encore une veine !

— Ça va être gai, de se balader là-dedans...

— Aie pas peur, une bagnole noire, c'est chouette : si on est noirs nous aussi, tout le monde croira que c'est pour s'harmoniser avec la carrosserie.

Ce subtil raisonnement ne parut pas convaincre le supporter du R. C. Pommard qui haussa deux épaules accablées.

Cet esprit de contradiction choqua Zanzi. Empoignant Antoine dans ses mains de travailleur manuel, il le jeta sur le billard et lui sauta en riant sur le ventre. La lutte fut ardente, sur le tapis vert. Enfin, Antoine, retournant son adversaire, l'aplatit sur une boule d'ivoire, ce dont souffrit fort l'ossature du garagiste.

— Oula ! Oula ! hurla-t-il en italien, ce qui restait malgré tout assez clair.

— Tiens, dit Mouillefarine en coulant un regard

dans la rue, voilà ta voisine, Antoine. Elle vient chercher son vin.

Après une ultime pression sur le thorax de Zanzi, l'interpellé bondit à terre et se précipita sur le téléphone. Il demanda sans hésiter un numéro à la poste et attendit. Popeline entra, une bouteille à la main, sans l'honorer d'un regard. Zanzi, relevé, exécutait des mouvements d'assouplissement de la colonne vertébrale.

Antoine eut enfin une voix au bout du fil et attaqua :

— Allô ? C'est toi, Ginette ? Ici ton grand fou blond...

— ...

— Oui mon amour, je vais très bien. Ah, quand te serrerais-je dans mes bras comme au jour de l'an...

— Neuf heures, douze minutes, trente secondes...

— Tu n'as pas oublié les nuits blanches où nous chassions les papillons noirs, mon amour ?

— ...

— Et celles où mes cheveux te chatouillaient les seins ?

— Neuf heures, douze minutes, quarante secondes.

Mouillefarine et Zanzi contemplaient le garçon bouche bée, Mouillefarine en oubliait de donner à Popeline le litre qu'il serrait sur sa poitrine. La couturière, agacée, se dandinait sur un pied, s'exaspérant d'entendre la voix sucrée d'un Antoine en extase :

— J'irai te voir bientôt. Garde-moi une place toute chaude contre toi...

— Au quatrième top, il sera exactement neuf heures, treize minutes...

— Au revoir, petite autruche rose, je mords tes lèvres.

Il raccrocha et prit un air détaché.

Popeline, hargneuse, le bouscula en sortant au pas de chasseur.

Mouillefarine fit un clin d'œil au mécano. Zanzi ouvrit la bouche pour parler, la referma, hésita, tourna autour de son copain passionné par les évolutions d'une guêpe et, n'y tenant plus, demanda :

— Qui c'est, Ginette ?

— Oh, rien. Une vieille maîtresse comme on en a un peu partout.

Zanzi hocha une tête admirative. Antoine chercha des yeux la guêpe, centre de son actuel intérêt.

C'est nous les soiffards de la rue du Blandin,
On nous voit toujours un godet à la main
Pleurant quand il est vide, riant quand il est plein
Et plein de vin

Unis par bien des goûts communs et par le hasard qui avait voulu qu'ils habitassent dans la même rue du Blandin, Le Duc et Mammouth portant sa fille sur son dos entrèrent en chantant cet hymne triomphal (sur l'air des Moines de Saint-Bernardin) dans le café-hôtel-pension de famille.

Cette arrivée tintamarresque affola Corner occupé à cette minute à patiner sur les flaques vineuses du zinc. Le caneton plongea sans hésiter dans le bac réservé au rinçage des verres.

— Bon. On est tous là, s'émerveilla Zanzi.

Mammouth déposa Céleste sur le sol en grognant :

— C'est pas tout ça. Où va-t-on ?

— A l'aventure ! beugla Antoine.

On fit observer que ce n'était pas une direction orthodoxe. Le Duc, plus réaliste, remarqua :

— Où est-ce qu'on bouffera, et comment ?

— J'ai emmené des lignes, intervint Zanzi, on pêchera une friture.

— Bonne idée, approuva Le Duc, la pêche est un sport aristocratique.

— Si seulement je prenais une perche comme celle que j'ai attrapée une fois avant la guerre, on aurait à becqueter pour six.

Ce fait d'armes de Mammouth déclencha une série d'histoires d'où il ressortait qu'il ne restait plus un poisson dans les eaux de la République.

Enthousiasmés par ces rappels de passés glorieux, et brûlants de s'illustrer dans le plus bref délai, les quatre terreurs d'ablettes prirent congé d'un Mouillefarine qui, les bras en croix, tentait d'imager ainsi la longueur d'un brochet par lui capturé dans la Besbre en 1934.

Mammouth, donnant la main à Céleste qui serrait sur son cœur sa nouvelle poupée, à savoir le pauvre Corner, rejoignit ses copains qui s'installaient avec circonspection dans le sinistre véhicule.

— C'est égal, ragea encore Antoine, un fourgon mortuaire...

Zanzi embraya et les deux autres expliquèrent à l'ex-quincailler qu'il n'avait rien vu. Amusettes que le rouleau compresseur et le fourgon, Zanzi sautant de la Cadillac au taxi de la Marne en passant par l'autocar, la Simca et le camion cinq tonnes. On se souvenait même l'avoir vu au volant d'un tracteur agricole et son incursion à l'intérieur d'une chenillette de l'armée française était présente à la mémoire de tout Saint-Flebénois.

Le corbillard motorisé quitta le village, hésita le temps d'un pile ou face à un embranchement et choisit la route bordée de peupliers.

Après avoir braillé quatorze fois leur couplet des

soiffards de la rue du Blandin, Mammouth et Le Duc s'arrêtèrent, essoufflés. Antoine, soucieux, combla le silence en murmurant :

— Je crois avoir trouvé quelque chose qui peut me valoir la reconnaissance de l'humanité tout entière.

— Quoi donc ?

— Suivez-moi : les incendies de forêt sont dus, pour la plupart du temps, au soleil.

— C'est vrai, reconnurent les trois autres.

Antoine chercha à exprimer sa pensée et, levant un doigt sentencieux :

— Pour y remédier, il n'y a qu'à planter les arbres à l'ombre.

— Ça se défend, avouèrent-ils, ébranlés par ce raisonnement.

Ils restèrent muets un long moment, saisis par la grandeur et les incalculables conséquences de cette découverte.

La voiture filait doux sur les rampes des côtes conduisant au ciel bleu.

La voix inquiète de Mammouth troubla le ronron du moteur :

— Vous voyez pas, les gars, qu'il reste une âme de macchabée dans cette bagnole funéraire ?

Le Duc sauta sur l'occasion en éructant un hurlement d'épouvante :

— Le fantôme de tante Pauline !

— Ça va, ça va, ronchonna Zanzi, tout à l'heure ! Je suis au volant, moi ! Si vous faites les clowns, on va pas tarder à la voir pour de bon, la tante Pauline !

Corner, à présent martyrisé par Céleste très occupée à effeuiller son duvet, appela son maître à l'aide. Antoine et Mammouth échangèrent des propos aigres-doux sur l'intolérance notoire des canetons et le sadisme congénital des petites filles.

Le fourgon traversait des villages et de vieilles femmes se signaient sur son passage, à la sortie de la grand-messe.

Le Duc insultait à voix basse les mânes de sa tante, pour tuer le temps.

Il blêmit soudain et murmura d'une voix sourde :

— Le fantôme de tante Pauline...

— Ah non ! gronda Zanzi, tout à l'heure que je t'ai dit !

— C'est que, s'étrangla Le Duc, ce n'est pas une blague, il me court dans le dos et dans les manches de ma chemise...

Antoine pâlit à son tour :

— Le Duc... Moi aussi... Il me chatouille sous les bras...

Zanzi haussa des épaules furieuses et Mammouth s'apprêtait à parler de crise de *delirium tremens* lorsqu'il devint livide et déclara que tante Pauline se tortillait dans les plis de son maillot de corps.

Les trois garçons se mirent à danser dans la voiture en se grattant comme vingt clients à l'hôpital Saint-Louis, malgré les hurlements rageurs du conducteur.

Soudain, Le Duc s'immobilisa, un bras en l'air et une main perdue dans une jambe de pantalon, l'œil rivé à une boîte de fer-blanc que remuait Céleste, dans le fond du véhicule.

C'était la boîte où Zanzi rangeait les asticots pour la pêche.

Le rapprochement ne fut pas long à se faire dans l'esprit de l'entomologiste. Sa nature délicate fit le reste et il s'évanouit avec un long frisson d'horreur, ce qui attira les regards des deux autres sur le divertissement de la gamine. Cinq secondes plus tard, Antoine, absolument nu, secouait son survêtement par la porte et Mammouth le suivait d'une chaussette.

La voiture stoppa et Zanzi, tout larmoyant, se mit à ramasser un par un ses précieux vers à viande.

On gifla Le Duc pour l'éveiller et il est possible que dans le feu de l'action, Céleste eût à se plaindre d'un soufflet vengeur. Les usagers de la route eurent la primeur de cette vision de naturistes courant en tous sens autour d'une fillette en larmes, d'un gaillard en syncope sur l'herbe et d'un autre à quatre pattes sous la carrosserie d'un fourgon mortuaire.

Corner, derrière Zanzi, happait au fur et à mesure les asticots que celui-ci rejetait dans la boîte.

....

A onze heures, Antoine s'inquiéta :

— Et ta rivière, on y arrive quand ?

— Dans dix minutes. Il y a tellement de poissons qu'on aura fait la friture en moins de temps qu'il n'en faut pour écrire : « A table ! » en sténo.

Un passage à niveau fermé les guettait après un virage. Un train fila, rutilant de fenêtres, et une fonctionnaire au corsage alléchant sortit de sa maison pour tourner une manivelle en fredonnant la *Java bleue.*

La voie libre, la voiture repartit. Penché à la vitre, Antoine fit un signe amical à la beauté en lui criant :

— Salut, Victoire !

Mammouth et Le Duc s'étonnèrent, ce qui évita à Zanzi de le faire.

— Tu la connais ?

— Non, pourquoi ?

— Tu viens de l'appeler Victoire...

— C'est parce que la victoire en chantant nous ouvre la barrière.

Les trois, vexés de cette astuce qu'ils jugeaient grossière, ne desserrèrent plus les dents jusqu'à la vue des berges de la Juine.

Zanzi se rangea contre un chêne dont l'ombre généreuse couvrirait leurs agapes et, tel un commando, les pêcheurs sautèrent à terre à la queue leu leu.

Sans un mot, tout à la gravité du moment, on se distribua gaules et lignes.

— Il n'y a pas d'épuisette ! s'indigna Mammouth.

— Non...

— Vous entendez, vous autres ? Il n'y a pas d'épuisette ! Monsieur Zanzi croit sans doute que nous allons nous contenter de vairons et de sardines ?

Cette absence d'épuisette porta un grand coup au moral des deux interpellés. Zanzi se racheta en soulignant qu'il n'avait pas oublié la poêle, l'huile et la farine.

Le Duc loupa d'un cheveu l'œil d'Antoine avec un hameçon numéro 13 et, par compensation, se le planta sur le pouce. Quant à Mammouth, il s'enroulait *in extenso* dans des mètres et des mètres de fil. L'habile Zanzi fut le premier à voir sa plume flotter sur l'onde.

Mammouth s'assit, découragé :

— Je n'ai jamais vu, et ce n'est pas d'hier que je pêche, une racine plus con que celle-là ! Il y a au moins deux cent soixante-quatorze nœuds dessus !

Le bouchon d'Antoine vint rider la surface de l'eau. Zanzi poussa le coude de son voisin, lequel lui répondit en ricanant. Ah, ah, eux, au moins, étaient à pied d'œuvre, pendant que les deux incapables s'emberlificotaient que c'en était un plaisir divin...

— J'ai eu une touche, annonça Zanzi.

— Moi aussi, dit aussitôt Antoine, menteur, certes, mais très jaloux.

Mammouth, digne, ôtait ses chaussures :

— Puisque cette buse de Zanzi m'a fourni un matériel aussi défectueux, je vais chercher des écrevisses.

Et, pieds nus, le pantalon retroussé, il s'éloigna dans les clapotis bleus en soulevant des pierres.

Le Duc arriva enfin, la main emmaillotée de bande Velpeau et jeta sa ligne.

— Voilà comme je suis, annonça avec une fausse modestie Zanzi en désignant d'un doigt pompeux un goujon qui frétillait à son hameçon. Sans égards pour les mines consternées de ses compagnons, il balança sa prise dans le seau réservé à cet usage.

L'eau gargouillait de bulles et de plumes au soleil, fantasque armoire à glace des nuages, bruissante de sourires sous le ciel de mai.

Au loin, des barques soutenaient d'immenses chapeaux de paille recouvrant de leur parasol des pêcheurs endormis, et la molle absinthe à l'eau de la rivière s'étalait, comme d'une femme endormie un bras pend hors des couvertures.

— Il n'y a jamais eu un poisson dans ce marigot à la noix, fulmina Le Duc, lorsque Zanzi eut capturé son troisième goujon.

— Moi, le goujon, ça ne m'intéresse pas. J'aime mieux faire le gros, appuya Antoine. Le Duc approuva et les deux garçons épiloguèrent sur le bien mince plaisir qu'il y a à prendre du fretin.

— Oh oh ! souffla Antoine. Le bouchon avait plongé tout net. Le garçon ferra, le scion se courba.

— C'est une baleine ! hoqueta le jeune homme en s'arc-boutant.

Grâce aux conseils de modération de Zanzi, il parvint à sortir de son élément un barbillon d'une demi-livre. Une demi-livre étant un terme de pêche car vue de près, une demi-livre, ce n'est que deux cent cinquante grammes, c'est-à-dire beaucoup moins. Quoi qu'il en soit, Le Duc, écarlate de mauvaise foi, tonitrua que ces asticots ne convenaient point à des exploits retentissants, au contraire du blé, de la pâte ou du chènevis, et qu'il s'en allait chercher des insectes, ce qui serait plus utile à la société que la mort imbécile de poissons squelettiques et vendus à l'ennemi.

Il s'en alla à grandes enjambées pendant que ses deux vainqueurs se congratulaient.

A une heure et demie, ils étalèrent leur butin sur l'herbe : six goujons, deux ablettes, le barbillon et cinq vairons que Zanzi se vantait d'avoir eus avec un seul asticot.

— C'est pas lourd, hein, Zanzi ?

— Faut dire qu'il y en avait plus que ça, dans le temps.

— Il y a sûrement un salaud qui est venu pêcher à la grenade[1]...

— C'est possible, mais je crois plutôt qu'il y a des égouts dans le coin, ce qui fait que, ayant à croûter, ils ne mordent plus[2].

— Bon, en tout cas, on va les vider...

Ils sortirent leurs couteaux et dépecèrent les bêtes. Ils les roulèrent ensuite dans la farine et allumèrent un feu de brindilles.

Mammouth et Le Duc arrivèrent, l'un de la rivière et l'autre de la route.

1. 2. Excuses classiques.

— Rigolade que vos répugnantes bestioles, s'égaya le premier en jetant à leurs pieds une vingtaine d'écrevisses visqueuses et un monceau de pissenlit.

— Quant à moi... commença Le Duc avant d'être interrompu par le sanglot de douleur que poussa Corner, le bec happé par une pince d'écrevisse, qu'il était venu flairer. Antoine le délivra, Mammouth dut, lui, aller repêcher sa fille qui voulait savoir « comment ça fait quand on se noie ».

— Quant à moi, reprit Le Duc lorsque les incidents furent réglés, voilà ce que je rapporte, outre treize cétoines dorées dont j'ai trouvé une mine.

Il déposa sur un journal un joli tas de fraises des bois, un tas de mûres juteuses et trois douzaines de bolets, lesquels se firent traiter de vénéneux par Zanzi. Mais, par trois voix contre une, les champignons furent acquittés. Après quoi, Le Duc et Mammouth tentèrent de minimiser les plaisirs que l'on éprouve à rester les yeux fixés sur un morceau de liège au lieu d'aller s'emplir les bronches de bon air dans les champs et les criques ombreuses.

Comme sonnaient deux heures, tous oublièrent leurs dissensions pour se muer en cordons-bleus. Les écrevisses furent cuites dans une vieille boîte de petits pois trouvée par là. Les deux pêcheurs tinrent à s'occuper en personne de la friture et, en second plan, de la salade, ce qui ressortissait, paraît-il, à leurs attributions puisqu'ils monopolisaient l'huile.

Quant à l'entomologiste, ayant enfilé les bolets sur une baleine de parapluie, il les dorait à la flamme que dégageaient les cubes du jeu de construction de Céleste.

L'on se mit enfin à table pendant que Corner, une

serviette de soleil autour du cou, se régalait du restant d'asticots.

On déplora l'absence totale de bouteilles de vin et l'eau saumâtre de la Juine fut odieuse aux buveurs, surtout lorsque Zanzi crut entrevoir en elle des bactéries du charbon, des bacilles du choléra et quelques pneumocoques.

Pour ajouter à la gaieté ambiante, Antoine fit remarquer que sa fameuse finale de coupe se rapprochait de jour en jour et qu'il n'avait pas le premier sou du billet, les deux cents francs du muguet ayant été déjà convertis en libations diverses. Tous hochèrent la tête. Le vaillant supporter serra les poings et proféra :

— C'est égal, s'il le faut, j'irai jusqu'à dévaliser une bijouterie, pour voir de mes yeux Sariéloubal faire le tour d'honneur.

Ils ne purent qu'approuver cette décision martiale et attaquèrent la friture. Amers, Le Duc et Mammouth firent exprès de s'étrangler avec les arêtes. Zanzi s'exclama tout à coup :

— Oh, mais j'oubliais de vous dire quelque chose ! Le père Mouche n'est pas à Saint-Flebène.

— Sans blague ?

— Eh non, il est parti ce matin, en grand deuil de sa tortue. Il se tire à Orléans où vit la sœur de la défunte. Paraît qu'elle lui ressemble beaucoup et Mouche est prêt à consentir de gros sacrifices financiers, si besoin est, pour s'offrir une Martine n° 2. Autrement dit, on peut retourner voir les filles.

— Ce soir ?

— Ce soir si on veut.

On dansa une gigue qui permit à Mammouth de poser une semelle puissante sur les fraises des bois. Père indigne, il accusa Céleste de ce forfait, sachant bien que Le Duc n'oserait la frapper sauvagement, ce dont il ne se fût gêné à son égard.

— Mais au fait, Céleste, qu'as-tu fait de ton joli jeu de cubes ?

— Sais pas, papa Mammouth.

— Ah la la, les filles, ça perd tout jusqu'à dix-huit ans. Après, elles sont ravies, elles n'ont plus rien à paumer.

Cette algarade réjouit un Le Duc fort aise de s'être vengé par prémonition.

Le repas terminé, ils s'allongèrent tous dans l'herbe, après avoir planté à côté d'eux la pancarte que Zanzi emportait toujours dans ses virées :

SILENCE, ON MORPHE

Ce verbe impératif et dérivé du mot « Morphée » devait, en principe, assurer la tranquillité des dormeurs.

Ils sommeillèrent tous, veillés par Corner qui tournait autour d'eux, prenant son rôle d'ange gardien très au sérieux.

Une péniche glissait sur l'eau, comme un soulier sur un parquet ciré.

Des pétales de fleurs accompagnaient en surface une noce intérieure d'ombles chevaliers et de gardons.

A six heures, la bruyante épouvante de Corner qu'un chat guettait sur la berge éveilla les garçons.

— Six plombes ! cria Antoine, on rentre !

— Oui, oui, opina Mammouth, on a peut-être des chances d'être invités par les copines...

— ... De cheval ! mugit Zanzi tout en rangeant son matériel culinaire.

— Il est possible, conclut Le Duc en essuyant ses

lunettes, que ces douces péripatéticiennes nous retiennent à souper, si nous savons y faire.

Sur cette aimable perspective, chacun réintégra le fourgon et celui-ci reprit la route avec vélocité.

Sur le bas-côté d'une nationale cheminait, un parapluie de coton noir à la main, un charmant vieillard au chef couvert d'un melon guilleret. Cet ancêtre arpentait sa voie d'un trottinement menu qui devait suffire à son bonheur.

— Tu vois ce vioc ? s'émut Mammouth à l'adresse du conducteur.

— Bien sûr que je le vois, il est pas en papier cellophane.

— Bon, freine à sa hauteur.

Docile, Zanzi obéit. Mammouth passa la tête par la portière et interpella le vétéran :

— Pardon, monsieur, vous allez loin, comme ça ?

Le bonhomme tourna vers lui les yeux candides de l'espérance :

— Eh, mon garçon, j'en ai encore pour trois bons kilomètres, en marchant vite.

— Vous voulez monter ?

— Avec plaisir, vous êtes bien brave.

— Vous voulez vraiment monter ?

— Ben, oui...

— Eh bien, montez donc après ce poteau télégraphique !

Zanzi appuya aussitôt sur l'accélérateur.

Le parapluie vengeur du septuagénaire vint heurter la carrosserie.

A l'intérieur du fourgon mortuaire, on se mourait de rire.

La voiture filait à quatre-vingts, au grand étonnement des ruraux qui pensaient eux aussi que « les morts allaient vite ».

A ce train d'enfer, en l'occurrence bien nommé, aucun des occupants ne briguant un strapontin au paradis, le chemin du retour passa aussi vite que passent au soleil les chemises tête-de-nègre. A la réflexion, beaucoup plus vite, les chemises tête-de-nègre résistant malgré tout un moment à la décoloration.

Il devait être sept heures lorsque le fourgon stoppa devant l'habitat des filles Mouche.

Zanzi poussa la porte et tout le monde entra. La salle était vide, le poste de radio jacassait sur une commode.

— Elles sont à l'œuvre, expliqua Le Duc en s'affalant sur une chaise.

Ils jetèrent tous un coup d'œil satisfait au piano abandonné.

Les deux sœurs descendirent bientôt, accompagnées par leurs clients dont l'un était le châtelain de Saint-Flebène et l'autre un Mouillefarine encore tout écarlate.

— Voyez-vous, mon cher Mammouth, décréta le seigneur à l'adresse de son jardinier, le droit de cuissage subsiste encore en quelques endroits !

Cela dit, il attrapa un litre de beaujolais qu'il entama démocratiquement... Mouillefarine prit congé à la hâte, de peur que son épouse ne s'aperçût de son absence. Le comte vida la bouteille sans respirer, jeta avec désinvolture quelques coupures sur la table et courut ronfler dans son carrosse qui n'était à vrai dire qu'une spacieuse caisse à savon montée sur roulettes et tirée par un poney cacochyme.

Les quatre garçons lutinèrent en chœur les deux jumelles. Puis, Le Duc, fourrant ses mains dans ses poches afin de bien souligner le sérieux de ses dires, entama :

— Ma chère Aurore et ma tendre Cornélie, l'heure est grave : nous sommes très jeunes et le plus terrible, à notre âge, c'est-à-dire en pleine croissance, n'est-ce pas la faim, l'affreuse faim aux dents de loup ?

— Vous voulez manger ?

— N'emploie pas, tendre Cornélie, des expressions aussi directes ! Tout comme la police, les chambres correctionnelles et les passages cloutés, la poésie n'est pas faite pour les chiens. Donc, en termes autres que ceux par toi utilisés, il est probable que nous accepterions de vos mains blanches de fées chantantes quelques graines de mil et autant de gouttes de rosée.

Elles se turent, admiratives, devant cet étalage de beau langage. Zanzi, Mammouth et Antoine regardaient le carrelage. Le Duc, lui, trempait avec une feinte indifférence son doigt dans une éclaboussure de vin et le suçait ensuite.

Aurore et Cornélie ne s'y trompèrent pas : ils étaient tous suspendus à leur réponse. Elles s'attendrirent devant le tableau touchant de Céleste (la petite fille faisant vibrer comme des cordes de contrebasse leurs entrailles improductives), du caneton et des quatre dadais sympathiques. Aurore énuméra :

— Harengs à l'huile, purée, boudin, camembert, ça vous va ?

Elles se sentirent soulevées et portées en triomphe. Dans le mouvement, le crâne de Cornélie rencontra une suspension qui, en se décrochant, faillit sonner l'heure des obsèques de Corner. Épouvanté, le canard fonça se blottir dans les arcanes du piano et refusa de s'en extirper.

Mammouth ramassa les débris en convainquant les

deux sœurs que ce lustre était d'un mauvais goût effrayant et qu'il ne comprenait pas très bien comment elles ne l'avaient point fracassé d'elles-mêmes à leur retour de Rome, ville artistique s'il en fut.

Cornélie verrouilla la porte après l'avoir agrémentée d'un écriteau :

Fermé pour cause de vie privée

et se mit à dresser la table, escortée par Antoine qui l'estimait fort depuis qu'elle l'avait battu au petit foot.

— C'est à toi ce caneton ?

— Oui, c'est Corner, mon petit frangin Corner. Si ton père était là, tu le verrais foutre le camp du piano, il n'est pas fou.

— Tu mets les verres ?

— Oui. Tu as de beaux yeux, Cornélie, on dirait que tes cils les bordent d'ailes de mouche...

— Ah, toi, tu sais parler aux femmes...

— C'est pas dur. Dès qu'elles ne comprennent pas, c'est que l'on sait leur parler.

— Méchant ! qu'est-ce que tu prends, comme apéritif ?

— Ce que je prends ? Une pointe de sein entre le pouce et l'index.

— Je crois que tu es intelligent, Antoine. C'est chouette, l'intelligence !

Pour confirmer cette supposition, Antoine se lança dans une apologie de la vocation de Cornélie. Il affirma que l'acte d'amour bénévolement dispensé à des hommes en peine eût dû être le but d'un ordre de religieuses, celles-ci venant ainsi au secours de milliers de défavorisés, d'infirmes et d'abandonnés. Elles eussent, durant le colloque sentimental, glissé des versets bibliques et des crucifix dans les oreilles et les poches du partenaire. Et puis, quelle grandeur, quelle insulte aux préjugés que cette admirable charité ! N'était-ce point cela, le vrai don de soi-même ?

Cornélie en resta bouche bée, s'imaginant déjà en cornette et en soutien-gorge...

— A table ! cria Aurore suivie par Le Duc porteur d'une cuvette débordante de purée.

Zanzi et Mammouth, qui venaient de jouer au 4.21 une option d'après souper sur la possession d'Aurore, coururent s'asseoir devant leur assiette. Cornélie emplit les verres de martini.

Le Duc saisit le sien et le fit tinter contre les lentilles de ses lunettes :

— Ça c'est l'auto-trinquage. Mais je serais le dernier des mufles et l'ultime des goujats si je n'unissais à la célébration de ma santé celle de nos deux adorables hôtesses...

Les deux sœurs inclinèrent la tête avec le sourire idoine aux bonnes compagnies. Mammouth, jaloux des succès mondains de l'entomologiste, se dressa :

— Moi, je bois, en tant que garçon-père, terme équivalent pour mon sexe à l'expression fille-mère, à la louable honnêteté morale d'Aurore et de Cornélie qui ne s'amusèrent pas à faire un enfant à un homme pour lui gâcher sa vie.

Antoine porta un toast au R.C. Pommard et la vision des portes fermées de Colombes lui arracha un sanglot.

C'est alors que Cornélie, se retroussant jusqu'aux cuisses, extirpa de sa jarretière une enveloppe qu'elle tendit au garçon éberlué.

— Hourra ! brailla l'assistance. Cornélie mit un pied mignon sur la table et déclara :

— Hier, mon petit Antoine, tu m'as confié sur l'oreiller *(coup d'œil)* tes épouvantables soucis d'argent et seuls ces soucis pouvaient t'empêcher de mener à bien un idéal dont ces trois buses nous ont parlé avec pas mal de flamme. Aurore et moi-même avons décidé d'être tes bonnes fées. Grâce à nous, le Racing aura dans ses phalanges son plus fidèle supporter. Toute la journée, Aurore et moi, on a augmenté nos tarifs de dix francs. Aux habitués qui s'étonnaient, on disait : « C'est la taxe locale. » Donc, Aurore, vingt-neuf fois dix francs et moi vingt-quatre, ça te fait cinq cent trente francs.

Antoine bredouilla :

— Vous l'avez fait cinquante-trois fois pour moi ?

— Oh, tu sais, c'était la rentrée, ça ne durera pas.

— C'est trop beau... C'est trop...

Bafouillant d'émotion, il serra sur son cœur les deux jumelles, les couvrant de chastes et gras [1] baisers, leur promettant la peau de tous les joueurs du C.M. Haut-Médoc et deux fauteuils d'orchestre dans son cœur. Il les assura même de la bénédiction pourtant hypothétique de sa mère et de la pensée affectueuse de Dabek Sariéloubal qui n'en pouvait mais. Il jura encore à Cornélie qu'elle serait la marraine de son premier enfant et s'écroula sur sa chaise en hoquetant de joie.

Corner que l'animation avait décidé à abandonner le piano vint participer à la gaieté générale. Ses coin-coin intrigués le rappelèrent au souvenir de son maître qui l'étreignit en l'humectant de tant de larmes de bonheur que le caneton en crut déteindre...

Entre deux protestations d'éternelle reconnaissance de l'ex-quincaillier, Cornélie reversa à boire, non sans s'être aperçue que l'air absent de Mammouth laissait

1. De « gratitude ». Le Larousse vous a de ces lacunes !

un peu trop entendre qu'il n'était pour rien dans la soudaine baisse de niveau de la bouteille d'apéritif.

Aurore, après avoir ordonné au Duc de remettre la purée sur le gaz, monta dans sa chambre pour s'y agrémenter de rouge à lèvres. Elle y découvrit Céleste à quatre pattes devant le bidet empli d'eau. La fillette, bouche bée, regardait flotter entre deux bulles de savon un bateau de papier qu'elle avait confectionné avec une page du journal intime de la cadette des filles Mouche.

. . . .

A onze heures, Mammouth était ivre mort, bourré comme une valise à un départ de vacances. Le Duc et Zanzi, après l'avoir ficelé contre un pilier, jouaient aux dames avec les hôtesses. Quant à Antoine, le front barré de rides, il échafaudait sur la toile cirée les combinaisons tactiques qui devaient permettre au R.C. Pommard de s'assurer un avantage de deux buts au cours du premier quart d'heure de jeu.

— A boire ! râla Mammouth. Céleste, outrée de la cruauté des messieurs qui avaient ainsi garrotté son malheureux père au poteau de tortures, colla aux lèvres du signataire de ses jours le goulot d'un litre de vin. Mammouth engloutit le contenu en deux gigantesques gorgées d'une demi-pinte chacune et sombra dans le néant d'une nuit comateuse.

La partie de dames terminée, désireuses de terminer la soirée sur une note plus élevée, les deux jumelles prirent des visages pénétrés très salon littéraire et, pendant qu'Aurore imprimait au Pleyel le rythme guilleret de *La Vague,* célèbre valse d'Olivier Métra mort à Paris, Cornélie compulsait pour les invités respectueux son album d'aquarelles champêtres.

— Il se fait tard, remarqua-t-elle ensuite en bâillant.

Sachant vivre, Antoine, Le Duc et Zanzi ne s'attardèrent que le laps de temps nécessaire à l'assèchement absolu d'un flacon d'armagnac oublié sur une étagère. Ensuite, ils déficelèrent Mammouth qui glissa sur le plancher comme la chaussette séchante soudain privée de pince à linge. Ils décidèrent de laisser là Céleste endormie sur le canapé et, se courbant, baisèrent les mains des jeunes filles de la maison.

— Charmant, charmant.

— Très bien, très bien.

— Merci, merci encore.

Pour abréger la litanie de remerciements qu'allait une fois de plus égrener le jeune Peyralout, Le Duc poussa ses camarades dans la rue et, après toute une série grand siècle de ronds de mollet, les rejoignit non sans s'être livré à un dernier « pouët-pouët » sur le sein droit de Cornélie.

Cette nuit du premier au deux mai méritait bien son nom : elle était la clef des songes fourrée dans la serrure du printemps. Elle bruissait d'aveux câlins, d'eau sous les ponts de bois, de murmures de fleurs rêveuses et tous les grillons de la terre se frottaient en musique les mains, tout fiers d'avoir choisi pour vivre la plus belle des saisons.

Au loin, là-bas, des groupes de noctambules saint-flebénois chantaient encore la joie de ne rien faire, allongés autour de petits feux allumés sur les places. Et leur chant folklorique parlait, rauque, de futailles mises en perce les soirs de Noël pendant que brûlent dans les poêles, à côté des édredons tout chauds d'amour, les discours politiques et tous les fusils de guerre en usage sur la planète.

— Cré nom, j' vais pas plus loin ! proféra Mammouth après un haut-le-corps vineux qui secoua toute sa dépouille mortelle. Il s'assit d'une pièce sur une borne.

Les trois autres, échauffés par l'armagnac et d'ailleurs par les diverses boissons alcoolisées qui avaient mis Mammouth dans ce lamentable état, abusèrent du fait qu'il était ivre et non eux, ce qui eût pu tout aussi bien leur arriver, tout dépendant des jours et des caprices de l'organisme. Ils inventèrent une farce pendable, mais qui les fit tant rire qu'elle était peut-être drôle, après tout.

Zanzi et Le Duc empoignèrent le poivrot sous les bras, soi-disant pour le soutenir. Antoine, profitant des ténèbres, ramassa un pavé, distança le groupe, déposa son fardeau et attendit.

Guidé par ses deux secourables amis, Mammouth vint heurter la pierre et s'effondra en jurant d'une voix mourante :

— Cré nom !

On le releva, Antoine reprit le pavé, courut le placer quelques mètres plus loin. Mammouth, à nouveau dirigé sur l'obstacle, décrivit un soleil et se réceptionna sur le menton en beuglant un second « Cré nom ! »

Remis debout, il rencontra une minute plus tard cet éternel pavé qu'Antoine transportait non sans fatigue mais avec quel plaisir, sa peine s'estimant payée par les vociférations de la victime. Cette fois, Mammouth refusa de se laisser remettre sur ses pieds. Zanzi supplia :

— Voyons, Mammouth, il est l'heure de rentrer chez toi, ne complique pas notre tâche...

— Tâche purement humanitaire... souligna Le Duc.

Mammouth les embrassa tous d'un coup d'œil

reconnaissant. Puis, ravalant une salive fleurant bon le triple sec, il hoqueta son chagrin.

— J'ai pas l' courage, les potes ! J' tombe tout l' temps. Y a des pavés partout. Putains de cantonniers ! Y a qu'en France qu'on voit des routes pareilles ! Rien qu' des virages et des dolmens sur les chemins ! Où qu'est Céleste ?

— Chez les Mouche.

— C'est pas possible ! Elles sont braves, les filles Mouche, mais enfin, c'est pas des fréquentations pour une fille sérieuse et j' vous jure qu'elle est sérieuse, ma fille !

Les trois fourbes le reconnurent très volontiers, consolèrent le malheureux père du mieux qu'ils purent et le replacèrent à la verticale.

Antoine s'élança pour lui jeter le pavé devant les pieds.

Mammouth ne le loupa point et s'écroula une nouvelle fois, tout en s'excusant d'attarder de la sorte ses fidèles accompagnateurs.

Les quinze cents mètres les séparant encore du château d'eau où Mammouth avait élu domicile furent émaillés de trente poses de pavé, d'autant de plongeons et de « Cré nom ! » de plus en plus résignés.

Le Duc jeta le malheureux sur son dos puissant et gravit avec lui l'échelle de corde. Quinze secondes plus tard, il sautait à pieds joints sur la meule de foin. Zanzi interrogea :

— Il est couché ?

— Il ronfle !

Alors, les trois bougres se tapèrent sur les cuisses (ce qui ne dérangea guère Corner endormi sous le maillot de corps de son maître) et s'égayèrent si fort que la lune épeurée s'enfouit sous un nuage :

— Sacré Mammouth ! Ce qu'il a pu nous faire rire !

Ils s'éloignèrent en se tenant les côtes.

Rencontrant le pavé, Le Duc s'abattit dans une plantation de chardons et se démit un pouce.

Du coup, Antoine et Zanzi décrétèrent qu'ils n'avaient jamais tant ri.

27

Popeline tricotait, allongée sur sa chaise longue. A deux pas d'elle, Antoine, assis sur les marches de l'escalier, sortit son portefeuille pour la cinquante-septième fois de la journée. Et ses yeux rencontrèrent encore avec une tendresse ineffable un carré de papier bleu où s'étalaient ces quelques mots qu'il savait par cœur depuis deux jours :

— Fédération Française de Football — N° 1323 — Coupe de France — Finale — Dimanche 8 mai, 15 h, Stade de Colombes — Tribune Marathon — Division 20 — 16e rang — Place n° 31 — Prix : 400 francs (Taxes et timbres compris).

Son cœur se remit à battre à gros bouillons. Enfin, c'était fini. Il l'avait, le billet magique, le Sésame de Colombes !

L'avant-dernière nuit, il l'avait passée, emmitouflé dans le manteau de lapin de Popeline, car les nuitées de mai sont fraîches, avenue de l'Opéra, où une queue de deux cents mètres s'étalait devant le bureau de location qui n'ouvrait d'ailleurs qu'à neuf heures du matin. Pendant douze heures, il s'était tenu contre les barrières de bois, immobile, muet comme les saints, écoutant les commentaires sur le match du siècle, photographiant d'un œil haineux les supporters du C.M. Haut-Médoc, reconnaissables à leur insigne jaune pipi, se promettant d'apprendre à conduire plus tard afin de pouvoir les écraser sans coup férir, buvant du lait lorsque l'un d'eux exhalait sa peur bleue du divin Sariéloubal, couvant de l'œil les partisans bourguignons dont la cravate bleu ciel et blanc s'ornait de la fourmi fétiche brodée en coton rouge, et battant une semelle geignante de froid. Tout autour de lui, c'était la menace de ce Paris si grand qu'il voyait pour la première fois. L'Opéra lui semblait dix fois plus majestueux que la pyramide de Chéops et tous les feux rouges et verts de la signalisation lui semblaient autant d'étoiles d'un ciel tout autre que celui de Vauxbrelles...

Et puis, ç'avait été la ruée sauvage dans le bureau de location. Perché, il n'avait jamais su comment, sur les épaules d'un boucher herculéen, il avait été projeté, pieds en avant, dans le judas d'un vendeur de la fédération, s'était emparé d'un billet, s'était fait ramasser ses quatre cents francs, à croire qu'on les avait sortis de sa poche, et s'était retrouvé sur le trottoir, ensoleillé à présent, de l'avenue, les bras hors des manches du manteau, une chaussure à la main et son billet froissé dans l'autre.

Et là, à l'abri des envieux, assis sur l'escalier de la petite maison de la rue de l'Orme-Sainte-Minouche, il contemplait son miraculeux carré de papier bleu. Un délire de joie lui bourdonna aux oreilles. Sautant à pieds joints, poussant des braillements stridents, il grimpa au cerisier et s'y balança, suspendu par les talons à la branche maîtresse.

Popeline haussa les épaules et compta ses mailles.

— Hou, hou, Popeline !

— Vingt-cinq, vingt-six, quoi ?

— Je suis heureux ! Je vous aime ! Allez Racing ! Hourra la vie !

— Ah, dites-moi... Quel genre de suicide choisissez-vous si votre équipe est battue ?

Les jambes d'Antoine, coupées par cette diabolique supposition, flageolèrent. Ce qui, dans la position acrobatique de leur propriétaire, était contre-indiqué. Antoine tomba comme un fil à plomb et se reçut par miracle sur les deux mains, dans un tas de fumier que la mère Coque avait amené là.

Se relevant d'un bond, il se planta devant Popeline et rugit :

— Pommard ne perdra pas pour une bonne raison !

— Laquelle ?

— Nous vaincrons parce que nous sommes les plus forts !

Sur cette réminiscence antique, il se dirigea vers la tonnelle. Augustine s'y tenait toujours, reprenant là son potentiel nerveux si bien dilapidé sur les routes. Popeline avait semé des marguerites dans le coffre qu'elle avait empli de terreau. Cette audacieuse initiative n'avait été tolérée par Antoine que pour se faire pardonner les baisers volés à la baignade. Le garçon soupira devant son fier coursier transformé en pot de fleurs. La roue, voilée lors de l'arrivée à Saint-Flebène, avait été réparée par Zanzi. Bientôt, la vaillante Augustine reprendrait l'aventure... Antoine projetait, après la finale, d'aller travailler chez son oncle Gustave, éleveur de chiens à Rouen. Certes, il avait très peur des chiens, mais il pourrait peut-être inciter l'oncle à créer un haras de cochons d'Inde...

Il passa la matinée à confectionner une hampe sculptée au drapeau du R.C.P., don des Amis de la

Belote et du 4.21 réunis. Popeline, bonne fille, œuvrait depuis la veille sur une paire de socquettes aux couleurs du club. Le pavillon entier, révolutionné par l'événement proche, était en proie aux fièvres des préparatifs. Sur le lit d'Antoine, une panoplie d'instruments tintamarresques attendait le grand jour. Il y avait là deux mirlitons, la cloche de la grille d'entrée, une crécelle énorme, un clairon emprunté à l'orphéon municipal et un revolver à bouchons. Le supporter n° 1 était prêt.

Corner, pensif, arpentait les allées, pressentant le grandiose ambiant.

— Voilà le drapeau ! s'écria Antoine en claquant des talons. La fumée des haricots en train de cuire lui donnait un aspect d'archange figé sur un nuage.

— Je le bénis, dit Popeline en embrassant l'étoffe.

Antoine soupira, indifférent aux *lèvres* posées sur son oriflamme :

— Demain quinze heures, coup d'envoi... Nous saurons donc demain soir s'il y a encore une justice sur cette terre...

Obnubilé par l'unique pensée du bolide qu'expédierait l'avant centre Delatouche dans le coin droit des buts du Haut-Médoc, il décocha un shoot terrible.

La pelote de laine de la pauvre Popeline s'envola, boule de neige, par-dessus la maison.

28

Lorsque le jour se leva, tous les éphémérides se retrouvèrent à la date du 8 mai.

Antoine enfila en tremblant ses socquettes bleu ciel et blanc. Pour qu'il se souvînt d'une émotion semblable, il devait remonter à sa première communion et à l'angoisse qui l'avait étreint lorsque son père lui avait tendu avec pompe une paire de souliers vernis trop étroits en disant :

— Tiens, mon fils, j'ai reçu Dieu en moi les pieds dans ces chaussures. Je les ai conservées pieusement pour toi.

Ces paroles patriarcales lui avaient plus tard fait mesurer la grandeur morale des saintes ampoules qui lui avaient truffé les pieds.

Aujourd'hui, il se préparait comme l'on part en guerre, serein mais les tempes moites malgré tout. Il se ragaillardit en grondant :

— Ce soir, on pleurera sur toute la longueur de la Gironde !

Il rangea dans le cabas prêté par sa voisine les deux mirlitons, la cloche, la crécelle, le clairon et le pistolet. Il glissa à l'intérieur d'une housse à cannes à pêche son drapeau et sortit.

Un pâle soleil commençait à luire. « Celui d'Austerlitz », murmura Antoine, l'estomac serré.

Rien ne bougeait dans Saint-Flebène. Il était à peine sept heures.

Antoine déposa ses bagages sur la chaise longue, alluma un mégot et se mit à marcher tout autour du jardin.

Il était seul, tel Jésus au Mont des Oliviers, ruminant son idéal à l'instar des chevaliers de jadis lors de la veillée d'armes.

Des vers blancs rampaient entre les mottes. Des oiseaux remuaient dans le cerisier. La trompe du laitier couinait au loin.

— Me voici parvenu au tournant de mon existence. J'ai sacrifié ma belle jeunesse à l'admiration d'une douzaine d'hommes qui ont été et sont encore mes maîtres à penser. Qu'adviendra-t-il de mon âme si, par malheur, ils viennent à me décevoir ? Ce sont les poètes de l'herbe, les ballerines masculines du ballon rond, seront-ils cet après-midi les toreros éclaboussés de lumière du plus beau jour de ma vie ?

Seul un coup de klaxon put tirer le jeune Peyralout de ses sommets philosophiques.

Zanzi descendit d'une Viva grand sport arrêtée devant la grille.

— Confiant, Antoine ? dit-il en lui pressant avec onction les deux mains.

Antoine le regarda dans les yeux :

— Ça sera dur, murmura-t-il.

L'autre lui tapa dans le dos et lui affirma qu'il était prêt à parier ses attributs virils sur les chances du R.C.P. Cette audacieuse marque de confiance grandit encore le moral du supporter.

— Tous les copains t'attendent chez Mouillefarine pour te souhaiter bonne chance.

— J'irai, dit Antoine, puis il appela Popeline.

Elle apparut en peignoir à sa fenêtre.

— Voilà, douce Popeline, je pars à la conquête de la Toison d'Or. Je vous confie Corner. Cet innocent a l'esprit en paix et le cœur léger, lui.

— Entendu. Je vous fais tous mes vœux de bonheur !

Elle fit mieux et, dégringolant les marches, vint poser sur le front du jeune homme un baiser chaste qu'il reçut un genou en terre, comme les paladins.

— Merci, Popeline, nous gagnerons pour l'amour de vous, de la Bourgogne et du standing humain.

— Allez en paix, j'écouterai le match à la radio.

Antoine prit le cabas et la précieuse housse puis sortit sans se retourner, accompagné par le fidèle Zanzi.

Avant de monter dans la voiture, il s'assura une dernière fois de la présence de son billet et cria : « A Dieu vat ! »

Zanzi, respectant le silence lourd d'espoir de son compagnon, mit le moteur en route.

Deux minutes plus tard, la Viva grand sport freinait devant le café-hôtel-pension de famille.

Sur le pas de la porte, Mouillefarine, Le Duc, Mammouth, Aurore et Cornélie braillèrent :

— Gloire à Pommard !

Antoine salua des deux bras, sensible à l'ovation.

Mammouth courut ouvrir la portière, non par obséquiosité, mû par la seule estime que tous vouaient à l'énergique aventurier touchant enfin au but. Conscient de tout cela, Antoine descendit, serra les mains des alentours et fila droit au zinc, suivi sans sourciller par ses amis. Dès que Mouillefarine eut, en grande pompe, décacheté une bouteille de Pommard, attention saluée de sifflets admiratifs, Antoine s'écria, la larme à l'œil et le verre brandi :

— Merci à vous de m'accompagner, vieux camarades, ne fût-ce que quelques mètres sur la dure route des honneurs ! Vos encouragements tacites et affectueux, je les multiplierai par dix, grâce à l'imminent survoltage de mes cordes vocales ! Encore merci à vous, Aurore et Cornélie ! Ce billet, là, dans ma poche, né de vos sueurs conjuguées, c'est à elles que je le dois, je le sais, et croyez bien que celles (de sueurs) qui sourdront des pores des joueurs bourguignons cet après-midi se joindront aux vôtres en mon âme !

On applaudit. Aurore remit sa croix d'argent au supporter en guise de talisman. D'un coup de dents, Cornélie se mutila d'une mèche de cheveux. Mouillefarine apporta un ridicule morceau de ficelle de pâtissier en soutenant qu'il s'agissait d'un bout de corde de pendu. Le Duc et Mammouth, eux, offrirent à tout hasard une sauterelle et un bouton-d'or.

— Ça porte peut-être bonheur, après tout, expliqua Le Duc, il y a pas de raison.

Zanzi, plus pratique, se contenta de payer une tournée. Puis, s'adressant à Antoine :

— Dis donc, faut partir. Je dois être rentré pour dix plombes.

L'interpellé se lança dans une série d'effusions, caressa les seins des femmes sous le fallacieux prétexte que toucher une bosse était bon signe, embrassa tout le monde, y compris Mouillefarine, hurla un « Allez Racing » qui fit choir du plafond quelques aérolithes de plâtre et monta au côté du chauffeur.

Le bruit du moteur l'empêchant de l'ouïr, il lut sur

les dix lèvres arrondies des cinq Saint-Flebénois le bénéfique mot auquel la bataille de Waterloo doit d'être entrée dans la légende.

Enfin, le quintette de mouchoirs agités disparut au tournant.

— Je ne reviendrai plus ici que mort ou vif, songea Antoine braquant des yeux si effrontés sur le soleil que l'astre du jour en rougit.

....

Les peuples heureux, dit-on, n'ont pas d'histoires. Donc, ce voyage Saint-Flebène-Paris fut un peuple heureux. C.Q.F.D.

....

— Voilà, dit Zanzi, en arrêtant la voiture après la place de la Concorde, puisque tu as le temps et que tu veux aller voir le Soldat inconnu avant de mourir toi-même, tu vas remonter jusqu'au bout de cette avenue-là. C'est les Champs-Élysées.

— Les Champs-Élysées... s'extasia Antoine qui reprit avec émotion :

— Alors, c'est là qu'il y a les défilés du 11 novembre ? C'est là que les vidangeuses ont pas le droit de passer ? C'est là que le bey de Tunis, le sultan du Maroc et tous les autres viennent ranimer la flamme ?

— C'est là aussi qu'il y a les plus belles filles de Paris.

Cette affirmation ne toucha guère Antoine, bouleversé par la grandeur de la nation. Il s'extirpa de la Viva grand sport, prit son cabas à la main, jeta la housse sur son épaule.

— Tu as de quoi déjeuner ? s'inquiéta Zanzi.

— Tout est prévu. J'ai deux sandwiches aux rillettes. J'irai les becqueter sur les bords de la Seine.

— Eh bien, mon cher Antoine, je te salue...

— Moi aussi. Merci, Zanzi...

— On écoutera tous le match chez Mouillefarine.

Ils se regardèrent avec affection. D'ici quelques secondes, le jeune Peyralout resterait seul avec son destin...

Ils se serrèrent la main. Zanzi lui fit un coup d'œil complice, débraya, passa en première, vira... Antoine vit encore le petit feu malin du clignoteur lui adresser des signes amicaux et puis tout disparut.

C'était la classique matinée du printemps à Paris-quartier chic. L'avenue, jusqu'au Rond-Point, n'était qu'un square de soleil où circulaient des belles en robe légère, tirant derrière leurs hauts talons des pékinois ou des caniches abrutis de pedigrees. Sur les chaises, autour des kiosques et des étals de ballons rouges, étaient écroulés des élégants dont les foulards de chez Hermès moussaient autour du cou comme des bocks de bière ; de vieux messieurs, la légion d'honneur frétillante, alternaient leurs regards selon un cérémonial de bon ton : un mollet, trois lignes du *Figaro,* une taille de guêpe, une bribe d'éditorial... Le bouquet des sourires, dispersé en autant de fleurs vives, marchait en éventail vers l'Arc de triomphe...

Antoine, intimidé, se repeigna, saliva sur ses mains pour en raviver la blancheur et emboîta le pas à un âne qui trimbalait sur son dos un moutard vociférant.

La quantité de voitures allant et venant, comme une marée fantasque à la fois montante et descendante, angoissait le provincial habitué, à Vauxbrelles, au passage jovial de la camionnette du boucher, de celle de l'épicier, de la traction du maire et de l'antique Amilcar du curé, ces quatre engins suffisant à la mort prématurée de quelques poulets annuels.

Ce fut bien pis lorsque passé le Rond-Point des autos

dissidentes se mirent à rouler sans vergogne sur les trottoirs pour se ranger, rejetant Antoine sur les graviers. Le garçon, méfiant, rasa désormais les vitrines, s'attardant à chacune d'elles tant elles lui semblaient affolantes de luxe et belles sous leurs parures de papillons-étiquettes de prix fous. Tout lui était enchantement, tout lui était merveilles, les cinémas en stuc, les magasins de disques, de liqueurs, de modes, de fanfreluches, les bijouteries et les grands cafés où « café crème » était écrit en anglais.

— Si Lafrezique, Marie-Fraise, P'tit-Mec, Mosquito et le reste me voyaient là, ils regretteraient d'être nés ! jubila-t-il, s'imaginant plus tard, racontant la ville lumière aux paysans béats du Thermomètre.

Il atteignit ainsi en badaudant la place de l'Étoile.

C'était l'enfer tournant autour de l'Arc, ces centaines de voitures amalgamées en pleine vitesse, parechocs contre pare-chocs, filant dans tous les sens, suivant les règles mystérieuses d'un code de la route en caractères chinois sans doute puisqu'elles se fonçaient sous le nez, s'arrêtaient sans raison apparente, redémarraient, bourrées d'êtres humains l'insulte aux lèvres, disparaissant au sein des avenues adjacentes, mais remplacées aussitôt par d'autres, ainsi la vague neuve se troque à la lame épuisée...

Antoine aperçut, là-bas, des spectateurs admirant la flamme.

— S'ils y sont, grommela-t-il, c'est qu'ils ont pu passer entre les bagnoles. J'admets que, parisiens, ils aient un certain entraînement, mais je dois y parvenir si j'en crois ma vie aventureuse.

Il s'élança donc. Une Cadillac le frôla en miaulant et, à la vue d'une Oldsmobile pointant sur lui à 60 à l'heure, Antoine rebroussa chemin en courant, les cheveux hérissés et poursuivi jusqu'au trottoir par une Simca patibulaire.

— Ne nous affolons pas, murmura-t-il en s'épongeant les tempes, et réfléchissons. Il est possible que ces gars qui font cercle autour du Soldat inconnu au bataillon soient là depuis l'aurore et restent là-bas jusqu'à minuit. Mais un Bourguignon comme moi ne peut se montrer pusillanime. Il est certain que Sariéloubal traverserait cette place les deux mains dans les poches et le sourire aux lèvres.

Ce rappel opportun de son héros décida Antoine à tenter une seconde percée. Avisant une faille dans la file des voitures, il s'y précipita tête baissée. A mi-course, il fut coincé par l'habile manœuvre d'une 402 affamée qui était venue grignoter l'aile d'une Delahaye. Les conducteurs respectifs s'empressèrent de se traiter d'ordures, de sodomites et de dégénérés. Cinquante voitures accourant de droite et autant de la gauche s'immobilisèrent en d'horribles crissements de freins et de stridences de klaxons.

Antoine ferma les yeux, demanda pardon à Dieu d'avoir parfois blasphémé son saint nom et, comme les noyés, revécut sa vie en quelques secondes.

Des coups de sifflet lui firent lever une tête épeurée.

Sur l'avenue, un agent lui intimait sans ambages de venir à lui.

Antoine frissonna, enjamba une Rovin, évita le coup de vent d'une Jeep, esquiva le capot meurtrier d'une Dodge en folie et, les jambes molles, la chemise trempée, se dirigea tête basse vers l'agent.

C'est alors que celui-ci, levant son bâton blanc, le lâcha. Le bâton décrivit une gracieuse pirouette dans l'air printanier, roula sur la chaussée, disparut sous un flot de voitures. Désemparé, rouge de honte et bafouillant de rage, le gardien de la paix, à quatre pattes, tentait de récupérer son signe extérieur d'autorité, rentrant les fesses au passage des autos livrées à elles-mêmes, rattrapant son képi qu'avait aplati un chauffeur anarchiste, rampant sur la plus belle artère de France, les mains et les genoux remuant la poussière.

Des attroupements hilares encombrèrent les trottoirs à la vue de ce bâton jeté d'une roue à l'autre et de ce flic jouant à l'Indien sioux en pleine avenue parisienne.

— L'aura, l'aura pas !

— Il va l'avoir !

— Non, regardez bien la Citroën qui se ramène !

— Elle roule dessus !

— Bravo la Citroën ! L'agent, un plongeon et tu l'as !

— L'agent, un plongeon ! L'agent, un plongeon !

Enfin, le représentant de l'ordre se redressa, le bâton à la main, cinglant la foule en joie d'un regard si cruel que tout le monde s'égailla en pressant sur son cœur ses papiers d'identité.

Antoine n'avait pas attendu ce dénouement pour s'éloigner à toutes jambes, trop content d'échapper à l'ire de son interpellateur. Il se retourna vers l'Arc de triomphe et, contemplant les privilégiés qui circulaient sous l'arcade glorieuse, comprit que *ces veinards avaient été parachutés.*

Il ajouta encore à la lointaine vue des gerbes recouvrant le tombeau :

— C'est égal, s'il y avait un soldat inconnu à Vauxbrelles, le commerce de ma fleuriste marcherait dix fois mieux...

Une horde d'anciens combattants, drapeaux et musiquette en avant, remontaient les Champs-Élysées pour aller donner du feu à leur malheureux pote. Le regard d'Antoine les abandonna pour se poser machinalement sur une Buick stationnant sur le bas-côté.

Le garçon sursauta, relut trois fois le numéro 5963, ce numéro qu'il n'avait jamais oublié. Il réprima une envie folle de sauter en l'air. Il était devant la voiture, sortie du rêve et de la nuit, la voiture même de Holiday Thompson. *Le songe creux d'il y a quinze jours n'avait jamais été un songe !*

La Buick était vide. Antoine en fit le tour, ouvrit une portière.

— C'est bien d'elle, soupira-t-il, tout attendri, elle n'a pas peur de se faire voler. Et si je m'asseyais là, quelle tête ferait-elle en me voyant sur la banquette, elle qui m'aimait tant ?

Il s'introduisit sans vergogne dans l'automobile et se cala sur les coussins, ces mêmes coussins qui... ah, ah !...

Il sourit aux anges et commença à toiser du haut de sa colline de dollars les piétons qui se limaient la semelle des souliers, incapables de se payer une Buick dernier modèle.

— Elle doit être au coiffeur, ou chez la manucure. Elle sentira bon, comme l'autre fois. Nous irons manger à la Tour d'Argent. Nous prendrons un cabinet particulier et là, comme sur ces coussins...

Il mit en marche le poste de radio, alluma un très long mégot trouvé dans le cendrier. Ce bout de cigarette avait été rougi par *ses* lèvres, et la fumée blonde évoquait au garçon des tas de choses blondes qui furent siennes voilà deux semaines...

La portière s'ouvrit d'un coup sec.

Un homme d'une quarantaine d'années haussa les sourcils devant les yeux effarés d'Antoine.

Le nouveau venu, il ne pouvait en douter au souvenir de la photo que lui avait montrée Holiday, c'était M. Thompson.

Une main pleine de doigts empoigna le garçon à l'épaule et le souleva comme un petit pois. Une voix rugit :

— Qu'est-ce que vous faites là ?

L'accent prononcé du personnage finit d'épouvanter Antoine qui faillit s'évanouir. Il hoqueta une si blême excuse que le mari, bandant ses muscles, le tira avec une telle force que le malheureux ailier droit du C.A. Vauxbrelles s'écroula sur les pavés de bois.

L'Américain le releva d'une pichenette, le retourna d'une chiquenaude et le propulsa en avant d'un coup de pied à crever les filets tout en braillant :

— Allez, dehors, petit voleur !

Antoine prit les jambes à son cou et eut tôt fait, fendant l'air et la foule, de se retrouver au pont de l'Alma.

Sur le quai, il retira sa chemise, la tordit longuement et ne la remit qu'après en avoir extrait une chopine de sueur. Il s'étendit ensuite sur le sol pour reprendre haleine et souffla d'une voix éteinte :

— La France aux Français !

A bout de forces, il sommeilla un long moment sur l'herbe rare éparse entre les pavés. Les métros aériens défilaient à l'horizon, gamins, renvoyant le soleil dans les yeux de Paris.

Lorsqu'il s'éveilla, Antoine constata qu'il était midi passé. Il passa un quart d'heure à contempler, la bouche ouverte à l'avaler, la tour Eiffel toute proche. Il dévora ses sandwiches, dévisageant le monument avec tout le respect dû à sa haute taille et à sa renommée.

— Quand je dirai ça à Suce-la-Glace, à Jojo, à Pierrot et aux autres, ils n'oseront plus me tutoyer! glousssa-t-il.

Il regarda le fameux zouave qui avait bu la tasse en 1910 et avala sa dernière bouchée de pain. Celle-ci passa avec difficulté, ne recevant aucun secours liquide...

Le garçon se leva, cracha sur la Seine et, dardant le ciel bleu, gronda :

— Et maintenant, à Colombes!

Il eut grand mal à trouver un autobus pour Saint-Lazare, les Parisiens ne sachant rien de ces questions futiles, se contentant de couver les chevilles et les palpitantes poitrines enrobées de gazes légères qu'exhibaient ce jour-là leurs compatriotes du beau sexe.

Une fois monté dans le bus, Antoine s'assit face à un vieux bonhomme d'apparence inoffensive.

Mais son vis-à-vis ne tarda pas à attirer son attention. C'était un vieillard des plus cacochymes et pour le moins tuberculeux. Il commença par tousser d'une façon telle que le véhicule utilitaire en ressentit les soubresauts. Chaque quinte fermait les yeux vitreux déjà du malheureux.

Le receveur ayant réclamé quatre tickets au moribond, Antoine songea qu'on eût pu lui faire la grâce d'un prix forfaitaire, puisqu'il serait à coup sûr décédé avant le terminus.

Le garçon n'eut pas à connaître l'épilogue de cette destinée, l'autobus stoppant enfin à Saint-Lazare.

Tout de suite, ce fut l'ambiance. Une foule pressée escaladait au pas de course l'escalier principal. D'elle parfois émergeait une bannière haut levée du R. C. P. ou des supporters de Médoc. Des cris montaient entrecoupés de rires et d'insultes. Un type habillé en ours blanc (animal fétiche des Girondins) se taillait un beau succès. Quelques trompettes couinaient déjà. Deux filles et deux garçons passèrent en flèche en criant « Allez Racing ! » Antoine, le cœur serré à bloc, sortit le drapeau de sa housse. Cette orgueilleuse oriflamme allait ainsi le désigner au mépris de l'ennemi, mais les Peyralout, de père en fils, avaient eu le courage de leurs opinions.

Il s'élança vers l'escalier et le gravit à toute allure. En entrant dans la salle des Pas-Perdus, il fit un bond de conquérant, les poings crispés sur son emblème, prêt à se battre pour la plus noble des causes.

Des employés de la S.N.C.F. hurlaient sans interruption :

— Saint-Lazare-Le Stade en voiture ! Saint-Lazare-Le Stade ! Saint-Lazare...

Une quinzaine de types, porteurs de l'insigne du R. C. P. représentant la fourmi, entourèrent Antoine et lui tapèrent sur l'épaule. Il leur confia son drapeau en toute quiétude, déjà grisé par tout ce bruit, et fila prendre son billet.

Lorsqu'il revint au groupe ami, une bande louche d'adversaires ricanait en passant :

— Dans l' cul, l' Racing ! Dans l' cul, l' Racing ! dans l' cul !

Les Bourguignons ripostaient en braillant :

— A mort Médoc ! A mort Médoc ! A mort !

Toutes litanies égrenées sur l'air sauvage des lampions.

Antoine sortit son clairon du cabas et sonna la charge.

Ravis, ses alliés le portèrent en triomphe et se

dirigèrent vers le train en hurlant que le vin de Médoc n'était que du pissat de chimpanzé galeux.

Dans l'enthousiasme, ils en oublièrent, avant d'envahir le compartiment, de rabaisser leur porte-étendard et le crâne d'Antoine rencontra la tôle du wagon.

29

Pendant que le train emmenait Antoine et sa bosse toute fraîche vers le stade de Colombes où les attendait leur destin, que se passait-il dans le monde pour l'instant révolu du roi des supporters ?

D'abord, à Vauxbrelles, où la jeunesse de la ville chantait en ce glorieux jour du 8 mai des hymnes patriotiques parce que folkloriques, régnait à l'intérieur de la cave-siège de l'Amicale des Amis de la Belote et du 4.21 réunis l'animation des plus grandes heures de l'histoire de l'association.

Une telle fébrilité n'avait été connue entre ces quatre murs qu'une seule fois, l'après-midi de l'octobre dernier où Lafrezique avait reçu à son nom une barrique de beaujolais gagnée par inadvertance à une tombola.

Aujourd'hui, les membres actifs se dominaient corps et âme à une tâche délicate : installer la T.S.F. dans la cave. Tous multipliaient sans mot dire ni maudire les ligatures de fils électriques. Pierrot, fin bricoleur, érigeait une antenne. L'Amicale voulait ouïr dans son fief le compte rendu du match, estimant ainsi rendre un hommage indirect à son président temporaire, le brave des braves, le fabuleux Antoine dont une carte postale ainsi libellée : « Comme disait MacArthur à Pearl Harbor, je reviendrai ! » était collée sous le portrait en pied et fleuri d'aubépines du grand Sariéloubal.

— Le pinard est prévu ? s'inquiéta soudain Lafrezique, en démolissant avec une patience de rongeur un haut-parleur en bon état.

— Quinze litres, deux pelures d'oignon, et deux mousseux.

Cette déclaration consolante du sommelier Mosquito apaisa les esprits.

— Qu'est-ce qu'on va se mettre, pour fêter la victoire ! jubila Suce-la-Glace.

— Et si on perd ?

Cette anonyme supposition ranima l'angoisse dans la vaillante phalange.

Le sage Pierrot trancha :

— En ce cas, peu probable d'ailleurs, on boira également le tout pour se consoler.

Puisque, de toute façon, l'ivresse était inévitable, les Bourguignons fredonnèrent avec entrain la chanson du Racing.

P'tit-Mec soupira toutefois :

— Ce veinard d'Antoine...

— Vive Antoine ! hurlèrent-ils, le tournevis brandi comme des épées féodales. Cette célébration fut interrompue par un incident technique : avec un cri affreux, Jojo venait de s'écrouler dans la cuve à mégots, quasi électrocuté.

Pendant que Suce-la-Glace et Mosquito le ranimaient peu à peu par des tractions de langue, Pierrot hocha la tête avec satisfaction et grommela :

— Très bien, très bien, y a du bon, ça prouve que le courant arrive...

A Vauxbrelles toujours, M. et Mme Peyralout sirotaient le café dans la salle à manger des amis Godafroid. Marceline, en allant chercher les cerises à l'eau-de-vie, hoqueta d'une voix trempée de tristesse :

— Il est à ce maudit match, aujourd'hui, mon Antoine...

Le père Peyralout répandit, de rage, son breuvage sur ses manchettes amidonnées, et, le poing ébranlant à tout coup la table de chêne de ses hôtes, fulmina :

— Le bandit ! Je le déshériterai ! Si jamais il revient je le fous dans une maison de correction !

— Mais je l'aime toujours, monsieur Peyralout...

Cette plainte de biche remua les tripes des Godafroid. Ils tentèrent d'expliquer à leur rejetonne que, la finale terminée, son fiancé volage reviendrait, ferait amende honorable et s'inclinerait pour la vie devant les volontés de son père.

Mme Peyralout, elle, reniflait son rhume des foins et le parfum de l'aventure vécue par son fils, romantique comme elle et les aviateurs Don Juan et pour le moins Guynemer des romans feuilletons...

Popeline relut, après l'avoir extirpé de son corsage à cœur battant, le télégramme reçu peu après le départ de son voisin :

— J'ARRIVE — LÉON — PLV

Elle replia le papier et courut sauver ses pois de senteur que l'attaque brusquée de Corner mettait en danger de mort.

A part cela, il ne se passait rien et le train arriva à Colombes.

30

Antoine sauta sur le quai en agitant son drapeau. Une poussée hostile dans le dos le fit se retourner : deux faces bestiales de supporters adverses le considéraient sans aménité. L'une d'elles gronda :

— Ça va comme ça, machin, tu nous les casses avec ton vieux chiffon !

Antoinne toisa son interlocuteur qu'un flot humain éloignait de lui à présent et, profitant de cette séparation, brailla :

— Racing cinq buts, Médoc zéro !

Cette affirmation souleva des ricanements dans la mêlée qui se pressait au portillon.

Au bas de l'escalier de sortie, un troupeau de vendeurs de journaux hurlaient sans trêve :

— Demandez *Football*, la composition des équipes !

— L'âge des joueurs, leurs mensurations, voyez *Le Penalty* !

— Demandez...

— Lisez...

— Tous les renseignements sur la finale du siècle !

Un porteur d'hebdomadaires singeait à la fois le caquètement de la poule pondeuse et le cocorico du coq victorieux :

— But but but but but but ET CLUB ! But but but

but ET CLUB ! Demandez *But et Club,* but but but but but...

Antoine fut rejoint par le groupe de supporters avec lesquels il avait voyagé.

— La photo des équipes ! L'histoire des deux clubs !

La foule se coulait dans les rues, virait avec ensemble à droite, s'engouffrait en bloc sur la gauche, comme un fleuve domestiqué par d'invisibles digues, emportée par la route rituelle du stade...

De proches chorales se provoquaient tout en marchant d' « Allez Racing » et de « Hourra Médoc » qui faisaient trembler les vitres des innocents pavillons suburbains.

Des êtres empanachés de guirlandes, de pancartes et d'instruments à vent se dépassaient, se bousculaient, se tapaient dans le dos ou se fusillaient du regard.

Des cars publicitaires déversaient sans compter des visières en carton où était imprimé le slogan du R.C.P. ou celui du Médoc. Des dizaines de bougres vendaient des cacahuètes, des pastilles de menthe, du chewing-gum, de la bière et des portraits de joueurs.

Trois jeunes filles parées de bouquets d'œillets bleus et de lilas blancs passèrent en riant devant Antoine et sa suite tonitruante.

Les garçons les rattrapèrent et échangèrent avec ces muses bourguignonnes d'enthousiastes baisers sur les joues.

Antoine, ému par la beauté, décuplée par les couleurs amies qu'elle arborait entre les seins, d'une des supportrices lui affirma qu'elle aurait intérêt à se tenir hors de portée du regard de Dabek pour ne point le troubler.

La gracieuse rejoignit en riant ses copines, tout en

jetant des coups d'œil narquois aux Girondins qu'elle trouvait avec partialité laids à faire peur.

— Les billets à la main s'il vous plaît, les billets à la main !

Ces cris informaient que l'on allait rencontrer le barrage de police prévu pour empêcher la fraude.

A ses abords, des types désolés sautèrent sur Antoine :

— Oh, le Racing, vous avez pas un billet !

— J'en ai qu'un...

— Mille francs !

— Deux mille !

Antoine se dégagea non sans mal de ces aspirants spectateurs et passa contre une haie d'agents, son billet serré entre ses dents, cramponné à son drapeau comme à une bouée, poussé de tous côtés, effrayé aussi par cette inlassable marée qui déferlait sans une seconde de répit, renforcée à perpétuité par les trains qui arrivaient en gare à intervalles de plus en plus rapprochés.

Les murailles du stade étaient en vue. Il montait d'elles une immense rumeur faite de mille bruits indéfinis.

Antoine se rangea dans un caniveau et mit un genou en terre, soi-disant pour attacher son lacet, en réalité pour remercier sa bonne étoile de l'avoir mené à bon port. Il se releva aussitôt, se réincorpora au groupe formé par ses compagnons de combat.

Hélas, ceux-ci le laissèrent à la première tribune en lui souhaitant ce qu'ils désiraient eux-mêmes depuis des semaines. Leurs places ne correspondaient en aucune façon à celle d'Antoine qui se trouvait dans la tribune Marathon. Ils la lui indiquèrent et lui serrèrent les deux mains avant de disparaître dans la cohue.

Antoine, planté là, reçut quelques coups de coude

dans les flancs avant de se décider à rechercher la division 20.

Indiquée par un numéro de cinquante centimètres de haut qui cachait le soleil et s'irradiait ainsi d'une magique luminosité, elle lui fit signe par-dessus tout un magma de têtes essoufflées.

Antoine s'élança, présenta son billet aux officiels, escalada en rêve une trentaine de marches.

Il se pétrifia sur le terre-plein, accablé par la grandeur du spectacle.

Lui, habitué à la modestie du terrain de Pommard, ne pouvait en croire ses yeux. Si c'était encore la mer, c'était au moins le Pacifique.

Soixante mille personnes, soit la population de trois villes respectables, étaient entassées là, en bras de chemise, bruissantes pour l'instant comme des abeilles tranquilles qui sentent l'orage accourir, dans le carré d'un univers qui pouvait avoir au grand maximum cinq cents mètres de côté.

Cette réduction du monde était comme engourdie par une mystérieuse impossibilité de gesticuler, secouée de rires, de frissonnements de journaux et de houles furieuses lorsque d'autres êtres s'incorporaient à elle. Et ces cent vingt mille yeux étaient braqués sur la pelouse dont l'aveuglant vert tendre était en ce moment foulé par deux équipes d'amateurs qui jouaient le lever de rideau.

Les juniors s'ébattaient dans l'indifférence quasi générale. On les regardait sans les voir, tout en pensant à autre chose...

Un haut-parleur monstrueux chantonnait :

— J'ai du bon tabac dans ma petit'blague
Et du bon papier, du papier... ZIG ZAG !!!

Le soleil embrasait le tout, rosissant ces milliers de visages tous protégés par les visières en carton des marques d'apéritifs.

Un avion tournait sans arrêt autour du stade, laissant planer à sa suite une banderole conviant en lettres gigantesques tous les sportifs à se servir de la savonnette *Lion Noir.*

Quelques voix exacerbées ayant poussé dans un virage le « Allez Racing ! », tout ce que la foule comptait de racingmen reprit en houle le cri de guerre.

— Hourra Médoc ! riposta l'autre moitié du public.

Cette joute préliminaire secoua les fondations de la bonne ville de Colombes. Antoine, aux trois quarts défaillant, tant la minute était grandiose, emboîta, les jambes flageolantes, le pas à une placeuse.

Il descendit ainsi presque toute la travée, jusqu'au seizième rang.

Des huées terribles l'accueillirent. Le seizième rang était loué en totalité, sauf la place 31, celle d'Antoine, par des supporters du C.M. Haut-Médoc.

— A la porte, le Bourguignon !

— Qu'est-ce qui pue ?

— C'est l' Bourguignon !

— A bas Pommard !

— A poil !

Dieu soit loué, le dix-septième rang comptait pas mal de sympathisants sariéloubaliens. Leur solidarité donna de la voix pour empêcher les ennemis d'intimider le pauvre garçon.

Antoine se glissa donc entre ces adversaires qui s'évertuaient à comparer son drapeau à un torchon de cuisine et à une serpillière.

Sur le terrain, les juniors couraient encore après la balle et l'on se montrait du doigt, là-bas, devant la tribune présidentielle, étincelante sur un socle tricolore, la Coupe de France.

— *Si vous les aimez bien roulées...* intervint le haut-parleur..., *papier à cigarettes O... C... B!!!*

Des bagarres éclataient dans toutes les divisions, sporadiques, vite apaisées par l'arrivée d'agents de police.

Les juniors, ayant enfin terminé leurs gamineries footballistiques, quittaient le terrain en tirant la jambe, tout heureux de ne pas avoir été vus par soixante mille personnes.

Le haut-parleur, profitant d'un de ces instants de silence qui tombent parfois sur les plus grandes foules comme des pardessus de coton hydrophile, déclara d'un air gourmand :

— *Si vous voulez tenir le choc...*

... Pas d'erreur ! Buvez Château Malescasse Haut-Médoc !

Les Bourguignons présents se récrièrent avec une violence de tonnerre. Mais le speaker, imperturbable, poursuivait :

— *Messieurs, soyez des mar...*

... is parfaits en buvant du Pommard !

Ce qui souleva l'ire torrentielle des Girondins. Cette polémique sportive et gastronomique à la fois n'eût jamais pris fin si le speaker n'avait annoncé :

— *Et voici à présent la musique du 54e Régiment d'Infanterie, un petit bravo !*

Les regards convergèrent vers une trentaine de troufions encombrés de cuivres et qui venaient d'apparaître sur la piste, les guêtres blanches, le baudrier ciré et le calot sur l'oreille.

Une marche militaire éclaboussa l'azur et les cent vingt mille yeux se fixèrent avec un ensemble touchant sur la canne que le tambour-major envoyait dans les airs où elle décrivait trois ou quatre sauts périlleux avant de retomber dans la main de son maître.

L'attente patiente du public ne fut pas déçue, et, à la moitié du trajet, la canne alla rouler sur la pelouse accompagnée par une bordée de rires. Des lazzis suivirent durant tout le tour de piste le porteur du tuba qu'un malicieux hasard avait mis aux côtés du joueur de triangle et lorsque les musiciens vinrent marquer le pas au centre de la pelouse, la foule, émoustillée par ces accords guerriers, ne rêvait plus que plaies et bosses.

Il était trois heures moins le quart. Le match était proche. Plus un espace vide dans les tribunes, sauf celui réservé au président de la République pas encore arrivé. Des ballons bleus et d'autres blancs, libérés par des supporters du Racing coururent se mêler au bleu et blanc du ciel. Aussitôt des ballons jaunes, teinte chère au C.M. Haut-Médoc s'élancèrent à leur poursuite, salués de vivats ou d'allusions fines à leur regard. La foule palpitait à présent, sentant le combat proche.

Le haut-parleur grésilla et la voix mâle du speaker annonça :

— *Et voici la composition des équipes...*

Les noms d'icelles et ceux des joueurs furent salués avec un louable entêtement par autant de cris d'enthousiasme et de coups de sifflet de la part des deux clans. Quelques « chut » qui se disaient neutres se virent étouffés par le volume sonore des vociférations...

— *Équipe du Château Malescasse Haut-Médoc ! But, numéro un, Ricciomingardi ; arrière droit numéro deux,*

Sindeni ; arrière central numéro cinq, Oehlenschlaeger ; arrière gauche numéro trois, Monjoie ; demi droit numéro quatre, Bonvillain ; demi gauche numéro six, Tartinville...

Le défilé de ces noms abhorrés crispait Antoine de fureur...

— *... Ailier droit numéro sept, Bombaninette, remplaçant Melchissédec, blessé à l'entraînement.*

Cette nouvelle sensationnelle souleva un tonnerre de « ah » désappointés et de « chouette » ! ravis, Bombaninette n'ayant jamais eu, beaucoup s'en fallait, la valeur intrinsèque du rapide Melchissédec.

Les supporters girondins s'arrachaient les cheveux pendant que, comblés, leurs adversaires s'embrassaient à tous les étages.

Le speaker reprit, après cette interruption qu'il avait eu le bon sens de prévoir, se montrant ainsi fin connaisseur du cœur humain :

— *Intérieur droit numéro huit, Laborialle ; avant centre numéro neuf, Graubénard ; intérieur gauche numéro dix, Rolcôte ; et ailier gauche numéro onze, Marconnot !*

Antoine se dressa en hurlant :

— Qu'ils soient vaincus !

Un tenant de Médoc, se retournant, lui aplatit le nez d'un coup de poing.

— *Équipe du Racing Club de Pommard !...*

Antoine saisit l'attaquant par les oreilles, s'appliqua à les décoller.

— *But, numéro un, Sariéloubal !*

Le jeune Peyralout cria « Gloire à lui ! » tout en esquivant les coups que lui portait le Girondin. La venue d'un képi fit réconcilier au plus vite les deux forcenés.

— *Arrière droit numéro deux, Katchadourian ; arrière*

central numéro cinq, Jean Latuile ; arrière gauche numéro trois, Noisetier ; demi droit numéro quatre, Mohamed Ben Basculant'...

Antoine sortit de son cabas la crécelle et la fit tournoyer sans vergogne au-dessus de sa tête, saluant chacun de ces chers patronymes au passage :

— ... *Demi gauche numéro six, Jean-Marie Latuile ; ailier droit numéro sept, Poniatowski ; intérieur droit numéro huit, Alfred Latuile...*

Un remous se produisait entre-temps dans la tribune présidentielle. L'hôte d'honneur du stade venait d'arriver et les gens s'écarquillaient les yeux pour chercher à l'entrevoir. Le speaker termina d'une voix énervée, vexé de partager ainsi la vedette avec le conducteur du char de l'État :

— *Avant centre numéro neuf, Delatouche ; intérieur gauche numéro dix, Van Slembroucke ; et ailier gauche numéro onze, Nollis ! Match arbitré par M. Musset !*

Le nom de M. Musset fut vomi par la *vox populi*.

Ce mouvement d'humeur atténué, le tambour-major se retourna vers ses hommes et *La Marseillaise* retentit.

Les soixante mille spectateurs se levèrent, d'aucuns en maugréant vu qu'ils s'étaient aménagé des sièges avec des journaux. Les flonflons patriotiques s'ébrouèrent dans les nuages, affolant le papillon égaré passé là à 3 heures moins deux.

Les roulis de la grosse caisse berçaient cette passagère union nationale fortifiée par la voix chaude des cuivres mais prête à s'écrouler au premier silence.

En effet, lorsque l'hymne fut achevé, la foule se rassit en un brouhaha d'insultes et de canettes de bière entrechoquées.

Et, brutalement, en une houle énorme, sœur des tempêtes du cap Gris-Nez, la multitude hurla à pleins poumons, dressée sur les bancs de ciment, les oriflammes claquant au vent de mai, les trompettes stridentes et les grelots s'unissant aux clameurs en un tonnerre d'apocalypse.

L'équipe de Pommard venait d'entrer, sur la gauche, et celle de Médoc accourait de la droite.

Les mouchoirs volaient au-dessus des faces bleuies de congestion. Les bras s'élevaient avec hystérie, brandissant des flots de rubans, des cloches, des chapeaux, des fourmis de baudruche ou des ours blancs de carton-pâte. Soixante mille bouches grandes ouvertes firent passer sur la totalité du stade un souffle terrifiant.

Le « Grand Faucheux Noir », alias Sariéloubal, ainsi surnommé par les journalistes sportifs parce qu'il officiait depuis toujours en chandail couleur de nuit sans lune, trottinait devant ses camarades tous à la queue leu leu, serrant sur son cœur un ballon neuf. Une paire de gants blancs dépassait de sa poche de culotte. C'était un grand gaillard blond, trente-sept fois international tchèque et dont le R.C.P. s'était attaché à prix d'or les inestimables services depuis deux saisons. Les dix autres le suivaient en effectuant quelques mouvements de décontraction.

Ils avaient fière allure, ainsi moulés dans leurs maillots mi-blanc mi-bleu frappés des initiales dorées du club.

Les autres, tout de jaune vêtus, avaient l'aspect de boutons d'or aux jambes poilues.

Les petits ramasseurs de balles prenaient position tout autour du terrain, se disputant les postes clés à côté des buts.

Les vingt-deux joueurs s'étaient à présents alignés au garde-à-vous devant la tribune et serraient la main du président, ravi de voir des gens pour qui les problèmes de l'heure consistaient à loger un ballon entre trois montants de bois.

La fantastique cantilène « Allez Racing — Hourra Pommard ! » avait repris, scandée par un remue-ménage tintamarresque de pieds.

L'arbitre et les deux juges de touche, dans leur costume noir de croque-morts auxquels on aurait joué un tour pendable en coupant les jambes de leur pantalon, répondaient aux huées de la foule par des signes goguenards.

La tournée de shake-hand protocolaire terminée, les photographes s'emparèrent des deux équipes pour les convertir en clichés familiaux de baptême ou de noces de campagne. Dix reporters interrogeaient encore Marconnot, capitaine des Girondins :

— Ça va pas, Marconnot ? T'as l'air soucieux ? Pas confiance ?

— Si, si. Seulement j'ai attrapé une puce dans le métro et ça va un peu me gêner, sûr !

On câbla aussitôt pour la première édition sportive cette capitale révélation.

— *Allllez rrracing ! Allllez rrracing ! Allllez !*

— *Hourrra Médoc ! Hourrra Médoc ! Hourrra !*

Antoine, devant le dénuement des deux supporters placés derrière lui, leur prêta ses mirlitons et la cloche de la grille d'entrée du pavillon de la rue de l'Orme-Sainte-Minouche, se réservant le maniement de la crécelle et du clairon. Ses efforts personnels arrivaient presque à couvrir le roulement continu du tambourin que pilonnait avec un bel entrain son voisin, un Girondin paisible qui ne l'avait jusqu'alors traité que de saligaud et de vermine.

L'arbitre donna un coup de sifflet, priant du geste

les équipes d'abréger le cérémonial pour venir occuper la pelouse.

Les deux teams gagnèrent au pas de course le centre du terrain, se présentèrent au public qui leur fit l'ovation que reçoit, quoique n'ayant jamais su utiliser correctement une balle, le pape lorsqu'il se balade à dos de suisse dans la ville éternelle.

Après quoi, chacune sur un but, les formations s'entraînèrent une minute à expédier la boule dans les filets tandis que les deux capitaines, Marconnot et Adrien Delatouche, tiraient à pile ou face sous l'œil de l'arbitre.

Après avoir gagné ce jeu rigolo qui s'appelle le « toss », Marconnot décréta que le C.M. Haut-Médoc resterait où il se trouvait, à gauche de la tribune présidentielle, et se fourra entre les mâchoires son habituel chewing-gum, celui qui avait joué sur une molaire tous les matchs de championnat de l'année.

Reprenant haleine, les spectateurs tremblaient en cadence, sacrifiant d'avance l'intégrité de leur système nerveux. Le haut-parleur les fit sursauter :

— *Le coup d'envoi de la partie va être donné par Miss France, candidate au titre de Miss Europe ! Un petit bravo pour la belle des belles !*

Les femmes présentes haussèrent les épaules. La belle des belles. Avait-on idée ! Parions qu'elle ne savait même pas faire cuire un œuf sur le plat !

Les cinq avants des deux équipes se faisaient à présent face sur la ligne médiane, les mains posées sur les genoux, prêts à bondir.

Miss France ni son académie ne les firent broncher. Épeurée par ces cuisses velues, la blonde enfant, au coup de sifflet, décocha un shoot grotesque dans le cuir. Emporté par son élan, Laborialle, l'inter droit de

Médoc, la renversa sur le gazon. Avant de s'évanouir, elle vit au-dessus de son museau aimable une demi-douzaine de crampons qui n'avaient guère de points communs avec les houppettes de poudre de riz. Le match du siècle était commencé.

Le premier tir de la finale passa à trois mètres de la cage de Sariéloubal. Le goal reçut le ballon des mains d'un ramasseur et l'expédia d'un grand coup de botte vers l'aile droite.

Dabek sautilla devant ses buts et enfila ses gants. Il jeta un coup d'œil derrière lui. Une dizaine de voitures de paralytiques et cinquante photographes l'épiaient comme des araignées, lui masquant en partie le virage où il put voir avec tristesse quelques robes printanières de Parisiennes.

Il murmura en français avec son fort accent de Prague :

— La vache !

Pommard dominait. En cinq minutes, Ricciomingardi avait eu à parer trois bolides de Poniatowski et de Delatouche. L'équipe de Médoc, désemparée par cette ruée soudaine, concéda deux corners coup sur coup.

— Ah ah, triomphait Antoine, on va se marrer ! Ça commence bien ! Cinq à zéro, je vous dis !

D'allégresse, il sortit son revolver à bouchons et tira un coup de feu à proximité des oreilles du Girondin susceptible avec lequel il avait déjà eu des mots.

Son ennemi personnel bondit sous l'outrage et, les yeux blancs de haine, tenta de lui griffer le nez.

Mais la vue du jeune Peyralout béant de joie ramena l'attention du Bordelais sur le terrain : l'ailier gauche de Pommard, Nollis, avait débordé la défense de Médoc et s'approchait à toutes jambes du but adverse. A moins d'un miracle, le point était acquis. Pendant une seconde, le stade retint son souffle, mi-terrorisé ou mi-haletant d'espérance. Nollis évita par un crochet subtil le malheureux Ricciomingardi venu à sa rencontre et poussa la balle dans la cage vide...

— Mes chers auditeurs... Inouï... Fantastique... Formidable... Nous sommes à la sixième minute de la finale de la coupe de France de football, finale opposant je vous le rappelle au stade olympique de Colombes les équipes du R.C. Pommard et du C.M. Haut-Médoc, et, à cette sixième minute, Nollis vient de marquer pour Pommard le premier but de la rencontre à la suite d'une brillante action personnelle... Écoutez la foule en délire... Autour de moi, les crécelles tournent, tout le monde est debout, hurle, trépigne... Je vois là-bas Nollis embrassé par ses camarades... L'arbitre désigne le centre du terrain.

Le supporter girondin placé devant Antoine brailla, les larmes aux yeux :

— Il était hors jeu, ce sagouin-là, je l'ai bien vu, moi, qu'il était hors jeu !

Antoine ôta de ses lèvres le clairon qu'il cabossait presque d'une charge d'allégresse :

— Hors jeu ? Qu'on me les coupe s'il était hors jeu, vieille bourrique !

Deux directs fulgurants se croisèrent et firent mouche dans la passion ambiante.

Dabek regarda avec indifférence le panneau d'affichage où le préposé plaçait un « 1 » monumental face au nom du club intéressé. Il gronda en écrasant une scolopendre égarée sur l'herbe sacrée qui captivait un pays tout entier :

— Janine... J'aurais jamais cru ça d'elle... Faire ça à un type que l'Atletico de Madrid veut acheter dix millions... Quelle honte...

Il étouffa un sanglot et baissa la visière de sa casquette pour ne plus rien voir d'un monde qui le torturait à plaisir.

Pour savoir l'état d'âme du grand Sariéloubal, il eût suffi aux journalistes, aux dirigeants, aux spectateurs, d'examiner les tics nerveux qui s'emparaient des commissures des lèvres du goal lorsque venaient à lui les maillots jaunes des Girondins…

Ce n'était point le danger qui le faisait tressaillir, le « Grand Faucheux Noir », non, mais la couleur, la couleur seule des chemisettes adverses, car cette teinte canari lui rappelait son malheur.

Dabek Sariéloubal, trente-sept fois international tchèque, n'en était pas moins cocu !

Mohamed Ben Basculant', d'une charge brutale dans le dos, envoya rouler sur les fesses un joueur de Médoc.

Les supporters des « jaunes » se dressèrent en hurlant :

— Sauvage ! Sortez-le ! A mort l'arbitre ! C'est une honte !

Antoine sourit avec indulgence :

— Il ne l'a pas fait exprès, ce brave Mohamed…

Et d'emboucher sans remords le clairon puisque aussi bien le ballon repartait vers les buts adverses.

Dabek était cocu. Ce matin-là, il avait quitté avec toute l'équipe l'hôtel des Champs-Élysées où le Racing était descendu. Il avait dit au revoir à son épouse allongée dans les draps fins, était parti le cœur léger, comme tous les dimanches. Qu'était une simple finale de Coupe de France pour un gardien de renommée mondiale qui avait joué trois ou quatre fois devant les cent vingt mille spectateurs du Hampden Park de Glasgow ?

Un malheureux hasard avait voulu qu'il se rendît compte, dans le taxi, d'un oubli capital : il avait laissé sur la table de nuit son fétiche, un galet des plages de Sicile que lui avait autrefois offert, au début de sa carrière, un admirateur italien et bossu. Ce galet était aussi célèbre que son chandail noir et Sariéloubal eût plus volontiers joué une main attachée derrière le dos que sans cette précieuse pierre dans la poche...

L'attaque de Médoc déferlait vers les buts bourguignons, progressant par passes courtes et précises. Antoine se mordit les deux poings. Là-bas, Sariéloubal se ramassait, tendait ses mains miraculeuses... Un tir raté de Marconnot partit avec mollesse rappelant assez bien le coup d'envoi de Miss France. Sariéloubal plongea pour repousser la balle du poing. Le poing passa à cinquante centimètres du ballon. Sans l'arrière Katchadourian replié sur sa ligne et qui dégagea au petit bonheur, la boule allait au fond des filets...

Des huées s'élevèrent, blâmant Sariéloubal. Pourquoi plonger sur un tir qu'il se devait de capter sans grand mal ? Et surtout pour plonger de la sorte ! Envoyer un uppercut dans les nuages !

Là-bas, Katchadourian et Noisetier, les arrières, haussaient les épaules. Si Dabek se mettait à perdre la tête, c'était fini...

Les Girondins ricanaient, à côté d'Antoine :

— Quelle veine il a eu, le grand goal !

— Pensez, ça veut faire du cirque et ça n'arrête pas des balles qu'un amateur s'en voudrait de laisser passer !

— Marchez, y aura pas toujours Katchadourian dans son dos !

Antoine, pâle de honte, comme si la faute eût été

sienne, se demanda quelle mouche avait piqué son dieu pour lui faire commettre une telle bourde.

Il pensa avec un pincement de cœur au commentaire aigre-doux que devait donner de ce loupé magistral le radio-reporter, commentaire qui serait entendu des copains de Vauxbrelles, de ceux de Saint-Flebène et par toute la nation…

Dabek s'essuya le front. Janine… Il avait donc ordonné au taxi de revenir en vitesse à l'hôtel, s'était jeté dans l'ascenseur, avait ouvert en trombe la porte de la chambre 51. Quoique hors d'haleine, il avait trouvé le moyen d'avoir le souffle coupé par la vision satanique de la brune Janine assise en sous-vêtements plus que vaporeux sur les genoux d'un groom en uniforme rouge. Il avait étendu le séducteur sur le linoléum d'un crochet impeccable, et giflé en pleurant l'infidèle, mais n'avait pu s'éterniser car l'horaire était là. Il avait fourré le galet dans son sac et s'était enfui, bouleversé. Et il se retrouvait là, sous l'œil féroce du public, vivant son drame intérieur devant trois poteaux grotesques et une foule de Rolleiflex avides de fixer pour la postérité sa défaillance humaine.

— Janine, Janine, Janine, hoqueta-t-il, les yeux brouillés de chagrin, si tu savais comme je t'aime encore…

L'entraîneur de Pommard, Raoul Beaugelet, se tourna vers le directeur sportif :

— Il n'a pas l'air dans son assiette, Dabek.

— Ouais, on a vu ça. Heureusement qu'on domine.

Car Pommard dominait. Ses percées restaient très dangereuses, toujours accompagnées en fond sonore par les clochettes délirantes et les cris d'encouragement de ses tenants.

— Y EST ! ! ! brama la foule sur un shoot violent de

Delatouche. Las, la balle avait bien frappé les filets, mais à l'extérieur des buts.

Antoine cracha de dépit. Cette expectoration malencontreuse atterrit dans le dos du Girondin susceptible. Antoine s'empressa de balayer de la main les traces de cet involontaire outrage. L'autre se retourna furibond :

— Ah, pas de caresses, hein, ou je te démolis complètement !

Devant cette allusion, le jeune Peyralout rougit des deux oreilles.

A présent, Ricciomingardi dégageait. Son coup de pied projeta le cuir sur la tête de Bombaninette. Le remplaçant bloqua sa balle, la passa à son avant centre Graubénard qui, en se retournant, tira au but bourguignon, disant de quarante mètres. Ce tir fut salué par des sifflets de la part des supporters de Médoc. Qu'espérait donc Graubénard ? Tromper Sariéloubal de quarante mètres ? Folie ! Mais Dabek, affolé, renvoyait la balle du pied dans ceux de Marconnot qui n'en demandait certes pas tant et le ballon repartit vers les buts vides cette fois, Sariéloubal s'étant avancé comme un collégien. Le sort était cruel pour les Girondins : le bolide de leur capitaine s'écrasa sur la barre transversale et la boule retomba dans les bras de Dabek accouru comme par hasard.

Les clameurs de dépit des partisans de Médoc et les exclamations de colère des Bourguignons s'entrecroisèrent pendant une minute ; Antoine, écarlate, frémissait sous le couteau des phrases échangées autour de lui.

— Ma parole, il va nous faire perdre le match ! fulminait un Racingman, derrière lui, aussitôt approuvé par un autre :

— S'il n'est pas en forme, fallait faire jouer Da Porto à sa place !

— Tu vois pas qu'il ait été acheté ?

Les Girondins donnaient un autre son de cloche :

— On n'a jamais vu ça !

— Une veine de cocu que j'appelle ça !

— Moi, je l'avais jamais vu jouer, mais je préfère Simonet, celui qui garde les buts chez nos juniors !

Dabek n'entendait plus rien, ne voyait même pas l'entraîneur qui, sur la touche, lui faisait signe de se réveiller. Il pensait...

Un groom... Un groom même pas beau, d'ailleurs. Qu'est-ce qui l'a pris, ma petite Janine ? Hier encore, avec quel amour elle me préparait mon steak tartare et comme le collier de ses deux bras m'était chaud sur la nuque...

Un vacarme assourdissant lui fit faire une grimace d'ennui. Un peu de silence, voyons ! Ce n'était pas une raison parce que Delatouche venait d'inscrire d'un tir imparable du gauche le deuxième but du Racing pour ne pas respecter la douleur d'un pauvre homme...

Au centre du terrain, les Racingmen s'embrassaient.

Antoine, debout sur la banquette, piétinait d'allégresse, hurlant d'une voix rauque :

— C'est dans la poche ! Et le mouchoir par-dessus ! Allez Racing ! On les a !

Ses voisins immédiats, pétrifiés, baissaient la tête sans rien dire. L'un d'eux exaspéré pourtant par les cris incessants du fils Peyralout lui montra un poing haineux en braillant :

— Attends un peu, salaud ! Deux buts, ça se remonte !

— Toi, ironisa Antoine, si tu te remontes, ça sera avec du cognac !

Le jeu reprit. Les arabesques des maillots bleu-blanc et jaune se déroulèrent à nouveau, gracieuses sur l'herbe embrasée de soleil. La balle allait, venait, montait au ciel, touchait une tête, faisait « han » sous un coup violent, sortait du terrain, poursuivie par un petit garçon. Les visages des joueurs de Médoc reflétaient une sombre résolution que n'arrivaient pas à délayer les gouttes de sueur…

Sur un cafouillage consécutif à une touche, Bombaninette s'extirpa d'un paquet de joueurs et se précipita vers les buts de Pommard. Près d'être rejoint par le véloce Ben Basculant', il fit un centre sur sa gauche. Graubénard reprit la balle en pleine foulée…

Sariéloubal plongea à contretemps et le ballon le couvrit — au préalable — de ridicule en passant sous son ventre avant de terminer son vol dans les filets qu'il tendit une seconde, comme un chignon de femme fait une bosse sous une résille…

Les dix ou quinze mille supporters des « Ours blancs » bondirent sur leurs bancs, soudain épileptiques :

— BUT !

Effondré sur l'herbe, Sariéloubal frotta ses joues hâlées sur l'odorante pelouse. Janine… Il se souvenait l'avoir tenue sous lui, un soir de juin, à Robinson, sur les boutons-d'or, sur l'herbe qui sentait bon, comme celle-ci, et elle lui avait dit : « Je t'aime, Dabek » et il avait répondu avec beaucoup d'émotion : « Moi aussi »… Comme elles étaient loin, les minutes heureuses qu'évoquait le poète…

C'était au tour des crécelles et des tambours girondins de faire du vacarme. Des bérets volaient dans les airs et le rugissement du « Hourra Médoc » déchirait le cœur d'Antoine écroulé à sa place. Un but pareil…

Sariéloubal était à jamais bafoué, et lui avec. Pauvre Dabek, il devait être malade. Quelle déception ! Il n'avait pu toucher une fois la balle sans « l'échapper », la reprendre en cafouillant dans ses mains autrefois si sûres. En plus, jamais placé au bon endroit, comme dans la lune semblait-il...

Le supporter ennemi qui lui avait tout à l'heure assuré que « deux buts, ça se remontait » se tourna vers lui, pourpre de joie, et lui lança :

— Et c'est pas fini, pépère ! Ça commence !

Antoine haussa les épaules. Ce crétin-là avait raison. Si Dabek continuait, Pommard serait battu, c'était logique...

Sariéloubal ramassa la balle dans les filets. Ce geste d'humiliation le fit frissonner de fureur. Ces huées continuelles, dans le virage, c'était pour lui, pas de doute... Il se mordit la lèvre en balançant le ballon à tous les diables. Devait-il, lui Dabek Sariéloubal, rajouter en public à un déshonneur jusque-là privé ? Il tapa du pied avec colère et grommela :

— Janine, je la fous dehors. Je demande le divorce. A la sortie du stade, elles ne vont pas me manquer, les admiratrices. Je prendrai la plus belle. Et voilà !

Il jeta sa casquette. Quel soleil ! Quel temps idéal pour être amoureux d'une blonde aux yeux verts ! Sa femme, cette catin plutôt, était brune. Après tout, il n'avait jamais aimé les brunes. Et puis, il faut bien le dire, ses seins commençaient à tomber... Que le groom la prenne ! Lui, il s'en lavait les mains, après tout... Il sautilla sur sa ligne de but. Les muscles répondaient. Pas en forme ? Ah la la la ! On allait bien voir si le « Grand Faucheux Noir » n'était plus qu'une passoire ! Il jeta un regard de défi à l'azur et caressa le galet magique dans sa poche, très doux contre sa cuisse.

Désorientés par ce coup du sort, les Racingmen semblaient avoir perdu leur verve du début. Ils n'occupaient plus à présent que leur moitié de terrain, rataient les balles, submergés par les Girondins qui, déchaînés, portés par leur public, faisaient un « forcing » impétueux pour combler leur retard avant la mi-temps. Il ne restait plus que cinq minutes à jouer avant celle-ci.

Antoine, crispé, les yeux agrandis de terreur, suivait le jeu en tremblotant. Un seul tir bien ajusté, et cela n'allait pas être long, au train où allaient les choses, et Sariéloubal resterait encore impuissant, frappé par son mauvais génie un jour pareil...

Il vit Rolcôte, l'inter gauche de Médoc, s'élancer comme une flèche, passer la ligne des dix-huit mètres, lever le pied pour décocher le shoot fatal...

Mais Katchadourian, perdant la raison, se précipita, chargea le malheureux avant à la façon d'un bulldozer. Rolcôte, catapulté, fut déplacé de trois mètres et resta inanimé sur le terrain.

Antoine horrifié se drapa la face dans les plis de son drapeau.

— Penalty ! Penalty ! tonitruaient les Girondins. Évidemment, penalty ! S'il n'avait pas été sifflé, celui-là, la foule sautait les grillages et courait pendre l'arbitre au plus proche réverbère. Le « referee », très éloigné de cette hypothèse, désigna le point blanc où devait être posée la balle, à neuf mètres des buts. Les supporters de Médoc, ravis, exultèrent pendant qu'un voile de deuil passait sur les visages blêmis des Bourguignons.

Puis, lorsque tous les joueurs s'écartèrent pour livrer la boule à Graubénard, l'homme qui tirait tous les penalties de l'équipe de France et n'en avait raté qu'un seul depuis dix ans qu'il exerçait, un silence de mort s'appesantit sur le stade haletant.

Sariéloubal, face à l'avant centre adverse, écarta les bras et tous les doigts de ses deux mains.

Un penalty, c'est un peu comme un peloton d'exécution : le tireur est tout seul à six mètres du goal et celui-ci n'a le droit de bouger qu'au coup de sifflet, c'est-à-dire lorsque le coup de pied part et que la balle est en une demi-seconde au fin fond des ficelles. C'est assez inhumain.

Dabek murmura :

— Ah, la belle petite blonde que je vais m'envoyer ce soir, après le banquet de la victoire, c'est rien de le dire...

Presque accroupi, sur la pointe des pieds, il tira un peu la langue d'application, les muscles des cuisses bandés à faire mal.

Le coup de sifflet, le pied de Graubénard entrant en collision avec le ballon, le ballon qui s'élance à une allure de fusée... Et Sariéloubal se projetant dans les airs comme un tigre pour le détourner d'un coup de manchette !

La boule, ainsi remise en jeu, fut reprise de volée par Marconnot.

Dabek, en souplesse, se rejeta sur elle, la serra sur sa poitrine à l'en faire éclater.

Le pied de Graubénard s'arrêta à deux centimètres de ses mâchoires et la foule, subjuguée, applaudit à tout rompre, sportive pour une fois, ces deux exploits qui devaient rester légendaires dans l'histoire du ballon rond. Bien des années plus tard, lorsque Sariéloubal roulerait dans une voiture de paralytique, on dirait, dans les caves de Beaume et de Pommard en arrachant aux araignées une vieille bouteille.

— Ah, celle-là, c'est du bon. Elle est de l'année où Sariéloubal…

Et d'épiloguer sur ce fait d'armes qui, pour l'instant, en était au stade de la réalité.

Antoine pleurait de joie, sans un mot. Son dieu avait forcé l'admiration générale. Même ces sales supporters de Médoc battaient encore des mains, grinçant sans doute des dents, mais bel et bien terrassés par tant de beauté.

Dabek, hilare, dégagea et, enfin seul, dansa une petite gigue allègre en supputant :

— Ma blonde, ça me plairait qu'elle soit dans les dix-neuf, vingt ans…

Peu après l'arbitre siffla la fin de la première mi-temps.

Entouré par ses équipiers, ses dirigeants, les journalistes, les ramasseurs de balles, Dabek riait aux anges, scrutant toutefois de l'œil les attraits rebondis d'une toute jeune infirmière aux cheveux d'or qui tricotait, assise sur une civière.

Personne n'eut le cœur de reprocher au gardien son catastrophique début de partie et ce fut dans le plus béat des contentements que toute l'équipe de Pommard regagna son vestiaire pour y brouter le citron et son avant-goût de triomphe.

Tout le monde était debout dans les tribunes, pour se dégourdir les jambes, et les conversations passionnées se croisaient comme des fleurets dans une adaptation cinématographique des *Trois Mousquetaires*. 2 à 1, rien n'était acquis et tout un chacun conservait l'espoir de la victoire finale.

— Ça joue pas mal, Médoc, déclara Antoine, empli de grandeur d'âme.

Un de ses frères supporters ricana :

— Forcément, paraît qu'on leur a promis un château à chacun, s'ils gagnent le match.

Cette affirmation scandalisa les Girondins qui soutinrent, eux, le contraire en jurant leurs grands dieux qu'ils tenaient de source sûre que les Racingmen étaient survoltés par l'appât d'une Chevrolet grand sport individuelle et munie d'un chauffeur noir.

Le concierge du stade entra dans le vestiaire de Pommard. Dabek buvait au goulot une bouteille d'eau minérale.

Dans un coin, on peignait le mollet de Van Slembroucke à la teinture d'iode.

— Qu'est-ce qui t'a fait ça ? s'inquiétait l'entraîneur à la vue d'une estafilade rosâtre. L'inter flamand rugit en grimaçant :

— C'est cette peau de poubelle de Bonvillain, mais il ne perd rien pour attendre !

Les trois frères Latuile, les seuls authentiques Bourguignons de l'équipe, dégustaient le verre de vin qu'ils réclamaient toujours pour se donner du cœur.

Le concierge meugla :

— Un télégramme pour Sariéloubal !

Dabek avala de travers et se précipita sur le message qu'il déchiqueta aux trois quarts dans sa précipitation. Il lut :

— TE PARDONNERAI PAS LA GIFLE. STOP. RETOURNE CHEZ MA MÈRE. JANINE.

Sariéloubal se mit à trembler, empoigna le directeur sportif par un pan de veste en hurlant :

— Vite, le téléphone, bon dieu, le téléphone !

La musique du 54e R. I. fit un tour de piste au son martial des « Allobroges ».

— *Le petit Alain Otispifre a perdu son papa. Celui-ci est prié d'aller le réclamer à la buvette du stade !*

Cette plainte désolée du haut-parleur réjouit une armada de célibataires et de ménages sans enfants. Antoine, tout en grillant une cigarette, trouva le temps d'avoir une pensée pour Popeline. Quel bonheur si, après cette coupe, il avait un jour pour de bon celle de ses lèvres... Il l'aimait, il en était sûr, à présent. Il eut alors ce qu'il se complut à considérer comme un vertige d'amour et qui n'était, à vrai dire, que le reflet intérieur du coup de soleil qui lui empourprait le nez.

Dabek Sariéloubal composa, si vite que ses doigts disparaissaient dans un brouillard dû au mouvement qui déplace les lignes, le numéro de l'hôtel.

L'entraîneur coula un œil dans la cabine et grommela :

— Grouille-toi, Dabek, c'est pas le moment !

Le goal repoussa la porte du pied et hurla :

— Allô ! L'hôtel de la Gloire de Paris ? Passez-moi la chambre de Mme Sariéloubal ! Oui, Sariéloubal ! SA-RIÉ-LOU-BAL ! Vous ne lisez pas les journaux ! Vous allez voir ? Oui, vite, vite, vite !

Il trépigna en se rongeant un poing de rage.

Derrière la porte, la voix de Ben Basculant' pleurnicha :

— Dépêche-toi, « Faucheux Noir », Médoc va entrer sur le terrain !

— Merde et merde ! Allô, allô ? Elle est partie ! Avec ses bagages ! C'est pas vrai ! C'est pas possible !

Il raccrocha, les larmes aux yeux, puis, sous le coup d'une inspiration subite, fit le numéro du régional. Il le refit quatorze fois avant d'obtenir une sonnerie.

— Le régional ? Je voudrais le 18-33 à Chatou, Seine-et-Oise ! 18, deux fois neuf, vous êtes sourde ! Et 33, vingt-deux plus onze, ou trois fois onze, à Chatou, cha comme un chat, miaou, miaou, tou comme un toutou !

Le team de Médoc fit son entrée avec lenteur sur le terrain, chaque joueur conversant avec un camarade. Le ciel se couvrait peu à peu, laissant présager une averse, et le soleil ne caressait plus l'or des maillots, ne passait plus ses mains d'orange sur les genoux. Les footballeurs gagnèrent leurs places sans se presser, saluant de la main les étendards girondins déroulés dans les tribunes à leur intention.

Antoine, le cou tendu, guettait l'apparition du Racing. Pommard était en retard. Les supporters adverses ricanèrent.

— Ils n'osent pas venir !

— Ils savent ce qui les attend !

— Ils aiment peut-être pas la pluie, ces mignons !

L'arbitre consulta son chronomètre. Même le président de la République regardait en direction du tunnel des vestiaires.

— Je te mets à l'amende, Dabek, si tu ne sors pas tout de suite !

Fous de fureur, l'entraîneur et le directeur sportif réitérèrent encore leur avertissement. Le soigneur se tamponnait l'œil que lui avait poché le goal lorsqu'il était à son tour entré dans la cabine. Les Racingmen, eux, grognaient en chœur, décrétaient qu'ils allaient se refroidir, ce qui refroidissait en tout cas leurs dirigeants haletants.

— Allô ! Le 18-33 à Chatou ? Madame Dantu ? ici Dabek ! Janine est chez vous ? Elle vient d'arriver ? Passez-la-moi tout de suite ! Quoi ? Elle ne veut pas me parler ? Je suis un ignoble individu ? On ne doit pas toucher une femme même avec une fleur ? Passez-la-moi ou j'irai vous casser la gueule, vieille sorcière ! Allô ! Allô ! Allô !

La vieille sorcière avait raccroché, choquée sans doute. Dabek passa une main flasque sur son front trempé de sueur, se sentit flageoler sur ses jambes et s'écroula comme une petite fille qui vient d'écoper un zéro de piano.

Le public, furibond, hurlait sur l'air des lampions :

— Pommard ! Pommard ! Pommard !

Quelques forcenés s'écrièrent :

— On va les chercher !

Antoine, angoissé, imaginait les pires choses : on avait donné à ses favoris des citrons saupoudrés d'arsenic, Sariéloubal était mort, Delatouche et Nollis s'étaient assis sur un banc qui s'était effondré sous leur poids, ils avaient tous deux la jambe cassée... On commençait à lancer des boules de papier sur la pelouse, l'émeute était dans l'air chargé d'orage. Les joueurs de Médoc, assis dans l'herbe, haussaient les épaules. L'arbitre, enfin, s'élança en courant vers les vestiaires.

Il se heurta à toute allure au premier équipier de Pommard, Delatouche, qui précédait le reste du team. Il s'étrangla :

— Alors, faut venir vous chercher ? Vous allez être bien reçus ! Écoutez-moi ce raffut !

Delatouche, sinistre, murmura :

— On n'est que dix.

Puis, écartant M. Musset, il déboucha au petit trot sur le terrain, suivi par les neuf autres. Une bordée de coups de sifflet et une salve d'insultes à laquelle s'était jointe au surplus la canonnade du tonnerre griffant le ciel d'éclairs affreux les accueillit.

— Hou les lâches !

— Grossiers personnages !

— Mufles !

Indifférents aux poings tendus des supporters aveuglés par la passion, ils occupèrent leurs positions.

Antoine râla :

— Sariéloubal n'est pas là !

La foule s'aperçut de l'absence du gardien tchèque et devina qu'il se passait quelque chose.

Une houle de murmures accompagna les premières gouttes de pluie.

Antoine, les yeux exorbités, se frappa la poitrine, suffoquant de douleur : Sariéloubal était bien mort !

— Ho, Dabek ! Ça va ?

Penchés sur le goal qui venait de soulever avec peine une paupière, les dirigeants, l'entraîneur, le soigneur et trois infirmières, les bras chargés de flacons de sels et de serviettes mouillées, comprimèrent les battements de leur cœur pour guetter une réponse rassurante. Dabek remua, frissonna, pleurnicha :

— Je suis cocu !

— Et alors ! clama l'entraîneur, moi aussi ! C'est pas grave ! M. Grillet aussi est cocu, il en est pas mort !

Le directeur sportif se retint de bondir sous cette affirmation déplacée.

Le soigneur, entrant dans le jeu, décréta lui aussi qu'il était cocufié depuis des années et qu'il s'en portait fort bien.

Reprenant tout à fait ses esprits, Sariéloubal sanglota de plus belle :

— Oui, mais moi, ma femme ne me le pardonne pas !

Un journaliste entra en coup de vent :

— Ça y est ! Ils jouent !

L'entraîneur souleva Dabek en s'arrachant malgré tout les cheveux, ce qui peut sembler au commun des mortels deux actions incompatibles à réaliser dans le même temps, et pourtant.

— Vite, sur le terrain, sans ça on est foutus !

— Vous croyez que je peux jouer dans cet état-là ?

— Bien sûr ! Tout de suite !

Empoignant Sariéloubal sous les bras, les responsables du Racing sortirent au pas de course du tunnel, épouvantés à l'idée que les buts pussent pleuvoir dans la cage vide.

Les buts ne pleuvaient pas, Pommard s'efforçant de maintenir la balle à bonne distance des filets, mais le ciel, lui, par contre, s'en donnait à cœur joie. Une averse impétueuse détrempait la pelouse, giflait les joueurs et faisait se courber les dix mille dos des martyrs des virages découverts.

Antoine sauta en l'air : Sariéloubal allait tenir sa place ! La Coupe était sauvée, même si elle se remplissait d'eau à l'heure actuelle.

Antoine tapa sur l'épaule de sa bête noire girondine, oublieux du caractère ombrageux de l'individu :

— On est sauvés ! Sariéloubal est là !

L'homme explosa :

— Recommence pas ou je t'écrabouille !

Antoine, extasié, regarda la silhouette de son idole.

Sariéloubal, adossé au poteau de but, ne sentait même pas les gouttes qui s'écrasaient sur son chandail noir, ne voyait pas une flaque d'eau se former à l'endroit précis où tous les goals du monde sont forcés de plonger comme des grenouilles lorsque le besoin s'en fait sentir.

Il ne vit même pas un ballon pénétrer dans ses buts

avec la puissance d'une godasse expédiée du sixième étage sur un couple de chats amoureux.

La foule se dressa en tempêtant de joie ou de fureur. Noisetier, vert de colère, alla chercher la balle au fond des filets en grondant à l'adresse de son équipier :

— Tu recommences tes conneries ? Si ça t'ennuie d'être là, faut le dire, je vais me mettre à ta place, je ferai aussi bien que toi !

Dabek, navré, baissa les yeux. Janine, Janine, Janine... Comment ne plus penser à elle pendant quarante-cinq minutes...

Antoine pliant sous les tapes humiliantes que lui assenait sans pitié le groupe hilare des Girondins, bredouilla :

— Il était masqué par ses arrières, il a pas vu venir le tir...

Les autres se frappèrent les cuisses de joie :

— Pas de salades ! Tout à l'heure, il a eu un coup de veine, mais c'est fini !

— A nous la Coupe, mon petit gars ! Tu vas voir la suite !

— Hourra Médoc, hourra Médoc, hourra ! ! !

Deux buts partout. La pluie continuait à tomber, insidieuse comme le sourire qu'ont les femmes balancées entre le oui et le non. Dabek faisait les cent pas dans ses buts, piétinant dans la mare fangeuse et revivant tous les détails de sa vie de ménage. Une blonde, ah oui ! Comment une blonde pourrait lui faire oublier celle qu'il avait tant chérie et qui le récompensait en déchirant son cœur avec la férocité d'une louve ? *Janine...*

— Attention !

Ce cri involontaire d'un photographe attira le regard du gardien sur l'attaque amorcée par les hommes de pointe de Médoc. Laborialle, en possession de la balle et à deux doigts de se la faire ravir par le fougueux Jean-Marie Latuile la glissait à Bombaninette. Le shoot éclair de celui-ci s'éleva dans les airs.

— Bon, songea Dabek avec une promptitude de machine à calculer, ça passe au-dessus.

C'est ainsi que l'équipe de Pommard, ses supporters et Antoine le premier connurent l'incommensurable douleur de voir le ballon heurter la base de la barre transversale avant d'entrer dans les buts sous l'œil stupéfait d'un Sariéloubal hors d'état de réaliser qu'il ne s'était jamais permis une erreur aussi stupide en dix années de professionnalisme.

Il y avait onze minutes que l'on jouait et non seulement Médoc avait remonté son handicap mais se permettait de mener par trois buts à deux. C'était un désastre, un scandale, une catastrophe sans qualificatifs.

Le soleil réapparut pour couronner le tout.

La partie reprit. Fusillé par les regards hostiles de ses camarades, Dabek soupira, se retourna, cherchant un réconfort dans le regard d'un photographe humain. Mais rien... Ils étaient trop ravis d'avoir pu l'immortaliser dans la pleine pâte du ridicule... Seule, l'infirmière blonde qui tricotait en première mi-temps avait quitté la civière sur laquelle elle était assise et lui souriait, mettant en une moue exquise le plus revigorant des encouragements. Dabek eut à son intention un geste désolé. Elle rosit de fierté.

Le grand Sariéloubal avait daigné s'apercevoir de sa présence... Mettant ses douces mains en conque autour de sa bouche purpurine, elle cria (car le stade croulait à nouveau, Poniatowski ayant eu le but égalisateur au bout du soulier et s'étant couvert de honte en expédiant la balle dans les mains du gardien de Médoc), elle cria :

— Courage, monsieur Sariéloubal ! Je suis là !

Impressionné, Dabek bomba le torse et se remit à sautiller sur sa ligne de but, tentant de faire saillir au maximum les muscles de ses cuisses afin d'intéresser la jeune personne.

Le soleil irisait à présent la pelouse scintillante de gouttes qui semblaient n'être plus que le souvenir des rosées évanouies.

La Coupe de France, baignée de lumière, resplendissait comme une batterie de cuisine, attirant les regards concupiscents des partisans de toute espèce, bien davantage qu'une quelconque croupe issue des Folies-Bergère.

Les supporters du Racing redonnaient de la voix, attachés à galvaniser leur équipe. Ceux de Médoc, eux, tout à l'angoisse que leur procuraient les attaques incessantes de Delatouche et consorts, louchaient sur les aiguilles de leur montre : encore vingt minutes et ils avaient la Coupe !

Antoine, un peu ragaillardi par le regain manifesté par les bleu et blanc, s'interdisait de céder au désespoir et sonnait du clairon dès que l'un d'eux avait la balle au pied.

Dabek jeta sa casquette dans les filets. Il était beaucoup mieux sans casquette. Janine le lui avait dit quelquefois. Elle ne venait jamais le voir jouer mais elle en avait fait la remarque en feuilletant les illustrations des magazines sportifs. Il se peigna avec ses deux mains et se retourna.

Elle était là, radieuse dans sa blouse blanche de la Croix-Rouge, et le couvait de ses grands yeux bleus auréolés de cils que l'on eût dit taillés dans des fils de la vierge. Ils se sourirent encore.

Graubénard, le « terrific » avant centre de Médoc, brûla soudain la politesse à son garde du corps Jean Latuile et se rua vers les buts bourguignons.

La foule hurla.

Antoine sortit son revolver à bouchons, prêt à se faire sauter la cervelle si l'irréparable se produisait. Son cœur le secouait de hoquets affolés.

Dabek s'élança à la rencontre de l'adversaire, mais celui-ci décocha son tir à toute allure, escomptant prendre le gardien à contre-pied. Sariéloubal, d'un coup de reins prodigieux, se renversa en un plongeon désespéré. Son poing magique heurta la boule, l'envoya en corner et Dabek s'écroula de tout son long dans la mare de boue, provoquant un geyser de fange.

— Fantastique ! tonitrua Antoine, agitant sa crécelle sur un rythme de moulin à vent en proie au sirocco. Près de lui, les Girondins se répandaient en exclamations de dépit. Sans la sensationnelle parade du Tchèque, Médoc, menant par quatre buts à deux à un quart d'heure de la fin, était assuré de la victoire.

Le corner, tiré par Marconnot, ne donna aucun résultat, Sariéloubal ayant capté la balle de somptueuse façon au-dessus d'un paquet d'adversaires.

— C'est pas compliqué, jubilait Antoine à l'adresse de ses pairs, Sariéloubal n'est vraiment à son aise que lorsque le soleil luit, ce n'est pas l'homme des terrains gras.

Les autres hochèrent une tête méditative. Évidemment, le goal se rachetait, mais le Racing était toujours en retard d'un but et le temps s'écoulait plus vite que des petits pains.

Au centre du terrain, Van Slembroucke, qui avait

juré de se venger du demi girondin Bonvillain, venait de lui porter un sournois coup de savate dans le tibia. Bonvillain s'effondra et ne bougea plus.

Les supporters de Médoc bondirent sur leurs bancs :

— Dégueulasse !

— Sauvage !

— Fumier !

— Expulsez Van Slembroucke !

Bonvillain, redressé par ses camarades, s'en alla en boitillant sur la touche.

Antoine apoplectique braillait :

— Chiqué ! Chiqué ! C'est pour gagner du temps ! Bande de salauds !

Des bagarres s'ébauchèrent encore dans toutes les tribunes.

Le speaker, indifférent à cette tempête, informa :

— *Le propriétaire de la voiture 234.65 GC est prié de se rendre auprès de son véhicule !*

Pris à partie par les coéquipiers de Bonvillain, Van Slembroucke prenait son air le plus innocent. M. Musset, gesticulant, sépara les protagonistes du drame. Le speaker, toujours paisible, invita une seconde fois, de sa voix énervante de personnage détaché de la fièvre extérieure, « *le propriétaire de la voiture 234.65 GC* » à se rendre auprès de sa bagnole qui devait sans doute flamber dans un coin du parc à autos.

Le jeu reprit, entaché de brutalités. Les coups francs pleuvaient sans arrêt et Pommard n'égalisait toujours pas...

Bonvillain rentra soudain sur le terrain en courant comme une gazelle. Les supporters bourguignons, étincelants de rage, le conspuèrent. Antoine, cramoisi, déclarait que c'était une honte des comédies pareilles et qu'il espérait bien que ce faux jeton de Bonvillain terminerait la partie sur une civière. Les Girondins, réjouis, s'épanouissaient :

— Ah, il est malin, Bonvillain, il est bien de chez nous !

— Jouez la touche ! Jouez la touche !

Jouer la touche consiste, pour une équipe menant à la marque à quelques minutes de la fin, à expédier le ballon hors des limites, ce qui — course du ramasseur de balles, remise en jeu — fait gagner des secondes aurifères en l'occurrence.

Les « jaunes » ne s'en privaient pas.

La foule entière, debout, crispée, haletante, encourageait de plus belle ses favoris. Les soixante mille cœurs présents sautaient dans les poitrines comme des boules de bilboquet.

Six minutes... cinq minutes... quatre minutes...

— ALLEZ RACING ! ALLEZ RACING ! ALLEZ !

Les voix s'étranglaient presque, au bord des larmes pour les partisans de Pommard, au bord des précipices vertigineux de la joie pour ceux du C. M. Haut-Médoc.

Sariéloubal eut encore un arrêt de grand style et cligna un œil vers l'infirmière qui le contemplait bouche bée.

— Elle n'a jamais vu un goal comme moi, jubila-t-il, c'est merveilleux ce que ça peut me faire, l'amour...

A présent, la ligne d'attaque de Pommard, déchaînée, acculait les Girondins sur leurs buts, tentant une dernière fois de forcer la main au destin. Trop contractés, Delatouche, Nollis, les avants, les demis même, venus à la rescousse, essayaient avec désespoir de trouver le chemin des filets. Hélas, tous les tirs rencontraient un genou adverse, ou une fesse égarée.

Soudain, s'extirpant à grand-peine d'une forêt de

jambes, on vit partir en flèche le demi centre des « jaunes », l'immense Danois Oehlenschlaeger, le ballon aux pieds.

Deux minutes et le coup de sifflet final...

Le public poussa un meuglement bouleversant.

Oehlenschlaeger filait tête baissée vers les buts de Pommard, tout seul, semant davantage à chaque foulée les arrières et les demis que cette contre-attaque soudaine avait surpris dans le camp girondin. C'était, cette fois, l'estocade, le coup de grâce donné en pleine tempe de l'équipe bourguignonne, quand... *quand...*

Dabek, s'agenouillant avec la promptitude d'un pèlerin tombant nez à nez avec un paquet de reliques, prit un départ de cent mètres, face à cet homme bouton-d'or qui tenait la foudre finale au bout de ses chaussures.

Il s'élança vers lui comme un bolide, sortit de ses dix-huit mètres, perdant ainsi le privilège de toucher la boule de la main et se rua, au terme d'une cavalcade éperdue, sur le demi centre de Médoc.

Celui-ci voulut l'éviter, fit un crochet qui ne manquait pas d'astuce, mais, ce faisant, lâcha sa balle une demi-seconde. Le pied de Dabek la capta au vol et l'on vit ce spectacle inusité d'un gardien de but fonçant vers son vis-à-vis, risquant ainsi le tout pour le tout, avec un romantisme que n'eût pas désavoué le Victor Hugo des *Odes et Ballades.* Le Tchèque atteignit ainsi le milieu du terrain.

Trois Girondins allèrent à sa rencontre, prêts à le culbuter sans douceur.

Sariéloubal, les dents serrées, donna en pleine foulée un formidable coup de botte. Le cuir retomba devant la cage de Ricciomingardi, rebondit. La tête de Delatouche le rattrapa, le catapulta au fond des filets avec une puissance telle que l'auteur de ce « heading » en souffrit de névralgies pendant une semaine.

Une clameur inouïe monta casser les oreilles aux nuages présents.

On le tenait, l'exploit de la finale du siècle !

Antoine, éperdu, effectuait des bonds de soixante centimètres, sans cesser pour cela de souffler dans son clairon avec une force qui laissait loin derrière elle celle que déploya le nommé Roland, supporter archaïque du Football Club de Roncevaux.

Partout, sur le terrain, dans les tribunes et les virages, les Bourguignons s'embrassaient en s'humectant de larmes de joie folle.

Les misérables Girondins, pétrifiés, tendaient un poing débile vers le ciel en l'accusant de cruauté et de sadisme. Leur douleur eût fait peine à voir si l'axiome « C'est la guerre » n'avait déjà été inventé. Katchadourian, Noisetier, les frères Latuile et Mohamed Ben Basculant', portaient en triomphe, ivres de bonheur, le grand Sariéloubal, le ramenant à dos de gloire vers ses buts.

Accablés, les joueurs de Médoc regagnaient leurs places, abattus comme des vieillards sans tabac à chiquer.

— Sariéloubal ! Sariéloubal ! Sariéloubal !

Sensible à l'ovation monstre que lui adressaient les supporters, Dabek jeta ses gants blancs dans l'air où ils tournoyèrent comme des tourterelles avant de revenir dans les mains divines de « l'enchanteur de Prague », ainsi que venait de le baptiser sur-le-champ le radio-reporter.

Le match ne reprit pas pour l'excellente raison que l'arbitre avait sifflé trois fois la fin du temps réglementaire mais que nul n'avait pu entendre cette aimable indication en raison de l'infernal brouhaha qui régnait sur le Stade olympique.

Trois à trois. On allait jouer les prolongations..

Les vingt et un joueurs, épuisés, s'allongèrent dans l'herbe, comme des ruminants ballonnés de luzerne. Les vingt et un seulement car le vingt-deuxième, Sariéloubal, baisait avec respect la main de la blonde infirmière.

— Si Pommard gagne, mademoiselle, c'est à vos yeux qu'il le devra.

La douce enfant, flattée de ce madrigal en forme de chaise Louis XV, bredouilla :

— Ben... Euh... C'est à vous, m'sieur Sariéloubal... Vous avez été magnifique, magnifique...

Dabek se dandina et susurra :

— C'est à vous. En mon âme, ce qu'une femme défait, une autre le refait...

L'infirmière n'eut même pas le temps de ne pas comprendre cette bien belle formule car l'entraîneur accourait pour presser son gardien sur son sein :

— Ah mon Dabek, mon grand Dabek, mon héros ! Repose-toi, je t'en prie, as-tu besoin de quelque chose ? Tu veux un citron ?

Les deux clans, survoltés, abrutissaient les joueurs par leurs cris continuels, leurs chants de combat, les roucoulements suraigus des trompettes et des mirlitons. Trois ou quatre cents agents cernaient à présent le terrain pour éviter les incidents violents dus à une erreur d'arbitrage ou au dépit sanguinaire des vaincus.

M. Musset, du geste, intima aux deux équipes de se remettre sur leurs pieds et de changer de camp. Dabek, d'un coup d'œil, invita l'infirmière à émigrer derrière les autres buts. Elle hésita puis, remontant sa trousse pharmaceutique sur sa frêle épaule, emboîta le pas au goal.

La partie recommença, non moins acharnée, mais beaucoup moins rapide, les hommes ayant déjà dépensé leur potentiel nerveux et physique lors des quatre-vingt-dix minutes passées. La balle n'avait plus la même vivacité qu'avant, cette vivacité folle qui évoquait parfois celle des échanges de ping-pong.

Ce premier quart d'heure ne donna rien que des cafouillages sordides devant les buts, des loupés de toutes sortes et des coups francs à n'en plus finir. Dabek n'eut à effectuer que trois blocages sans grand péril et passa le reste du temps à contempler les mollets de son nouvel amour.

La foule, devant cet étalage de jeu maladroit, manifesta son mécontentement par des huées et des lazzis dénués de charité chrétienne.

Antoine mordillait son mouchoir, souffrant mille morts lorsque la balle était aux mains (façon de parler) d'un Girondin, béat d'espoir lorsqu'elle vagabondait dans les dix-huit mètres adverses.

Le premier quart d'heure écoulé, donc, les deux équipes permutèrent une dernière fois, Dabek toujours suivi de la petite blonde que ces marches forcées commençaient à user.

Le radio-reporter se fit confidentiel :

— *Mes chers auditeurs, je vois à présent les deux entraîneurs, Raoul Beaugelet pour Pommard et Adrien Laplume pour Médoc, réunir leurs poulains afin de leur donner d'ultimes instructions pour le dernier quart d'heure des prolongations...*

— Voilà, décréta Beaugelet, luttez encore un tout petit quart d'heure, ce serait trop injuste d'avoir fait en vain tant d'efforts. Soyez les premiers sur la balle, ne restez pas toujours à la même place, maintenez la balle au sol et si vous m'écoutez, on l'enlève !

A l'autre bout du terrain, l'entraîneur Laplume discourait :

— Soyez les premiers sur le ballon, ne restez pas toujours à la même place, maintenez la boule au sol et si vous m'écoutez, la victoire ne peut nous échapper !

Sur ces derniers conseils d'ordre tactique secrète, les joueurs quittèrent leurs mentors et retournèrent à la lutte avec une ardeur décuplée, d'autant plus que leurs directeurs sportifs respectifs venaient de les entretenir d'une possibilité d'augmenter d'agréable façon la prime de match.

D'emblée, un « boulet » de Poniatowski rencontra le poteau droit des buts de Médoc. Une minute plus tard, Dabek stoppait avec difficulté un tir réputé imparable de Rolcôte. Échauffés par la fin proche de ce marathon de football, les deux équipes combattaient avec une verve qui semblait à présent intarissable.

Le public, fouetté au sang par ces retournements de situation, beuglait de plus belle, s'égosillant à mort d'*Allez Racing,* de *Hourra Médoc* à peine moins stridents qu'au début, quoique le nombre des aphones allât en augmentant. Antoine, par exemple, n'avait plus le quart de la puissance vocale d'un nouveau-né, ce qui restait pourtant honnête sur le chapitre du hurlement à l'état pur.

Sept minutes étaient passées lorsque la bataille planta son drapeau effrayant à proximité immédiate de la cage défendue par Sariéloubal. Ce fut un beau gâchis, Graubénard tirant au but, Katchadourian repoussant de la tête alors que Dabek allait s'emparer de la balle, celle-ci revenant dans les pieds de Marconnot qui shootait sur le poteau, enfin, Bombaninette réceptionnant la boule, la projetant d'un gauche puissant à mi-hauteur, et pour finir Sariéloubal s'envolant et cueillant le « cuir » à pleines mains, mais recevant derrière l'oreille le coup de pied involontaire de Graubénard. L'avant centre fut pénalisé pour « pied en avant », ce qui permit aux Bourguignons de dégager leur camp.

Pendant ce temps, on relevait le goal assommé, on le tirait sur la touche, l'infirmière accourait, toute blême, et Ben Basculant' qui avait joué autrefois goal à Sidi-Bel-Abbès enfila le chandail noir que l'entraîneur Beaugelet venait d'enlever au Tchèque inanimé.

Les supporters girondins, féroces, se félicitèrent. Bougre, avec Ben Basculant' dans les buts, c'était bien le diable si Médoc ne marquait pas le point de la victoire !

Antoine, la tête dans les mains, se refusa à voir la suite.

Bing bong, bing bong, bing bong. Une étoile. Une bougie allumée dans une cave. Un papillon enflammé qui tombe, tombe, on dirait un avion de chasse. Moi, Dabek Sariéloubal, j'ai des ailes de mouche et je bloque la lune au moment où elle allait passer la ligne de buts. Voilà Janine. Elle roule dans le ciel sur une patinette. A côté d'elle, il y a un démon rouge, c'est le groom, il a une fourche et une casquette Hôtel de la Gloire de Paris. *Ils dansent autour de moi et la musique ne fait pas de bruit. Diling diling diling, une étoile encore, et des fleurs de cuivre que maman passe à l'encaustique. Janine. Elle est très laide, elle me fait peur, monsieur Beaugelet, monsieur Beaugelet, je veux pas voir Janine ! Elle a une tête de phoque et des yeux de lapin russe. Je veux mon infirmière blonde, une étoile, blonde, une étoile, blonde comme les champs de blé de Bratislava, la serrer contre moi comme un ballon, je l'aime, il y a des tas de petits cubes de glace qui roulent dans ma tête comme dans un seau à champagne ! Ça sent mauvais ! Ça sent les sels !*

On a foutu des sels dans l'azur pour l'empoisonner ! Drrinnng drrring dring, les étoiles s'en vont, ah, ah, plus d'étoiles, plus... Qu'est-ce qu'il y a ? Pourquoi que je suis pas dans mes buts ?

— Tu as pris un coup de pied, mon petit Dabek. Ça fait cinq minutes que tu es dans le cirage. Van Slembroucke vient de marquer le but de la victoire ! Tu entends, *le but de la victoire* ! Si tu peux jouer, reprends tout de suite ta place parce qu'ils attaquent tant qu'ils peuvent, les types de Médoc !

Dabek considéra la face larmoyante de joie de l'entraîneur Beaugelet, juste au-dessus de lui. Il eut envie de fermer les yeux, ne comprenant rien à tout cela, lorsqu'il rencontra ceux de sa petite fée blonde.

Il se redressa avec peine et demanda en claquant la langue, tant cette infusion de sels lui avait donné soif :

— Reste combien à jouer ?

— Deux minutes ! Remplace tout de suite Ben Basculant', Graubénard a la balle là-bas !

L'angoisse rendit soudain muet Beaugelet et Dabek se précipita dans ses buts, ovationné par les supporters de Pommard. Ben Basculant' rendit très vite son chandail à Dabek. Celui-ci l'enfila au vol. Lorsque sa tête réapparut, il vit, à trente mètres, l'inlassable Graubénard qui ajustait un « paquet » avec toute la force du désespoir.

Sariéloubal, les jambes molles, rugit :

— Pour la blonde, nom de Dieu !

Et, l'œil rivé à la balle, il vit qu'elle partait à toute allure dans le coin droit, sous la barre transversale. D'une détente miraculeuse, Dabek l'intercepta en pleine course et roula deux ou trois fois sur lui-même, broyant sous son menton cette balle, cette sale balle qui aurait, tout à l'heure, des cheveux blonds...

La dernière espérance des Girondins venait de s'évanouir...

Les supporters de Médoc, blancs de dépit, tentaient déjà de se faufiler loin de ce stade d'infamie, sous les lazzis sataniques de leurs heureux rivaux.

— Partez pas ! Il y a encore le tour d'honneur !

— Faudra revenir l'année prochaine ! Avec Médoc, c'est du tout cuit pour nous !

— Bien le bonjour à la Gironde ! Vous avez de quoi vous noyer !

Antoine, sur la pointe des pieds, agitait son drapeau en s'étranglant :

— Vive Pommard ! Vive Sariéloubal ! Allez Racing !

M. Musset, étendant les bras, siffla à petits coups la fin du match.

Le Racing Club de Pommard enlevait la finale de la Coupe de France sur quatre buts à trois.

Sariéloubal, qui allait dégager, mit le ballon sous son chandail, le dernier possesseur de la balle, dans ces cas-là, se la voyant attribuer.

Pendant que s'en allaient, oubliés, bientôt honnis, le cœur bien gros, les joueurs de Médoc, une foule de journalistes, de photographes, de soigneurs, de dirigeants, de membres de la fédération étouffait l'équipe de Pommard dont les dix hommes s'embrassaient en se tapant dans le dos.

Les dix hommes toujours, car le onzième, Sariéloubal, cherchait partout son infirmière, disparue dans la cohue.

Il ne la retrouva pas et ne la revit jamais.

Désemparé, il errait son ballon sous le bras parmi

ces hordes inconnues qui lui assenaient des bourrades joyeuses en lui gueulant aux oreilles :

— Formidable, Sariéloubal !

— Excellent, mon vieux ! Tu as été du tonnerre !

— Tu cherches la Coupe ? Elle est là-bas !

On le poussa devant la tribune où Delatouche recevait des mains du Président le fabuleux trophée pour lequel un millier de clubs avaient combattu pendant des mois. On lui fit dire deux mots au micro. Il répondit comme un somnambule, le cou tendu vers tous ses parasites qui lui cachaient l'ange de blondeur, la charmante anonyme qui avait fait gagner la finale à Pommard. Une larme lui coula sur les joues. Elle se mélangea à la sueur et personne n'en parla dans les éditions du soir, pas plus que dans celles du matin.

Perdu la fille, il faudrait rentrer à Chatou un jour, pas cette nuit, car cette nuit, c'était la tournée des grands ducs avec la Coupe, mais un jour...

Delatouche, hilare, redescendait les marches, la Coupe tendue vers le ciel comme un roi de Rome dans les bras de son père. Katchadourian et lui en prirent chacun une anse et entamèrent en trottinant le tour d'honneur, suivis des Racingmen et de Beaugelet qui entraînait par la main un Sariéloubal sinistre et souriant faiblement aux supporters délirants accrochés aux grillages comme des chemises mises à sécher.

Les joueurs, auréolés de plaisir, saluaient de la main leurs amis inconnus qui les couvraient d'ovations assourdissantes.

L'équipe passa au trot devant la division où Antoine, hystérique, dépeigné, les bretelles autour du cou, les mains ensanglantées par les barbelés, la morve pendante et le clairon brandi comme un ostensoir, glapissait d'une voix mourante :

— Vive Sariéloubal ! La légion d'honneur pour Sariéloubal ! Vive l'éternel, l'illustre, le génial Sariéloubal !

Dabek tourna une tête glacée vers cet adorateur, leurs regards se croisèrent et, lugubre, le Tchèque haussa d'un cran les épaules devant cette explosion de joie qui lui crevait le cœur.

N'y tenant plus, Antoine enjamba les grilles, leur abandonnant une oriflamme de pantalon, et s'élança à la suite de ses héros, pour toucher lui aussi cette Coupe qu'il avait tant méritée et pour demander un autographe à son dieu, histoire de faire crever de jalousie l'Amicale des Amis de la Belote et du 4.21 réunis.

Au fond du trophée, le soleil agitait encore les diamants de l'averse passée.

31

Il était une heure du matin. Quelques oiseaux ensommeillés pépiaient encore, emportés par la force de l'habitude, perdus dans la noirceur des arbres. La lune, blanche skieuse, dévalait la neige des nuages.

Le train de Paris entra en gare de La Ville. Quelques noctambules en descendirent et le chauffeur et le mécanicien allèrent s'endormir dans les locaux mis à leur disposition par l'affable S.N.C.F. Un employé bâillant remonta le convoi pour fermer les portières. Il s'arrêta devant un compartiment, choqua la tôle d'un coup de sa lanterne et cria :

— La Ville ! Terminus ! Réveillez-vous ! Ho !

Antoine, allongé sur la banquette, entrouvrit un œil torve et ronchonna :

— J'ai mémeil, j'ai sommeil...

L'employé, haussant son lumignon, éclaira le garçon :

— Allez, descendez, ou vous allez vous retrouver dans une de ces voies de garage dont vous me direz des nouvelles !

Antoine s'assit, se frotta les yeux, se tira les cheveux, clapota de la langue et se massa le crâne :

— Vous avez pas un peu d'eau à boire ? demanda-t-il avec peine.

— Y en a un plein robinet sur le quai. Et grouillez-vous, je ne suis pas payé à travailler si tard, moi !

Antoine réunit son drapeau, son clairon et son revolver à bouchons. Le reste, cloche, mirlitons, cabas, tout était perdu. Quelle cuite, mes aïeux, après cette victoire ! Il avait retrouvé à la sortie les supporters connus à Saint-Lazare et les avait escortés dans leurs visites triomphantes aux cafés de Colombes. Pour payer en nature un écot qu'il était incapable de régler autrement, il avait joué du clairon sans discontinuer, ce qui avait contribué à augmenter une soif déjà respectable en temps normal.

En conclusion, il s'était retrouvé seul, à dix heures du soir, au fond d'une carrière d'ardoise, sans pouvoir résoudre l'intéressant mystère que posait cet aboutissement pour le moins bizarre. Il avait gagné dans un rêve titubant la plus proche gare, sans pour cela cesser de crier aux passants que le Racing avait gagné la Coupe, ajoutant même que si cet état de fait ne leur plaisait pas, c'était tout comme et qu'ils auraient affaire à lui, Antoine Peyralout. L'indulgence que l'on professe en ce doux pays à l'égard des poivrots lui valut de traverser sans anicroche quelques rues populaires qu'il insultait pourtant avec beaucoup de morgue. Et, rassemblant ses derniers sous, il avait pris un billet pour La Ville, escomptant réveiller les amis de Saint-Flebène pour arroser encore et toujours le succès total du plus grand club de France.

— Alors ! grogna l'employé, vous êtes pire qu'une jeune mariée !

— Ah, vous, ça va ! répliqua Antoine en se levant enfin et en jetant un coup d'œil soupçonneux sur ce cheminot qui lui semblait avoir l'accent de Bordeaux. Il mit noblement pied à terre et se dirigea vers la fontaine qu'il tarit presque tant ses muqueuses, imprégnées de pernod glorieux, réclamaient de la fraîcheur.

Ensuite, il sortit de la gare et se retrouva seul au milieu de la nuit, sur la route de Saint-Flebène.

Des sauterelles crissantes jouaient à saute-mouton dans les fourrés où quelques vers luisants émettaient en morse à l'adresse des étoiles.

Ballotté d'un bas-côté du chemin à l'autre par une main invisible mais tyrannique, Antoine chantait d'une voix oxydée d'enrouement et d'alcools :

Allez Racing et sois vainqueur
De l'adversaire !
Allez Racing montre ton cœur
Et ta vigueur !
Bois du Pommard, mets des buts, serre
Le kiki à l'ennemi (bis)
Bleus et blancs, la gloire luit,
Allez Racing,
Allez Racing !

Effrayé par la silhouette menaçante d'un arbre mort, Antoine rengaina dans sa gorge le deuxième couplet d'un hymne qui en comptait huit bien tassés et s'efforça de marcher droit afin d'aller plus vite, ce qui était parfaitement raisonné. Il s'arrêta toutefois un instant au pied d'un lampadaire encore allumé pour lui sonner « l'extinction des feux » et, comme l'ampoule s'obstinait à ne pas céder à la douceur, elle dut capituler devant la force, représentée par un silex bien ajusté.

— Ce n'est pas tout, soliloqua Antoine en reprenant

sa marche avec satisfaction, on a la Coupe, O.K., mais j'aime Popeline. Elle est si belle, si grande et si douce que le tout en fait une adorable jeune fille. Je rentrerai avec elle à Vauxbrelles et on vivra tous les deux au siège de l'Amicale, malgré tous les pères Peyralout du monde !

Le souvenir de l'auteur de ses jours plongea Antoine dans l'océan houleux du blasphème. Le grain apaisé, Antoine se retrouva sur les deux genoux par la grâce sournoise d'une racine. Le garçon vit dans cette chute une invite du ciel et joignit les mains pour clamer, entre deux hoquets bachiques :

— Mon Dieu, vous m'avez donné la Coupe, donnez-moi Popeline et je ne vous dirai plus rien, ce qui vous embêtera bien, vu que vous aimez vous faire prier.

Il se redressa en soufflant, entendit un hibou s'envoler et se mit à courir, sentant en ses cheveux les poils raides des balais chevauchés par les sorcières du sabbat renforcées par la présence du fantôme de la tante Pauline.

Les crapauds traversaient la route en faisant un bruit flasque de sac à main vide tombant à terre. Dans le ciel, une comète coupait la nuit en deux tranches égales, comme file dans l'obscurité louche des campagnes la flèche illuminée du Simplon-Orient Express.

Antoine arriva enfin dans la rue de l'Orme-Sainte-Minouche.

Le premier étage du pavillon était éclairé.

Le long du trottoir, deux tractions avant étaient rangées.

Antoine écarquilla les yeux : tiens, Popeline avait de la visite ? Il se gratta l'oreille. C'était peut-être son anniversaire.

Il bâilla, écoutant les cris et les rires qui montaient de la cabane. Il entendit même le bruit charmant d'un bouchon de champagne et cette sonorité alléchante le tira de sa torpeur. Il se décida à pousser la grille, fit quelques pas dans le jardin luisant de traces d'escargots.

On s'amusait ferme, au premier étage, et le rire strident de Popeline — ah, ce rire — émergeait parfois d'éclats de voix joviales.

Antoine se frotta les mains. Si c'était son anniversaire, Popeline ne verrait sans doute aucun inconvénient à le convier auprès de ses amis pour les aider à assécher quelques bouteilles... Il courut se tremper la tête dans la citerne pour se réveiller encore mieux et escalada l'escalier au galop. Les voix se turent soudain. Antoine frappa, ravi de la bonne surprise qu'il allait provoquer en se présentant à cette heure tardive.

— Qui est là ? demanda la voix sourde de la couturière.

— C'est moi, Antoine. Je vous dérange pas ? On a gagné la Coupe !

Silence. Antoine, inquiet, frappa encore. Ah non, c'était trop classique pour qu'il s'y laissât prendre ! On voulait lui faire croire, pour boire en suisse, évidemment, qu'il n'y avait personne et qu'il avait eu la berlue !

Vexé, il donna deux coups de pied dans la porte.

Celle-ci s'ouvrit. Un homme en chapeau mou attrapa le jeune Peyralout par un bras et le tira dans la pièce.

La première chose que vit Antoine, ce fut Popeline. Une autre Popeline. Elle avait changé de coiffure, s'était relevé les cheveux sur la nuque, d'un coup de peigne canaille. Son admirable corps, moulé dans un pull-over rouge bifteck à col roulé et dans une jupe noire entravée, n'avait plus du tout le côté bon enfant et jardinière qu'Antoine lui avait connu. Des chaussures à talons hauts détonnaient à ses pieds jusque-là habitués aux socquettes collégiennes. Une cigarette aux lèvres, fardée, molle et les yeux mi-clos, elle se tenait assise sur le canapé, une coupe de champagne à la main, entre deux hommes en chapeau à bord cassé qui suçaient chacun un cigare à taille de biberon.

Une femme aux traits vulgaires, ressemblant comme une jumelle à la nouvelle Popeline, était vautrée sur les genoux du plus patibulaire des individus, une brute au nez aplati, occupée à s'éventer avec une cravate vert et rose.

L'autre inconnu, un bras passé autour de la taille de Popeline et le regard dissimulé par des lunettes noires, tourna la tête vers Antoine qui triturait, ahuri, les plis de son drapeau :

— Avance, toi !

Popeline, sans un coup d'œil pour son pauvre voisin, lâcha sur un ton ennuyé :

— Oh, Léon, fous-lui la paix, il est trop bête pour être méchant. Tu vois pas qu'il est noir, en plus ?

Le nommé Léon ricana, mâcha quelques rictus cruels, puis déclara :

— Ferme la lourde, Fernand, et avance, toi, je vais pas te le dire cent fois !

Antoine, tremblotant, fit un pas vacillant en avant. Léon alluma un nouveau cigare :

— Tu venais nous espionner, comme ça ?

— Non, m'sieur ! Moi, j'habite là, alors je venais dire bonjour à Popeline, en passant, hein, Popeline ?

L'interpellée, glaciale, s'était levée et regardait par la fenêtre...

Antoine sentit ses yeux se gonfler d'amertume.

Léon se leva, emplit un verre. Fernand, celui qui avait tiré Antoine dans la chambre, tendit vers son chef un visage interrogateur :

— Qu'est-ce qu'on en fout, Léon ?

— Rien ! Ça fait trois mois que j'ai pas pu remettre les pattes à Paris, je croyais le faire que dans quinze jours pas avant, on a eu le pot de voir les types d'Édouard se faire piquer ce matin, on a le champ libre pour revenir travailler et tu voudrais qu'on commence par une connerie ? Ce petit gars-là... (Il prit Antoine par le menton)... Je suis bien tranquille qu'il ne dira rien du tout, pas vrai, mon gars ?

Antoine commençait à comprendre et en profitait pour blêmir aussi vite que poussent les graines des fakirs. Il bafouilla :

— J' dirai rien, j' vous le jure !

Léon le relâcha et se tourna vers le couple vautré sur le canapé :

— Ce soir, on s'amuse ! C'est la foire ! Hein, L'Alouette, que c'est la foire !

La brute au nez aplati, L'Alouette puisqu'il faut l'appeler par son nom, eut un sourire de passe-boule et grasseya :

— Pour sûr, Léon, c'est la foire ! C'est même la java !

Léon, égayé, prit une bouteille vide et l'envoya contre un mur où elle se pulvérisa. Puis, s'approchant de Popeline :

— Fini le ménage, fini la cuisine, Irène... On va recommencer à être heureux, hein ma poulette ?

Il la prit dans ses bras et lança un coup d'œil à Antoine. Le garçon, la bouche crispée, fixait Popeline. Léon rugit :

— Hop, Fernand, vide-moi ce morveux et sans lui faire de mal, t'entends !

Fernand, rigolard, fit une révérence devant Antoine tout en ouvrant la porte sur la belle nuit de mai :

— Si monsieur veut bien se donner la peine de sortir ?

Le jeune garçon put encore voir « Irène » tendre ses lèvres à l'homme aux lunettes noires avant de se retrouver sur le palier. La porte claqua derrière lui comme une condamnation à mort.

Il descendit en titubant les marches et s'assit d'un bloc sur la dernière.

La nuit chantait de ses mille guitares.

Au loin, devant le café de Mouillefarine sans doute, l'orphéon de Sainte-Flebène s'époumonait à égayer la fête nocturne organisée par la municipalité en vue des élections prochaines.

Antoine, la tête entre les mains, pleura très consciencieusement.

Les bouchons de champagne et le bruit des baisers le faisaient sursauter, parfois. Popeline... Elle n'irait jamais vivre au siège de l'Amicale des Amis de la Belote et du 4.21 réunis... Jamais...

Le grincement moelleux des limaces sur les feuilles de salade, la plainte d'un chat perdu, le froissement de coupon de velours d'une chauve-souris lui pénétraient dans l'âme, comme les banderilles entrent dans le taureau.

Il se leva, se moucha dans ses doigts, se dirigea vers la tonnelle.

Cette nuit, cette nuit même, tout de suite, il allait sauter sur Augustine et partir, partir à toutes pédales, n'importe où, sans voir personne, au fin fond du bout du monde.

Il lâcha un juron désespéré. Le triporteur n'était plus là ! Seules subsistaient encore de lui sur le ciment les traces de ses roues.

Antoine fit au galop le tour du pavillon. Augustine ne se trouvait nulle part.

— Qu'est-ce que ça veut dire ? gémit le garçon en se grattant l'oreille avec la fébrilité d'un malheureux atteint d'impétigo.

Il poussa la porte du rez-de-chaussée, craqua une allumette. Sur son lit de camp étaient disposées, en bon ordre, toutes ses affaires, y compris le restant du sac de haricots. Épinglé à la couverture, un carré de papier lui fit deviner que la clé de l'énigme se trouvait là. A la lueur d'une seconde suédoise, il lut :

« Pardon, mon vieil Antoine, mais la vie n'est plus tenable chez ma buse de père. Enfourchant abusivement, je l'admets, mais nécessité fait loi, Augustine, je pars à l'aventure. J'irai au gré du vent sur les routes, me nourrissant de soupes, de croûtons et de racines. Ayant fait vœu de pauvreté, je te lègue mes économies, à savoir 458 francs que tu trouveras enfouis dans l'une de tes chaussettes cachou. Toutes amitiés de l'errant éternel, Le Duc. »

Antoine sourit, s'imaginant la falote carcasse de l'entomologiste pédalant avec la dignité d'un lord-maire sur les bitumes de l'infini... Lui, Antoine Peyralout, professionnel du vagabondage, ne pouvait tenir rigueur du rapt d'Augustine à un néophyte. C'était à lui, Antoine Peyralout, d'improviser sa fuite. Un nomade tel que Comme-la-Lune n'eût pas été embarrassé en de semblables circonstances. Se plaçant sous le patronage moral de l'énergique cheminot, Antoine constata la présence effective des 458 francs à l'intérieur de ses chaussettes de rechange, et, rassemblant son avoir, l'enveloppa dans cette couverture qu'il tenait à conserver en ultime souvenir de feu Popeline.

Ayant consolidé son paquetage par quelques nœuds de marin, il le jeta sur son dos et sortit.

Une tache claire vint se frotter contre ses pieds en couinant d'allégresse. Corner ! Il avait failli l'oublier… Ému, il se baissa, couvrit le caneton de baisers paternels et le glissa dans sa chemise.

Il regarda la lune dans les yeux, réfléchissant sur la suite à donner aux événements. Saint-Flebène, c'était fini, pour lui. Son destin fabuleux l'appelait ailleurs. Mais il se devait de saluer en partant Mouillefarine, les filles Mouche, Mammouth et Zanzi, ces bons amis qu'il inviterait plus tard dans son ranch du Connecticut ou son hacienda de São Paulo. Il ne redoutait d'eux qu'une chose : ils seraient bien capables, par amitié pour lui, de vouloir le retenir et de lui offrir une situation de trompette dans l'orphéon, une place de laveur de voitures, toutes occupations incompatibles avec sa soif d'horizons inconnus. Mais, de toute façon, sa vocation serait la plus forte… Rien ne résiste aux grandes voix du large…

Avisant, en un dernier coup d'œil circulaire sur le jardin, le carré de pois de senteur qu'avait entretenu avec tant d'amour la traîtresse Popeline, il se pencha sur eux, les arracha, les enroula autour de son cou et, grisé par leur odeur encore plus enivrante puisque nocturne, il s'achemina vers la grille…

Dans la rue de l'Orme-Sainte-Minouche, quelques Saint-Flebénois revenant de la fête rentraient chez eux en flânant et « flâner » n'était pas, pour eux, un mot illusoire ou vide de sens.

Antoine, au passage, leur souhaita la bonne année, selon la coutume du pays qui entendait que l'on se la souhaitât tout au long des trois cent soixante-cinq jours afin d'être assuré de la terminer en bon état.

Le jeune Peyralout, au bout de la rue, ne put s'empêcher de se retourner. Les feux de position des deux tractions avant le fixaient comme des chouettes. Les fenêtres du pavillon n'étaient plus éclairées. A présent, « Irène » était à Léon comme l'autre créature était à L'Alouette. Fernand, lui, grillait une pipe sous le cerisier du jardin... Antoine soupira, le cœur pris dans l'étau étouffant de son idylle dégringolée sous une rafale de mitraillette.

Il resta là quelques minutes, pliant sous le poids de son ballot. Corner, passant le cou par la chemise de son maître, parla de s'enfuir si l'on n'avançait pas. Le garçon effectua un demi-tour militaire et comique, salua la nuit d'un coup de tête courtois et se dirigea vers le café à grandes enjambées.

A la terrasse, les musiciens de la clique, assis en rond autour de frais pastis, exécutaient la *Sidi Brahim* à l'intention de quelques familles vautrées sur des matelas.

Un manège de chevaux de bois tournait en rond sous les marronniers de la place.

Cette allégresse crispa le diaphragme et le cœur d'Antoine. Comme il eût aimé, sur ce manège, monter sur l'âne de bois multicolore et courir, aux sons du limonaire, après le cygne blanc que Popeline aurait enfourché...

— Enfin, soupira-t-il en entrant dans le bistrot, il nous reste la Coupe...

Seule, au comptoir, siégeait Mme Mouillefarine, au visage austère décoré d'une verrue au pelage agressif.

Antoine, désemparé, regarda vers le parasol. Pas de Mammouth, personne.

— Vous désirez ?

— Mammouth et Zanzi sont pas là ? balbutia le garçon.

— Pas la peine de les chercher. Ils sont en pleine débauche. Ils sont partis en voiture avec les rien-du-tout du père Mouche, autant dire au diable !

— Et M. Mouillefarine ?

— Il est avec eux, le porc ! proféra la digne épouse en aiguisant un couteau de boucher sur le bord du zinc.

Antoine, navré, commanda un rouge.

— C'est ennuyeux, je suis forcé de m'absenter. Dites-leur au revoir pour moi.

— Manquerai pas...

— Vous avez des cartes postales ?

— Oui, et à deux francs pièce !

Antoine eut un geste désinvolte, en homme habitué à ne pas marchander. Elle lui mit sous le nez une boîte crasseuse emplie d'un lot hétéroclite de cartes.

Elles étaient de toutes sortes, depuis celle ornée de Prussiens d'opérette pulvérisant à coups de crosse le crâne d'une Alsacienne et sous-titrée *Les Barbares,* jusqu'à celle affligée d'une midinette fleurie de roses, étayant ses seins par une tête masculine huileuse de gomina (*J'éprouve près de vous, Ernest, Un sentiment très doux. — Mélange de tendresse — De baisers dans le cou...*) en passant par les bouquets, les vues de Villefranche-sur-Saône en 1922 et *Bon Anniversaire.*

Il en choisit une où la main criminelle d'un barbouilleur avait sévi sous forme de myosotis, réclama un crayon, but son rouge, écrivit :

Chers parents,

Ces myosotis vous prouveront que je ne tiens pas à ce que vous m'oubliez tout à fait. Des gens très bien me proposent une situation de premier ordre à Santiago du Chili. Je pense être de retour fortune faite d'ici deux ou trois ans. Lorsqu'une voiture de grand luxe klaxonnera devant la quincaillerie, attendez-vous à m'en voir sortir surchargé de cadeaux pour vous. Comme tu vois, cher papa, il ne serait pas commerçant de me déshériter. Mais j'entends le sifflet de mon paquebot, je pars, la mer est bleue...

Bons baisers, votre fils
ANTOINE.

Il respira profondément, prit au hasard une autre carte. Elle immortalisait trois chatons amalgamés au fond d'une corbeille. Il ricana :

— Elle va y voir le symbole de nos futurs enfants, l'andouille ! et reprit son crayon...

Marceline adorée,

La vie nous sépare. L'amour nous réunira, c'est du tout cuit. Fais des économies. Je reviendrai te prendre dans mes bras musculeux, mon ange. Joignons nos quatre lèvres en un frisson interminable, je t'aime.

Ton pirate aux yeux clairs,
TONIO.

Satisfait, il hocha la tête.

— Parfait. Le père Peyralout tendra son bas de laine à ma jambe épuisée par de longs voyages et Marceline aura le temps de mettre des sous dans sa tirelire. Ceci pour le cas bien improbable où je ne trouverais pas de mine d'or.

Il considéra la dernière carte, jugée idoine, datant de

l'armistice de 1918 et balafrée d'un VICTOIRE sanglant sur fond de troupes défilantes.

Il écrivit d'abord l'adresse :

MM. Lafrezique, Pierrot, Suce-la-Glace, Mosquito, P'tit Mec, Jojo et L'Enclume, à l'Amicale des Amis de la Belote et du 4.21 réunis, siège au Thermomètre, Vauxbrelles-en-Bourgogne, Côte-d'Or.

Et rédigea ce communiqué enthousiaste :

Amis !

R.C. Pommard couvert de gloire. La coupe déborde de pleurs de joie. Sariéloubal m'a embrassé sur les joues. J'ai passé la nuit avec toute l'équipe, à Montmartre. Femmes nues et champagne. Après avoir vécu cela, plus question d'existence médiocre. Une fille d'ici, Popeline, m'aime. A moi, elle n'est pas désagréable : elle est riche à millions. Nous partons en croisière. Nuits folles. Côte d'Azur, ça changera de la Côte-d'Or. Je vous plains sincèrement. Entretenez mon souvenir. Je réapparaîtrai un jour suivi d'un train de camions-citernes emplis de beaujolais. La vie est belle. Popeline lit par-dessus mon épaule. Elle vous embrasse. Salut, petites têtes.

Votre

ANTONY.

Antoine, lugubre malgré cette graphique explosion de joie, confia à dame Mouillefarine le soin d'expédier son courrier, paya et sortit non sans lui « rappeler de rappeler » son éternelle amitié aux amis de Saint-Flebène...

. . . .

Antoine arriva donc au bord de la rivière.

Les « plouf » de quelques rainettes lui laissèrent à penser que la vie continuait, que les déceptions que vous causent les femmes ne tiennent pas devant le baiser d'amour juré par les étoiles, que le désespoir n'est qu'une foutaise inventée à l'usage des peuples pour les faire taire une bonne fois, que la nuit n'est qu'un entracte entre deux jours et que ces deux jours-là étaient précisément des jours de printemps...

Il vit encore les nénuphars rêveurs à croupetons sur l'eau qui serait bleue demain, les saules se peignant au-dessus du miroir fugitif constitué par les milliers de souliers vernis qu'était la rivière à cette heure-ci, l'ombre tranquille du pont de bois, ce pont d'où nul Saint-Flebénois ne s'était jeté pour se suicider, les Saint-Flebénois ayant compris depuis belle lurette que la vie n'est pas une chose sérieuse et qu'elle eût été bien flattée qu'on la quittât sans l'avoir mise sur les genoux...

Antoine aperçut alors la barque de Mouillefarine.

C'était une très jolie embarcation peinte en blanc et dont les rares empiècements de tôle ressemblaient à des médailles sur la poitrine d'un maître nageur.

Le cafetier avait, d'un pinceau tremblant et baveux, tracé en rouge sur la coque *Suave mari magno.* Ce nom de baptême était resté obscur à tous les baigneurs de Saint-Flebène et Mouillefarine en avait tiré pas mal de considération supplémentaire. Comme quoi la fréquentation des pages roses est souvent plus utile que celle des commissariats de police.

Il est doux, sur la vaste mer (Antoine, fin lettré, avait traduit) flottait avec beaucoup de grâce sur l'onde paisible.

Sans hésiter, le garçon s'en approcha, balança son baluchon dans le bateau et l'y rejoignit à pieds joints.

— Je renverrai la barque à Mouillefarine, aussitôt arrivé à bon port.

Cette bonne pensée le libéra d'un tas de scrupules qui eussent pu le gêner et, détachant les rames, montant la chaîne à bord, il se prépara au départ.

Il mit Corner sur le vivier, se dressa en un garde-à-vous impeccable à l'avant du glorieux *Suave mari magno* et murmura :

— Adieu les amis, je suis passé chez vous à toute allure comme la Vierge chez Bernadette Soubirous ! On en a pris des bonnes ensemble ! Je m'en vais car c'est ma vie à moi, de m'en aller ! Je me sauve, comme le lait sur le gaz, et je vous salue très profondément puisque vous avez été mes frères ! Adieu, buvez sans moi et je boirai sans vous ! Bonne année, Saint-Flebène, pas de durillons, pas d'ampoules ! Et salut, Popeline ! J'ai tout de même eu ta bouche, tout le monde ne peut pas en dire autant ! Adieu les potes, adieu les amours...

Il découvrit sous un fatras de cordages un litre de blanc que le captain Mouillefarine avait mis là à rafraîchir et, avec une bonne pensée à l'univers qu'il quittait, la fuite étant sa destinée, vida la bouteille au goulot, les yeux braqués vers la Grande Ourse.

D'un coup de pied, il propulsa *Suave mari magno* au milieu de la rivière et s'allongea sur un banc, remué par le roulis des eaux et celui du vin blanc.

Corner, ses petits yeux de lentille mouillée tout embués par la joie qu'il avait d'être enfin seul dans la vie avec son maître, vint piétiner d'allégresse l'estomac de celui-ci.

La barque allait, somnambulant entre les arbres où

commençaient à s'ébattre les oiseaux de la bien proche aurore.

Antoine, accoudé au bastingage du paquebot regarda à la faveur d'une étoile la photo dédicacée de Sariéloubal et, pris d'une sainte frénésie, se dressa en hurlant « ALLEZ RACING ! »

Puis, embouchant son clairon, il sonna une charge endiablée qui fit jaillir de l'ombre des riverains en chemise de nuit et tressauter de peur les grands papillons tête de mort.

Le tout premier regard du soleil de ce jour-là fut pour Antoine endormi dans le fond du bateau. Corner était posé sur ses cheveux comme une couronne d'or. Une longue natte de pois de senteur glissait sur l'eau, suivie par les goujons curieux et les abeilles du matin.

Dans son arrière-boutique, la fleuriste cultivait les arrière-pensées...

— Voilà... acheva Pierrot en déposant sur la table la carte postale.

Vauxbrelles-en Bourgogne (Côte-d'Or) pointait au ciel son clocher du XVe...

Les sept compagnons de l'Amicale des Amis de la Belote et du 4.21 réunis se regardèrent un instant en silence.

Une flambée blanche de culottes Petit Bateau illuminait le lavoir...

Leur cave, leur bonne cave où ils avaient tant de fois cultivé l'ivresse, la fleur bleue et l'infernal boucan leur semblait vide tout d'un coup.

— C'est formidable, sa vie... murmura Lafrezique.

— Il a vu la finale...

— Il couche avec une femme tous les soirs...

— Il part en croisière...

Et le soleil de mai semait du blanc d'argent sur les gouttières...

Le sommelier Mosquito extirpa un litre de pelure d'oignon de l'une des jambes de sa culotte de golf.

Dans son arrière-boutique, folle d'amour, la fleuriste effeuillait toutes les marguerites...

Pierrot prit la bouteille, la coucha sur le banc Allez Frères et déclara avec beaucoup de gravité :

— Celle-là, nous allons la boire à la santé de notre illustre camarade Antoine Peyralout. Il est parti de notre groupe mais il est évident que son génie ne l'autorisait plus à demeurer en notre humble compagnie. Songez, Messieurs, que Dabek Sariéloubal l'a embrassé sur les joues !

Un frisson respectueux chatouilla les 168 (24 × 7) vertèbres présentes.

Il m'aime...

Suce-la-Glace sortit alors une photo de son portefeuille, celle d'Antoine, et bafouilla d'une voix rabotée d'émotion :

— Il est juste qu'il figure aux côtés du « Grand Faucheux Noir ».

Un peu, beaucoup, pas du tout...

Devant l'approbation tacite de la bande, il fixa le cliché à droite de l'effigie du gardien de but.

— Il est devenu Dieu, affirma avec force Pierrot.

Les sept observèrent un instant de recueillement, puis ne furent plus subitement que six à l'observer.

Le septième, L'Enclume, s'esquivait à pas de loup, la bouteille de pelure d'oignon contre son cœur...

Dans son arrière-boutique, la fleuriste...

Et, malgré les écluses, les digues, les piles des ponts, les remorqueurs, les barrages, les pêcheurs au lancer, la brigade fluviale, les champions de crawl et les bateaux-mouches, la barque blanche où sommeillaient toujours Antoine Peyralout et son canard Corner atteignit l'océan Atlantique. Et, sur cet océan bourdonnant de mille vaguelettes, se leva l'armée caressante et si tendre des merveilleuses sirènes blondes aux seins durs comme ça.

Thionne-Paris, 1950-1951.

DU MÊME AUTEUR

Romans

BANLIEUE SUD-EST, Domat, puis Denoël

LA FLEUR ET LA SOURIS, Domat

LE TRIPORTEUR, Denoël

LES PAS PERDUS, Denoël

ROUGE À LÈVRES, Éditions de Paris

LA GRANDE CEINTURE, Denoël

LES VIEUX DE LA VIEILLE, Denoël

UNE POIGNÉE DE MAIN, Denoël

IL ÉTAIT UN PETIT NAVIRE *(Le drapeau noir flotte sur la marmite)*, Denoël

MOZART ASSASSINÉ, Denoël

PARIS AU MOIS D'AOÛT *(Prix Interallié 1964)*, Denoël

UN IDIOT À PARIS, Denoël

CHARLESTON, Denoël

COMMENT FAIS-TU L'AMOUR, CERISE ? Denoël

AU BEAU RIVAGE, Denoël

L'AMOUR BAROQUE, Julliard

LE BRACONNIER DE DIEU, Denoël

ERSATZ, Denoël

LE BEAUJOLAIS NOUVEAU EST ARRIVÉ, Denoël

Y A-T-IL UN DOCTEUR DANS LA SALLE ? Denoël

Essais

BRASSENS, Denoël

LE VÉLO, Julliard

LES PIEDS DANS L'EAU, Mercure de France

Livre pour enfants

BULLE (illustrations de Mette Ivers), Denoël

Poésie

CHROMATIQUES. *Poésies 1952-1972,* Mercure de France

19 POÈMES POUR CERISE, Denoël

À LA FRAÎCHE, Seghers

Impression Bussière Camedan Imprimeries
à Saint-Amand (Cher),
le 22 juillet 1998.
Dépôt légal : juillet 1998.
1er dépôt légal dans la collection : décembre 1972.
Numéro d'imprimeur : 983610/1.
ISBN 2-07-036286-8./Imprimé en France.
Précédemment publié par les éditions Denoël.
ISBN 2-207-20361-1.

[redacted]

86401